克休尔胡的召唤

The Call of Cthulhu

［美］霍华德·拉夫克赖福特——著

韩忠华——译

上海文艺出版社
上海故事会文化传媒有限公司

编委会

总策划 夏一鸣

主　编 黄禄善

副主编 高　健

编辑成员（按姓氏拼音为序）

蔡美凤　高　健　胡　捷

黄禄善　吴　艳　夏一鸣　杨怡君

名家导读

/陈 丽

陈丽，女，1974年生，文学博士，副教授，从事英美文学研究，主要教授"美国文学""西方文论""英国诗歌"等课程。主持国家社科基金"英国唯美主义思想中的道德精神"，上海市哲学社会科学规划项目"唯美主义与道德——亨利·詹姆斯的观念"。出版专著《亨利·詹姆斯的艺术道德观》，译著《夜色温柔》，在《外国文学评论》《国外文学》《外国文学研究》等CSSCI及核心期刊发表论文十余篇。

霍华德·拉夫克赖福特1890年出生于罗德岛。三岁时父亲因精神疾病进入康复医院，母亲在去世前也被送入同一家精神病院。他早年即受梦魇困扰，很多作品被认为是受这些梦魇的启发，例如《黑夜魔》。他少年时阅读了大量小说、故事，同时对科学具有浓厚的兴趣。拉夫克赖福特的作品对当时的读者来说太过前卫，太富于想象力。他一生穷困潦倒，生前发表的作品不多，靠写作的收入无法维持基本生活，46岁时贫病交加去世。

拉夫克赖福特是二十世纪灵异小说最伟大的先行者。他早期受恐怖小说大师爱伦·坡和爱尔兰灵异小说家但西尼爵士的影响，后期的主要作品就是著名的克休尔胡神话系列。克休尔胡神话系列主要建立在拉夫克赖福特的灵异作品之上，还包括其追随者们在其影响之下的创作。这一名词由拉夫克赖福特的好友及作家达勒斯最先使用。

拉夫克赖福特说，人类最为古老而强烈的情感是恐惧，而最为古老而强烈的恐惧是对未知的恐惧。在拉夫克赖福特的神话系列中，恐怖来自浩瀚而未知的宇宙。拉夫克赖福特热爱科学，年轻时是一个热切的天文爱好者，为当地的报纸撰写了很多有关天文学的文章。他认为，由于现代科学的发展，许多以前的艺术观都已过时。比如说，在达尔文和弗洛伊德等人的学说发表之后，就可以发现，浪漫主义文学中的幽灵、吸血鬼、狼人等显然是建立在错误的观点之上。在一个将幽灵和鬼魂丢入历史垃圾桶的科学时代，传统超自然小说的可信性就变得令人怀疑。因此，拉夫克赖福特将超自然主义扩展到未知的宇宙，换句话说，拉夫克赖福特认为，超自然小说应该变得更像科幻小说，这样它就能够在这个充满了科学质疑的时代保有一些可信度。他觉得，比起创造一种新的虚构神话，使用真实的民间神话就会显得幼稚。

现代科学的发展将宇宙描绘成无限的时空，在其中，人类的所有成就，甚至人类本身，都不过是偶然的存在。拉夫克赖福特相信宇宙的存在完全是物质的，没有目的，对人类也没有任何关爱。神秘莫测的星际力量对人类毫不关心，就如同人类对昆虫毫不在意一样。宇宙对人类命运的冷漠成为拉夫克赖福特哲学的核心。他说："我不是个悲观主义者，但是个冷漠主义者。"过去人们认为宇宙以某种方式给予世间种种生物存在的理由，并满足其各自的需求。拉夫克赖福特认为这是一种原始残留的古老意识。事实是，支配有机生命体的自然合力与生命体的愿望之间没有任何联系。

拉夫克赖福特作品中的恐怖就建立在这一宇宙冷漠论的哲学之上。他不满足于继续现有的超自然小说传统，试图将其发展到一个新的极端，将恐怖聚焦在对未知的推断上。人类雄心勃勃地试图探测宇宙，却发现自己只不过是其无助的囚犯。在拉夫克赖福特作品中，人类的思想只能痛苦地意识到自身的有限性，来自宇宙的揭示与人类有限的认知形成不和谐，导致巨大的恐惧和疯狂。恐怖来自无法承受的知识，而非人类的罪恶，来自混沌宇宙的攻击，而不是日常的鬼魂和诅咒。大脑所经受的最可怕的状况是面对来自无法探测的宇宙的混乱和攻击时的未知、无助和悬念。

拉夫克赖福特承认自己是一个无神论者，认为所有迷信都是人类史前无知的残留。他将自己的创作定义为"人工神话"(artificialmythology)，以区别于传统意义上历史自然形成的神话。然而，如同很多学者所指出的，把克休尔胡神话定义为"反神话"也许更有说明性。拉夫克赖福特创造的灵异众神是来自太空异域的神魔，对人类或者漠不关心，或者完全敌意，颠覆了传统宗教和神话的众神形象；而对比现有宗教中的创世纪故事，人类的起源则被归因于伟大的老者们的创造。

拉夫克赖福特的克休尔胡神话系列通常以新英格兰地区为背景，主人公发现了古老的秘籍或寻求最新的资料，了解到来自太空深处入侵地球的强大力量。时空上宏大的宇宙观把神话系列与科幻而不是超自然联系在一起。面对外际星空的神秘力量，人类通常会将其冠以"神"的名义，要么与之搏斗，要么崇拜它以求其赐予一丝力量，形成秘教崇拜。而拉夫克赖福特通过引用真正有关神秘崇拜的知识或学术作品，让小说更加有趣而引人入胜。

《克休尔胡的召唤》(1926)的主题之一就是处于宇宙角落的人类的渺小和微不足道。在小说中，安杰尔教授发现了一种外星生物种族存在的证据，首领是被称作克休尔胡的老者，数百万年前从宇宙深处来到地球，建造了叫作日列赫的违背人类几何原理的城市。

拉夫克赖福特说过："我所有的故事都基于一个基本前提，即人类的法律、利益和情感在浩瀚的宇宙中没有任何有效性或意义。"他认为，用人类具有的形态、情感、环境和标准来描述异质世界的原生物种是幼稚的。为了展现真正的宇宙，无论是时间、空间还是维度，人们都必须忘记诸如有机生命、善与恶、爱与恨，以及所有与人类有关的性质。在《克休尔胡的召唤》中，凡是或多或少知晓克休尔胡存在的人都离奇死亡。主人公们或者是出于好奇心，或者是出于科学研究的热情，试图探索未知的宇宙秘密。然而，宇宙的浩瀚深邃所展现的诡异也非人类的认知所能承受，秘密就如同禁果，一旦触碰，遭遇的就是身心重创甚至死亡。来自宇宙深处的老者们太过强大，太过恐怖，任何有关它们的直接知识都会导致失常和疯狂。因此，拉夫克赖福特往往将接近原始的野人、野蛮的水手等当作是最接近超自然世界的人。

在《天外来色》(1927)中，恐怖表现为来自宇宙遥远空间的一片奇异的光泽。拉夫克赖福特不满于当时的灵异小说中明显属于人类的描述，决心将恐怖建立在完全异质的天外来物之上。在小说中，来自太空之外的光晕只是类似于颜色，人们既不知道它的物理特征，也不知道其相关心理属性，其色彩处于人类科学已知的色谱之外。它没有憎恨、恐惧、恶意或任何人类的情感，也不为其他人类的特征所驱动。总之是完全超越人类经验的异质物。在这个故事中，拉夫克赖福特显然已经摒弃了有机生命，《天外来色》中的物质没有任何的情感、任何人的属性。正因如此，许多学者认为《天外来色》是拉夫克赖福特最卓越的作品之一，完美体现了科幻与恐怖的结合。

在《因思茅斯上空的阴影》(1931)中，异域的神灵来自大海深处。如同《克休尔胡的召唤》一样，这里存在着对非人类神灵的秘密崇拜，因思茅斯的居民似乎与世隔绝，陷入某种返祖现象的堕落之中，人类文明渐渐被非人类的力量所侵蚀摧毁。家族罪恶的继承与延续也是拉夫克赖福特小说中反复出现的主题。由于与非人类的通婚繁殖，人类的血统遭到污染。故事中的恐怖不仅来自无法解释的、强大的异域力量对人类的挟持和毁灭，也来自无法摆脱的家族遗传的诅咒。主人公无法改变人生的路径，无法逃离灾难，面对强大的不可知力，人类的意志再一次显得无能为力。

《黑暗中的耳语者》(1930)再现了新英格兰佛蒙特州的乡村地区，呈现出典型的纪录片式的风格。这是一部书信体传奇故事，通过威尔马思教授和佛蒙特州当地居民埃克利的通信告诉读者，1927年11月摧毁新英格兰的洪水是如何冲来了奇怪的生物。埃克利认为这些怪物来自其他星球，很有可能来自太阳系边缘的尤格斯星，差不多等同于太阳系最晚发现的冥王星，而它们来到地球是为了开采一种本星球没有的矿藏。在这个故事中，恐怖和科学的结合更加明显。拉夫克赖福特曾经说过，时间、空间和自然规律的限制时刻挫败着我们对无限宇宙的好奇心。因此，其创作的一个主要目标就是能够哪怕暂时地违反这些规律的限制。小说中的威尔马思教授正体现了作者这样的想法，他想象在太空无痕地航行，摆脱时空自然规律的限制，与广泛的外太空相联系，接近无限的宇宙深处的终极秘密。

恐怖和科学的结合是克休尔胡神话系列的基本特点。拉夫克赖福特的作品呈现的是源自未知的异质世界的恐怖。作品抛掉一切属于人性的性质，跨越边界，踏入荒凉无边、邪恶恐怖的未知之地，接近那阴云笼罩的外部世界。

Contents

克休尔胡的召唤　1

因思茅斯上空的阴影　45

黑暗中的耳语者　138

天外来色　228

克休尔胡的召唤

一

我想，世上最仁慈的事情，莫过于人类无法将头脑中所有的事相互联系起来。我们居住在平静的愚昧之岛上，四周被黑沉沉的无尽之海所包围，而且我们注定不能远航。各门科学都沿着自己的方向努力发展，因此迄今为止对我们损害还不大，但将来某一天，一旦分散的知识被拼合起来，将揭示出现实的恐怖前景，以及我们在其中的可怕处境。这足以让我们因顿悟而发疯，或逃离光明，遁入新的"黑暗时代"那所谓的和平与安全中去。

通神论者们推测出宇宙轮回令人敬畏的壮观，我们的世界和人类在宇宙轮回中只不过是昙花一现。他们暗示了怪谲的幸存方法，所用的语言如果不是戴上了乐观主义面具的话，那就足以让人们的血液冻住。我得到的对禁封年代的唯一一次探视却并非来自通神论者们。这次探视让我想起时全身发冷，梦见时精神错乱。这次探视，如同所有可怕的对真理的偷窥，源自意外地将分散的事物拼合起来——在这个故事里，这些分散的事物是旧报纸上的一篇报道和一位已经作古的教授的笔记。我希望再也不要有人完成这样的拼合，毫无疑问，只要我在世，就永远不会为这一骇人的链条补上任一环节。我相信，那位教授本来也打算对他所发现的情况保持沉默，要不是他突然死亡，也许这本笔记早已被销毁。

我对这件事的了解始于1926年和1927年之交的冬季，当时我的叔祖父乔治·甘默尔·安杰尔去世了，他是位于罗得岛州普罗维登斯市的布朗大学的闪族语系名誉教授。安杰尔教授是闻名遐迩的古代铭文权威，常常有著名博物馆的馆长向他请教。因此，他在九十二岁高龄去世这件事可能有许多人记得。他的死因不明，所以令当地的人们更为关注。教授在纽波特下船回家后一病不起，据目击者说，他被一个海员模样的黑人推搡后突然倒下。这个黑人来自陡峭的山坡上一个奇怪的黑暗院落，而这段山坡是从海边走回威廉斯街上死者家的捷径。医生们没有找到任何明显的异常之处，在困惑的辩论后做出的结论是：

这样高龄的老人快速地攀登如此陡峭的山坡，引发了某种不明的心脏病变，这是导致他不治的原因。当时，我也没什么理由不同意这个结论，但后来我开始疑惑——并且不仅仅是疑惑而已。

我的叔祖父是一介鳏夫，膝下无子，因此我是他的继承人和遗嘱执行人。我应该较为彻底地检查一下他的文件，为此我将他的全套文件和箱柜搬到了波士顿的住所。整理出的许多资料将来会交给美国考古学会出版，但有一个箱子让我极其费解，也不愿让别人看到。箱子上了锁，钥匙没有找到。这时我突然想起检查一下他放在口袋里的私人戒指，果然可以用它打开锁，然而打开一道锁后，我面对的似乎是另一道难度更大、封锁得更为紧密的障碍。我在箱子里看到的是一尊奇怪的泥制浅浮雕，还有一些互不关联的笔记和剪报。它们会有什么意思呢？难道叔祖父到了晚年连最为浅薄的骗术也轻易相信了？我决意要查出这个古怪的雕塑师，他应该为明显扰乱了一位老人的平静心灵负责。

那尊浅浮雕大致呈长方形，厚度不足一英寸，面积大约为五英寸乘六英寸，显然是当代的作品。然而，它的设计图案在基调和含义方面都远不是现代派的，虽然随处可见立体主义和未来主义的奇形怪状，但它们并不常常体现史前文字中潜藏的那种神秘的规则性。这些设计图案的大部分肯定也是某种文字，尽管看过叔祖父那么多的文章和收藏物，我的记忆仍未能辨认出这种文字的属性，甚至猜不出它的大致归类。

在这些看来是象形文字的图案上方是一个雕像，明显带有图形化的意味，但它印象主义式的处理方法使人无法清楚了解它的性质。它似乎像个怪物，或代表某个怪物的图形，只有在病态的幻觉中方能想象出这种外形来。我如果说凭我较为丰富的想象力，脑海中当即出现了章鱼、飞龙、人的讽刺漫画等图像，距离这个形象的实质应该也不会太远。一个桨状的、长着触角的脑袋，安在怪诞的、长有鳞片的身体上，再加上没有完全退化的翅膀。不过，最令人心惊胆战的还是它的整体轮廓。雕像的背景让人隐约想起巨石式的建筑风格。

伴随这个怪物的除了一叠剪报外，还有安杰尔教授最近撰写的文稿，平白如话、不求文采。看来像是主要文章的那一篇题为《克休尔胡秘教》，题目是用印刷体工整地书写的，仿佛怕别人念错了这个闻所未闻的名词。手稿分为两部分，第一部分写着"1925年——H.A.威尔科克斯的梦境和梦境作品，其住址为罗得岛州普罗维登斯市托马斯街7号"；第二部分则是"约翰·R.勒格拉斯警官（住址为路易斯安那州新奥尔良市比安维尔大街121号）在1908年美国考古学会会议上的陈述——对此的笔记以及韦伯教授的叙述"。其他的一些手稿都是简短的笔记，有些是对不同人的奇怪梦境的描述，有些是通神论书籍和杂志（特别是 W. 斯各特－埃略特的《亚特兰蒂斯》和《迷失的驱亡魂节》），其余的是对一些幸存下来的秘密团体和地下秘教的评论，引述了诸如弗雷泽的《金枝》和默里小姐的《西欧的女巫异教团体》这样的神话学和人类学的原始著作中的章节。剪报大多是有关精神臆想症，以及1925年春天爆发的集体荒唐和狂躁行为的。

那篇主要文章的前半部分讲的是一个很不寻常的故事。大意是1925年3月1日，一位瘦黑的、外表显得神经质和相当兴奋的年轻人来拜访安杰尔教授，随身带着那尊稀罕的浅浮雕——当时还非常潮湿和新鲜。他的名片上印着"亨利·安东尼·威尔科克斯"，叔祖父认出他是自己略知的一个杰出家庭的小儿子，他后来去了罗德岛设计学院学习雕塑，独自住在学院附近的百合花大楼里。威尔科克斯是个早熟的年轻人，素有才名，但个性十分怪僻，从童年起就惯于讲述稀奇古怪的故事和梦境，引起了不少人的注意。他自称"心理过度敏感"，但这座古老的商业城市里循规蹈矩的人们却轻率地认为他纯粹只是"古怪"。他与周围的人从不接触，因此渐渐地从社会的视野中消失了，只有其他城市的一小群唯美主义者才认识他，就连急于维护自己保守传统的普罗维登斯艺术俱乐部，也认为他已不可救药。

教授的文稿写道：那次来访时，这位雕塑师贸然要求主人用他的考古知识辨认浅浮雕上的象形文字。年轻人说话的神态像在做梦，不太自然，似乎有点装腔作势，又给人疏远的同情感。叔祖父回答时声音有些严厉，因为那尊雕塑明显是新出世的，与考古根本沾不上边。年轻的威尔科克斯显然引起了叔祖父足够的兴趣，他才会逐字逐句地回想、记录下来。威尔科克斯的辩驳体现了某种异想天开的诗意气质。这种特性贯穿了整个谈话，后来我也发觉这是他的一个典型特点。他说："这雕塑是新的，没错，是我昨天夜里在梦见一些奇异的城市后创作的，而梦则比冥思苦想的蒂尔、沉思默想的斯芬克斯或花园环绕的巴比伦还要古老。"

就是这个时候，威尔科克斯开始讲述那个漫无边际的故事，惊动了叔祖父昏昏欲睡的记忆，让他对这个故事产生了狂热的兴趣。前一天夜里发生了一次轻微的地震，是新英格兰地区几年来震感最为明显的一次，威尔科克斯的想象力受到了强烈的刺激。入睡以后他做了个前所未有的梦，梦见宏大的巨岩式的城市，满是巨人般的石块和高耸入云的独石柱，到处流淌着绿幽幽的淤泥，因潜藏着恐怖而越发显得不祥。墙上和柱上涂满了象形文字，从下面无法断定的地方传来一个声音，却又不像是真正的声音。那是一种混乱的感觉，只有凭幻觉才能把它嬗变为声音，他竭力用几乎无法发音的字母堆砌来表达它："克休尔胡弗赫塔根。"

这个混乱的字母堆砌是威尔科克斯回想的关键，令安杰尔教授感到激动而又不安。他以细致的科学精神来询问这位雕塑师，以狂热的注意力来研究那尊浅浮雕。可以设想在前一天夜里，这位雕塑师不知道为什么醒后就辗转不能入睡，于是仅仅穿着睡衣裤，冒着夜寒，信手创作出这尊浅浮雕。威尔科克斯后来说，叔祖父责怪自己年纪太大，才会在辨认象形文字和图形设计时反应太慢。他提的不少问题对他的客人来说都是莫名其妙的，尤其是那些试图将后者与奇怪的异教团体沾上边的问题。教授反复向威尔科克斯承诺，他若是承认自己是到处散布的神秘的异教团体成员，教授可以为他保密，而这更无法使威尔科克斯理解。当安杰尔教授相信了雕塑师真的不知道什么秘教或代代相传的隐秘学说的时候，他要求来访者今后继续把所做的梦告诉他。这个要求产生了定期的结果，因为文稿记录了在第一次会面后，年轻人每天都要来拜访，描述自己令人吃惊的梦境片段，梦大抵都是可怕的景象，巨岩式的城市里黑压压的、滴着污泥的石头，以及地下的一个声音或灵魂单调地叫着如谜语一般、无法落笔在纸上的音符。常常重复的两组声音是"克休尔胡"和"日列赫"。

文稿继续写道：3月23日威尔科克斯没有露面。教授向他的住处询问，才得知他得了一种不知名的热病，被抬回到他在沃特曼大街上的家里去了。他曾在夜里号啕大哭，吵醒了住在同一幢楼里的其他几位艺术家，从那以后他不是昏迷不醒就是胡言乱语。叔祖父当即给他家里打了电话，并且自此以后一直密切关注这件事。他打听到是一位名叫托比的大夫在负责威尔科克斯的治疗，于是经常去这位大夫在塞耶大街上的诊所拜访。很显然，这个年轻人发烧的脑袋里纠缠着奇怪的东西，大夫说起这些就不时浑身发抖。这些奇怪的东西不仅是他以前梦境的重复，还涉及一个"数英尺高"的、会行走或者说缓慢移动的庞然大物。

他没有一次完整地形容出这个巨物，但根据托比大夫复述，他那些惶恐的片言只语让教授相信，它与他力图在梦中雕塑里描绘的无名巨型怪物是一回事。大夫补充说，提及这个怪物后年轻人就毫无例外地陷入昏睡。奇怪的是，他的体温并没有超出正常水平多少，但所有其他的症状都表明他是在发烧，而不是精神异常。

4月2日下午3点钟左右，威尔科克斯的病状突然消失得无影无踪。他噌地从床上笔直坐起，惊讶地发现自己在家里，完全不记得3月22日夜里以来梦里或现实中发生了什么事。医生宣布他已痊愈，三天后他就回到了自己的住处。但对安杰尔教授来说，他再也帮不上什么忙。所有奇怪梦境的痕迹都随着他的复原一扫而光，叔祖父记录了一个星期他那些毫无意义和毫不相干的叙述，显示出他的思想活动如同常人，因此他就不再记录威尔科克斯以后的夜间所想了。

文稿的第一部分到这里就告一段落。然而，回顾某些零星的笔记让我浮想联翩——我想得很多。事实上，只是因为我生性多疑，形成了根深蒂固的怀疑主义，才会继续对那位艺术家抱有不信任之感。这些笔记描述了各种各样的人所做的梦，他们都与年轻的威尔科克斯一样，在同一段时间内奇怪地着魔了。看来，叔祖父很快在他能够提问又不会怪他唐突的朋友中进行了调查，被访者的覆盖面极为广泛。他要求被调查者叙述他们夜里所做的梦，以及过去某个时间他们产生过特殊幻觉的日期。人们对他的调查态度不一，但至少他收到的答复信数量很大，寻常人没有秘书帮助是处理不了的。答复信的原件没有保存下来，但他的笔记是这些原件完整的、具有重要意义的概要。社交界和商业界的普通人——新英格兰传统的"社会中坚"——给出的结果几乎完全是否定的，但不时也有零星的几个事例，诉说夜里让人心神不宁又难以名状的印象，而且总是在3月23日和4月2日之间——正好是年轻的威尔科克斯神志失常期间。从事科学工作的人也没有受到更大的影响，但有四个人做出了模模糊糊的描述，表明曾匆匆地瞥到了几眼奇异的地貌，有一个人提到曾被某种怪物吓得半死。

那些切题的回答来自艺术家和诗人们。我相信，如果他们能够互相比较自己的笔记的话，也一定会惊恐不已。由于没有他们的回信原件，我有点怀疑编写者提了带有引导性的问题，或者对原信做了编辑以印证他潜意识中已经想好了的事。正因为这一点，我仍然感到威尔科克斯以某种方式得知了叔祖父拥有的旧资料里的内容，因此来糊弄这位老科学家。艺术家们的回复中所述的故事让人心惊肉跳。从2月28日到4月2日，他们中有相当一部分人梦见了非常怪谲的东西，而且梦的紧张程度在那位雕塑师神志不清的那段日子里要强烈得多。报告有异常情况的人中四分之一以上描述的场景和似声非声的感受，与威尔科克斯的描述不无相似，有些做梦者承认在梦快结束时看见一个无名的庞然大物，令他们感到阴森恐怖。笔记中着重描写了一个令人悲哀的例子。那人是个名闻遐迩的建筑师，偏好通神论和神秘学，在年轻的威尔科克斯着魔的那天他狂暴地发了疯，几个月后，在尖叫了几句"别让地狱里逃逸出来的怪物带走我"之类的话以后就一命呜呼了。假如叔祖父不仅为这些事例编了号，而且把人名也列出的话，我还可以试着去求证和亲自调查，但现在我只追索到几个被调查到的人。不过，这些人都完全证实了笔记中所述的话。我常常纳闷，是不是所有被询问过的人都像这几位那样被教授的问题搞得莫名其妙。好在也无须再对他们做出解释了。

正如我所猜想的，剪报资料涉及那段特定时间里所发生的恐怖、臆想和怪诞的事例。安杰尔教授想必是花钱雇用了剪报服务社，因为剪辑的资料难以计数，来源又遍布全球。伦敦发生了一起深夜自杀案：一个独自睡觉的人在发出一声骇人的惨叫后从窗户跳了下去。还有一封寄给南美某家报纸编辑的絮絮叨叨的读者来信，写信人根据他见到的景象描绘了一个悲惨的未来。发自加利福尼亚的一篇新闻报道描述了一个通神论者集居地，所有人都穿着白色袍子，等待某种"辉煌应验"的到来，却永远也没有等到。来自印度的报道谨慎地谈及在接近3月22至23日的时候发生了严重的民众骚乱。

爱尔兰西部也充满了不着边际的谣言和传说：一位名叫阿杜瓦·博诺的异想天开的画家在1926年巴黎春季沙龙悬挂了一幅渎神的"梦中景象"。疯人院中记录在案的闹事事件多得不计其数，医学界同仁没有从这些事件中寻找出相似之处，得出神秘化的结论，那可真是奇迹了。总而言之，这堆剪报上都是荒诞不经的故事。直到今日我还很难想象，当时我竟然有那么顽强的理智，将这些故事搁置一旁。不过，我那时相信，年轻的威尔科克斯早已得知了教授提到的旧事。

二

令这位雕塑师的梦境和浅浮雕对叔祖父显得如此重要的旧事，是他长手稿第二部分的主题。看来，安杰尔教授以前曾经看见过无名怪物可怖的外形，为无从识读的象形文字犯难，也听到过只能用"克休尔胡"这样的文字记录下来的不祥音节。两者之间有如此惊人和可怕的联系，难怪他向年轻的威尔科克斯追问这么多的问题并索要这么多的资料。

这个早先的经历发生在十七年之前，那年是 1908 年。当时美国考古学会在圣路易斯召开年会，安杰尔教授凭他的权威和学术成就，在年会的各项议程中都发挥着显著的作用。好几个圈外人利用这次集会，向专家们提出问题，寻求答案和解决办法，安杰尔教授总是首先被问到的人之一。

这些圈外人中为首的、不一会儿就成为整个会议关注焦点的是一位貌不惊人的中年人，他从新奥尔良长途跋涉来到这里，想寻找当地找不到的资料。他名叫约翰·雷蒙德·勒格拉斯，职业是警务督察。他随身携带的东西正与此行的目的有关。那是一个奇形怪状、令人作呕，而且显然是非常古老的小石像，他无法断定这个石像的来历。千万不要以为勒格拉斯警官对考古学有什么兴趣。正好相反，他对知识的追求纯粹是出于职业上的考虑。这个小雕像（或者叫玩偶、崇拜物），不管它是什么，是几个月前在新奥尔良南方的丛林沼泽地里，警方对一次据说是伏都教的集会进行突袭时缴获的。集会上的仪式很罕见，也很可怕，警方不禁意识到他们撞上了一个完全未知的黑暗秘教，比最邪恶的非洲伏都教派还要残忍得多。对于它的来历，除了从被俘获的教徒嘴里抠出来的不可靠的、难以置信的故事之外，根本没有发现什么线索。因此，警察急于寻求一些关于古文物的知识，这也许有助于他们辨认那个令人毛骨悚然的信物,并通过它追踪到邪教的源头。

勒格拉斯警官没有想到他提供的东西会造成如此大的轰动。参加会议的科学家们只看了它一眼,就陷入了紧张和兴奋的状态。他们迫不及待地围在他身边,观看着那个小小的雕像。它给人一种完全的陌生感,显出真正的遥不可及的古味,强烈地预示着尚未敞开的、尘封已久的疆域。这个可怕之物与任何已知的雕塑流派都不沾边,它所用的石材不知来自何方,灰暗、微绿的表面记录了几个世纪,甚至几千年的沧桑。

雕像最终在一个个专家之间传递,以便仔细研摩。它高约七至八英寸,做工精致、极富艺术性。它表现的怪物轮廓隐约像类人猿,但头部如章鱼,脸上满是触须,身体看上去像硬橡胶,还裹着鳞片,前后脚上有惊人的爪子,身后长着狭长的翅膀。这个怪物充满了骇人的、不自然的邪恶。它显得有些臃肿肥胖,丑恶地蹲在一个长方形的墩子或基座上,这个基座上刻满了无法破译的文字。翅膀的顶尖接触到基座的后部边缘,蹲坐部分处于中央,后腿上长长弯弯的爪子抓住了前面的边缘,并且有四分之一的长度伸向了基座的底部。章鱼一样的头向前弯曲着,脸上触须的尖端刷着巨大的前掌的背部,而前掌紧抱着抬起的膝盖。整个雕像的神态异常地栩栩如生,而且因为它的来历不明越发显得恐怖。毫无疑问,它的历史悠久绵长,无法测算,令人敬畏。

然而，看不出它与人类文明的青年时代（或者其他任何时代）的任何已知的艺术类型有什么关联。它完全是独一无二的，它的材质本身就是一个谜，所用的石头如肥皂般滑腻、黑中带绿，还有金黄色和粉红色的斑点及条纹，与地质或采矿学家熟悉的任何石材都不一样。基座周围刻着的文字也同样让人纳闷，尽管这次学术会议汇聚了全世界在这个领域半数以上的专家，也没有一个人能够辨认出这种文字与哪种语言同属一个语系，辨认不出哪怕是最小的相似之处。这些文字同雕像和石材一样，属于与我们所知的人类世界相距遥远、截然不同的东西。它们可怕地昭示着古老的、邪恶的生命轮回，而我们的世界和我们的理念与这些轮回毫不相干。

然而，尽管学会的成员们在警官提出的问题面前摇头认输，他们中间却有一位专家对怪物的形状和文字略有一些奇怪的熟悉感。片刻之后，他怯生生地说起了自己碰到的一件小小往事。这位专家就是已故的威廉·钱宁·韦伯，普林斯顿大学的人类学家，一位颇有名声的探险家。四十八年前，韦伯教授曾受聘去格陵兰和冰岛考察，目的是寻找如尼文的铭文，但没能成功。在格陵兰西部海岸上，他遇见了一个罕见的、堕落的因纽特人的部落或者说秘教。他们的宗教是一种奇怪的、崇拜魔鬼的教派，崇尚冷酷嗜血，可憎可厌，令他毛骨悚然。其他因纽特人对这种信仰知之甚少，即使偶尔谈起也会不寒而栗，说它传自遥远的蛮荒年代、人类世界尚未形成之时。除了无名的仪式和用人作为祭品供奉之外，还有一些古怪的代代相传的咒语，是为一位年长的叫作"托纳速克"的最高魔鬼而念的。韦伯教授根据一名巫术僧人的口传，尽可能地用罗马字母详细地记录下这些咒语的发音。而现在最重要的是这个秘教珍藏的崇拜物，当极光高高地跃上冰封的悬崖时，信徒们就围绕着这个崇拜物舞蹈。教授声称，那个崇拜物是个粗糙的石头浅浮雕，由一幅骇人的画面和一些神秘的文字组成。据他判断，那个东西的所有基本特征就与现在呈现在众人面前的不人不兽的东西大致一样。

在座的学会会员们听到韦伯教授提供的这个资料时，无不感到紧张和惊诧。而勒格拉斯警官则异常兴奋，他开始连珠炮般地向韦伯教授发问。他曾经从他手下抓获到的沼泽地秘教信徒口中抄录了一段口头咒语，因此急切地请求教授尽可能回忆起他记录的崇拜魔鬼的因纽特人的音节。接下来，双方极为详尽地比较细节，于是警官和科学家有了一致看法：远隔万水千山的两群人的邪恶咒语几乎是一个模子刻出来的。刹那间，人们惊畏地安静下来。概而述之，因纽特人的巫士和路易斯安那州沼泽地里的术士对着他们同源的偶像念念有词的大致是下面的话，词的划分是按他们大声念唱时的停顿推测出来的：

夫恩格瑞汇姆格鲁纳封克休尔胡

日列赫瓦赫那尔弗赫塔根

勒格拉斯比韦伯教授要领先一步，他的几个混血囚徒曾向他复述年长的司仪告诉过他们这些话表示的意思，大意如下：

在日列赫的屋子里，死去的克休尔胡在梦中等待。

现在，在大家的急切要求下，勒格拉斯警官尽可能完整地叙述起他与沼泽地信徒打交道的经历。可以看出，他讲的故事得到了我叔祖父的高度重视。这故事如同神话制造者和通神论者最为荒诞不经的梦幻，揭示了这些混血人群和社会弃儿竟然拥有如此令人惊讶的宇宙想象力。

1907年11月1日，新奥尔良警方收到来自沼泽地和环礁湖密布的南部乡村的紧急召唤。那里的定居者，大部分是拉菲特海盗们的后裔，生活相当原始，但脾气很好。他们正处于对一个夜里出来作祟的不明之物的极端恐惧之中。这显然是伏都巫术，却比他们所知道的伏都巫术更为可怕。在远处无人敢去的鬼影幢幢的黑森林里，自从恶毒的手鼓开始无休无止地敲击起来后，一些妇女和儿童失踪了。有人在疯狂地吼叫，有人在悲惨地尖鸣，有人在令人胆战心惊地哼唱，还有点点鬼火在舞蹈。惊魂未定的报信人说，那里的居民再也无法忍受了。

一队由二十人组成的警察乘着两辆马车和一辆汽车，在傍晚时分出发了，由那位哆哆嗦嗦的报信人担任向导。可以通行的道路到了尽头，一行人下了车，在永远没有白昼的可怖的柏树林中深一脚、浅一脚地默默行进，一路走了好几英里。铁兰丑陋的根部和犹如恶毒的绞索般的悬垂茎须缠绕着他们，不时遇到一堆潮湿的石头或一截腐烂的墙壁，隐约表明它们曾经是致病的聚居地，更加剧了由这些长得奇形怪状的树木和伞菌群共同形成的这股沮丧气氛。终于，定居者的村落——一间间破落的、拥挤在一起的草房，开始进入视野。歇斯底里的居民纷纷奔出来，围住了举着灯笼的警察们。隐隐约约能够听见前面很远的地方传来手鼓沉闷的敲击声，随着风向的转移，断断续续地传来一声骇人的尖叫。微红的强光也似乎透过矮树丛，投向霜冻之夜无尽的小路上。每一位被吓怕了的当地村民都不愿再单独待着，更是断然拒绝朝那邪恶的祭拜现场再迈进一步。于是，勒格拉斯警官和他的十九位同事只能不带向导，冲入那片他们以前谁也没有涉足过的林地——黑沉沉的恐怖之廊。

警察现在进入的地区素来有邪恶的名声，白人基本上没有来过这里，对此地也一无所知。传说这里隐藏着一个没人见过的湖泊，湖中居住着一个巨大的、没有固定形状的、双眼发光的白色怪物。当地定居者私下里说，长着蝙蝠翅膀的魔鬼会在半夜里从地球深处的洞穴中飞出来，祭拜这个怪物。他们说，在伊贝维尔之前、在拉萨尔之前、在印第安人之前、甚至在森林中有生命的野兽和鸟类存在之前，它就已经在那里了。它是噩梦的化身，见到它就意味着死亡。不过，它能让人们梦见它，这样人们就有足够的了解，自觉地躲开它。目前进行伏都祭拜的地方，实际上还只是位于这个可怕地区的边缘，但已经足够令人畏惧了。所以，也许祭拜活动所处的地点本身，比那些惊人的声音和事件更让当地人胆寒。

勒格拉斯一行淌着黑黑的泥淖，艰难地朝着红光和沉闷的击鼓声行进，这时他们听到的噪声如果不是诗歌，那肯定是发疯。人类有一些独特的发音特点，野兽也有一些独特的发音特点。当听到本来应该发出人声的东西都发出了野兽的声音，或者相反时，那是多么可怕。这里，动物般的暴怒和狂欢的放纵被推上了魔鬼般的高度，如狼嚎鬼吠的声音和大叫带来的快感就像地狱的海湾里吹来的瘟疫般的暴风雨，划破夜空，在森林中回荡。杂乱无序的号叫偶尔会停一阵子，而在似乎是训练有素的粗声粗气的合唱中，那段可憎的咒语以单调的声音吟唱起来：

夫恩格瑞姆格鲁纳封克休尔胡

日列赫瓦赫那尔弗赫塔根

警察走到一处树木稀少的地方，突然直接地看见了那幅景象。四个人打了个趔趄，一个人晕倒了，两人被吓得怪叫一声，幸好叫声被狂欢的人们刺耳的声音盖住了。勒格拉斯将沼泽水浇在晕倒的人脸上，他们哆哆嗦嗦地站了起来，像是被吓傻了。

沼泽里有一块天然空地，那是个方圆约一英亩的岛屿，长着青草，没有树木，还比较干爽。在岛上，一大群无法描述的人在以极为怪异的形式蹲跳和扭动，即使赛姆或安加洛拉这样的画家也无法将其描绘下来。这群人一丝不挂，有的像驴一样叫着，有的像公牛一样叫着，围着一个巨大的圈形篝火扭动着身体。火帘偶尔被风吹裂的时候，露出篝火的中央放着的一根约八英尺高的巨大的花岗岩独石柱，独石柱顶上就放着那个可憎的小雕像，与巨大的石柱显得极不相称。以火焰包围的独石柱为中心，十个绞刑架按规则的间隔排成一圈，绞刑架上头朝下地挂着遭到奇怪毁坏的尸体——正是那些已失踪多日的、可怜无助的当地村民的尸体。祭拜者们在这个圈里跳着叫着，在尸体圈和火圈之间，人群从左向右移动，进行着无尽的狂欢。

也许只是想象，也许只是回声，一名易激动的西班牙裔警察感觉自己听到了从充满古代恐怖传说的森林深处，从黑暗的地方传来的对咒语的应答。这人名叫约瑟夫·D.加尔韦斯。我后来见到他，询问了他，发现他的想象力似乎过于丰富了。他甚至暗示自己听到了巨大翅膀在轻轻拍动的声音，看见了最遥远的树木之外有发亮的眼睛和像小山一样的白色巨物。不过，我想他是听本地的迷信故事听得太多了。

事实上，警察们因恐惧造成的停顿只持续了较短的时间。职责感最终占了上风，尽管祭拜者的人数不下一百，警察仗着有武器在手，毅然冲入了令人作呕的喧闹场面中。接下来五分钟里发生的嘈杂和混乱无法用语言表述。双方激烈地拼打，警察开了枪，有些人逃走了，但到结束战斗时，勒格拉斯只清点出四十七名垂头丧气的俘虏。他迫使俘虏们匆匆穿上衣服，排成一队，两边各有一排警察压阵。五名信徒被击毙在地，两名受重伤的则躺在临时搭起的担架上让他们的同犯抬走。独石柱顶上的雕像自然被勒格拉斯小心地取下，带回去了。

回家的路上，人们又紧张又疲倦。回到本部之后，警察对俘虏们进行了讯问，弄清了这些俘虏都是智力很低的混血人种，精神反常。大部分人是海员，其中夹杂着少数黑人或黑白混血儿，大多是来自佛得角群岛的西印第安人或布拉瓦葡萄牙人，给这个邪教披上了一层伏都教的色彩。不等提出许多问题就可以看出，它涉及比黑人拜物教更深层、更古老的东西。尽管这些信徒非常堕落和愚昧，但对他们可憎的信仰的主旨倒是保持着令人吃惊的一致说法。

据他们说，他们祭拜的是"伟大的老者"们——这些老者生活在人类尚未诞生的久远年代里，是从天外来到这个当时还很年轻的世界的。那些老者们现在已经逝去，埋入地下或葬身海底，但他们死后仍将秘密托梦给先民们。这些先民形成了一个秘教，并且代代相传，永不泯灭。这些被俘获的信徒就属于那个秘教。他们说秘教一直存在，并且将永远存在下去，隐藏在世界各地偏远的荒村野地和阴暗角落，直到将来有一天，伟大的圣士克休尔胡会从他沉没在水底的巨大城市日列赫的黑暗之屋中升起，再次将地球置于他的羽翼底下。某一天，当星星位于合适的位置时，他会发出召唤，秘教的信徒们时刻等待着来解放地。

然而，能告诉外人的也就这些了。他们有一个秘密，即使是遭受折磨也不能松口。人类绝对不是地球上唯一有意识的生物，因为有幽灵从黑暗中飞出，去拜访那少数的诚信之人。不过，这些幽灵并非那些伟大的老者。没有任何人见过那些老者。雕塑中的偶像是伟大的克休尔胡，但没人说得清其他的老者是否同他完全相像。现在没有人能识读那古老的文字，而故事都是通过口口相传的。吟唱的咒语并非那个秘密——秘密从不被大声说出，只是在交头接耳中得以传颂。那段咒语的意思只是："在日列赫的屋子里，死去的克休尔胡在梦中等待。"

囚犯中只有两人经证明精神正常,可以判处绞刑,其他人则被送往各种精神病院。所有人都否认参与了仪式上的谋杀。他们坚持说,人是被"长着翅膀的黑魔"杀死的,而这些黑魔来自他们在鬼怪出没的森林中的集会之地。然而,有关这些神秘同伙的叙述总是各不相同。警察获取的一点资料是由一个年事已高的梅斯蒂索混血儿提供的。他叫卡斯特罗,声称自己曾远航到陌生的港口,与中国深山秘教中长生不老的领袖们交谈过。

老卡斯特罗记得一些零星的可怕传说,这些传说让通神论者们的推测显得苍白无力,人类和这个世界看起来也都诞生不久,只不过都是昙花一现的传说。在过去的岁月里,其他生命曾经主宰地球,他们曾经拥有巨大的城市。他说,那些长生不老的中国人曾告诉他,他们的遗骸化作了太平洋岛屿上的巨大石块。他们在人类诞生的千百万年前就已死去,但当星星重又回到永恒轮回中的正确位置时,他们就会复活。

卡斯特罗继续说,这些"伟大的老者"并非完全是由血肉组成的。他们有形状——雕塑中像星座一样的形象不是证明了这一点吗?但这个形状并不是由物质构成的。当星座的位置合适时,他们会在天空中从一个世界跨越到另一个世界,但当星座的位置不合适时,他们就无法存活,但也永远不会真正死去。他们都躺在伟大的城市日列赫的石宅里，在伟大的克休尔胡的魔力下保存着躯体，只等有一天星星和地球再次来到适合的位置，他们将光荣地重生。不过，到时必须有某种外力来解放他们的尸体。将他们完好无损地保存下来的魔力，同样也使他们无法做出哪怕一次挪动，他们只能在黑暗中清醒地躺着思考，几千几百万年的光阴在身边静静地流过。他们知道时间在宇宙中流逝，因为他们的语言是通过思维传递的。即使现在，他们也在坟墓里交谈。在经历了无穷无尽的混沌之后，第一批先民来到地球，"伟大的老者"们通过托梦与先民中最敏感的人交谈，因为只有这样，他们的语言才能传入哺乳动物的头脑。

卡斯特罗压低声音说：然后，先民们围绕着伟大"老者"向他们显示过的高大崇拜物建立了这个秘教，崇拜物是在无光年代从黑暗的星座上带来的。秘教永远也不会泯灭，等星星重回合适的位置，秘密的信士们就会将伟大的克休尔胡从坟墓中放出，让他去复活他的臣民，重新主宰地球。知道那个时候是否到了并不困难，因为届时人类也会变得同伟大"老者"一样，自由、狂野、不分善恶，法律和道德被扔在一边，所有的人都吼叫着、杀戮着，沉醉在非人的欢乐之中。接着，被解放的"老者"们会教他们用新的方法去吼叫、去杀戮、去狂欢、去自得其乐，整个地球将成为一个巨大的屠宰场，到处燃烧着欢乐和自由的火焰。同时，秘教会以适当的仪式，保持对那些古老风俗的记录，隐约地预示那些风俗会重新回来。

在那远古时代，幸运的先民在梦中与坟墓里的"老者"交谈，接着却发生了一件大事。巨大的石头城市日列赫，同它的独石柱和石冢一起，沉陷到滚滚波涛底下去了。深深的海水淹没了一切原始奥秘，连思想也无法通过，因此切断了灵魂的交流。然而，记忆永远也不会泯灭。得道的信士说，当星座回到正确位置时，城市会重新上升。接着，地球的黑色精灵们会从地下出来，带着陈腐的气味，身影虚无缥缈，满载着在被人遗忘的海底洞穴中听到的朦胧传言归来。然而，对于这些传言，老卡斯特罗不敢说得太多。他匆忙收住话头，任人怎样劝说或诱骗都不肯再多吐露什么。他也不愿提及"老者"的个头，令人纳闷。关于秘教，他说他认为其中心位于阿拉伯半岛人迹罕至的沙漠之中，石柱之城艾勒姆在那里静静地做着梦，无人见过，也无人打扰。这个秘教与欧洲的女巫教没有联系，除了其成员，外人对它几乎一无所知，没有任何书籍暗示过它的存在。不过，那位长者说，阿拉伯疯子阿布杜勒·阿尔哈兹瑞德的《死亡之书》有两层意思，入道者可以根据自己的选择来理解，尤其是这两行广为讨论的诗句：

恒久安眠者未能言死，
　时运乖骞死神也会离逝。

勒格拉斯听得深受触动，又心存疑惑。他探问秘教的历史渊源，但没有结果。老卡斯特罗说这完全是秘密，此话显然并非虚言。图兰大学的权威们对这个秘教和雕像都说不出个名堂来，因此警官只能赶到这里来，求教于这个国家里最高的权威，结果却只听到了韦伯教授讲述的他在格陵兰的故事。

勒格拉斯讲述的，并经小雕像所证实的故事在会上引起了人们狂热的兴趣，这种兴趣还延续到那些与会者随后的相互通信中，尽管学会的正规出版物中很少提及这件事。那些专家习惯了偶尔会面对江湖郎中和招摇撞骗者的伎俩，因此最先考虑的是谨慎。勒格拉斯将雕像借给了韦伯教授一段时间，但教授去世前又把雕像还给了他，一直由他保管至今。我不久前去观看了这个雕像，它确实是一件可怕之物，而且无疑与威尔科克斯的梦中作品极为相似。

我一点也不奇怪，我的叔祖父对雕塑师的故事感到很兴奋，因为他知道勒格拉斯对秘教所了解的一切情况，又听到一个敏感的年轻人不仅梦到了沼泽地中发现的雕像和准确的象形文字，以及格陵兰的魔鬼碑雕，而且至少有三次在梦中听到了同因纽特人中的信魔者和混血的路易斯安那州人念叨的完全一样的咒语。安杰尔教授自然立刻着手彻底调研此事，不过，在私下里，我怀疑威尔科克斯以某种间接的方式听说了这个秘教,从而假造了一系列梦境,来继续讲述这个神秘的故事,把我叔祖父蒙在鼓里。教授收集的关于梦的叙述和剪报当然是威尔科克斯故事的有力佐证,但理性和整个事件的展开让我得出了我认为是理智的结论。我再次仔细地研读了文稿,并将通神论和人类学笔记同勒格拉斯对秘教的陈述联系起来,然后启程去普罗维登斯见那位雕塑师,打算对他如此厚颜无耻地欺骗一个有学问的老人给予适当的斥责。

威尔科克斯仍然独居在托马斯大街的百合花大楼里。这是一座维多利亚时代建造的十七世纪布列塔尼建筑风格的拙劣模仿物,在古老的山坡上,那座美丽的殖民地时期房屋炫耀着它拉毛粉饰的前墙,而且正处在乔治王朝风格的尖顶的阴影下。我找到他时,他正在工作室里创作。看到四周摆放的样品,我立刻就承认他的确才华横溢,名副其实。我相信,人们将他称为伟大的颓废派雕塑家,是因为他用泥土——将来某一天还会用大理石——再现了由亚瑟·梅琴在散文中唤起的、又由克拉克·阿希顿·史密斯在诗歌和油画中描绘的那些梦魇和幻想。

他皮肤黝黑,身体羸弱,显得有点不修边幅。他听到我的敲门声,懒洋洋地转过身,并不站起来,问我有何贵干。我做了自我介绍,他显出了一些兴趣,因为我的叔祖父探究他奇怪梦境的举动触动了他的好奇心,却又从不向他解释探究的原因。我没有向他透露更多,但想方设法让他自己吐露真相。不一会儿，我就相信了他是绝对诚心的，因为他叙述梦境时的样子不会让人看错。这些梦境，以及它们在潜意识里的遗留物深刻地影响了他的艺术。他向我展示了一个令人毛骨悚然的雕像，雕像的轮廓线条以其阴森的含义强烈地震撼了我。除了自己梦中创作的浅浮雕，他记不起还在哪里见过原物，但它的外形不知不觉就在他的手下形成了。毫无疑问，这就是他神志不清时胡言乱语提到的巨型怪物。他不久就证实了我的想法，除了我叔祖父对他接二连三地盘问引起了他的一些猜想外，他对这个秘密邪教真的一无所知。我又一次试图引导他说出他是通过什么方式获得这些怪诞印象的。

他以一种奇怪的诗人般的方式谈着他的梦，让我身临其境般地看见了细长的绿色石柱形成的潮湿的巨石城市。他奇怪地说，这个城市的任何比例都是不对的，也让我听到了——正如我紧张地期待的一样——来自地下的永不休止、似音非音的召唤。

克休尔胡弗赫塔根

克休尔胡弗赫塔根

这些词汇组成了那个讲述的一部分，说的是死去的克休尔胡在日列赫的石冢里，在梦中守候的可怕咒语，尽管我足够理智，仍然被深深地触动。我能肯定，威尔科克斯无意中听说过这个秘教，他阅读和想象了大量同样怪诞不经的东西，不久也就忘记了。后来，由于这件事确实能给人留下深刻印象，因此在梦中、在浅浮雕里、在我观摩的可怕雕像里都下意识地出现了。如此说来，我叔祖父的迷惑与他无关。这个年轻人既有点做作，又没礼貌，我不会喜欢这样的人。不过，现在我愿意承认他的天才和诚实。我客气地同他告别，祝愿他能获得与他的天才相称的成就。

秘教的事仍让我牵肠挂肚，有时我甚至幻想通过研究它的起源和联系来一举成名。我去过新奥尔良，与勒格拉斯以及参加过那次突袭行动的其他人谈过话，看到了那个可怖的雕像，甚至还询问了尚在人世的混血俘虏。不幸的是，老卡斯特罗已经死去多年。我现在听到的是绘声绘色的第一手的叙述。尽管这只是对我叔祖父记录的更为详尽的证实，却让我再次感到激动，因为我确信，我找到了一丝线索，关于一个非常真实、非常秘密、非常古老的宗教。寻找到这样的宗教足以让我成为有名望的人类学家。我的态度仍然是绝对唯物主义的，至少我希望还是这样。而且我以几乎无法理喻的执拗，在心里对安杰尔教授收集的梦境笔记和零散的剪报中的巧合大打折扣。

我早就怀疑——现在恐怕已经可以确知——叔祖父的死完全不是自然死亡。他从挤满了外国混血儿的古老海滩走上一条狭窄的山坡街道，被一名黑人水手不小心推搡一下后摔倒。我没有忘记路易斯安那州的秘教信徒们都是混血种，以航海为生，如果听说有什么秘密的方法、仪式和信仰存在，我是不会感到惊奇的。勒格拉斯和他的手下没有遭到报复，这没错，不过，挪威有一个知情的海员死掉了。叔祖父在接触到雕塑师提供的资料后进行了深入调研，这事会不会让恶人听到了风声？我相信，安杰尔教授之死是因为他知道得太多，或者是因为他可能会知道太多。我是否会碰到与他一样的遭遇，还要拭目以待，因为我现在已经知道了不少。

三

如果上苍真的要赐我一个恩惠，那就请彻底抹去这起纯属偶然事件的结果吧：我的视线落在了一张糊搁板的报纸上。通常，我是不会碰这样的报纸的，因为这是一张旧的澳大利亚报纸——1925年4月18日《悉尼公报》。报纸发行的时候，剪报社正在热心地为我叔祖父的研究收集资料，他们竟然也遗漏掉了这张报纸。

我当时已经基本上停止了对安杰尔教授所谓的"克休尔胡秘教"的调查，转而拜访新泽西州帕特森市的一位有学问的朋友。他是当地博物馆的馆长，也是位有名望的矿物学家。有一天，我在博物馆的内室里查看胡乱放在储物架上的备用标本，目光被吸引到了各种石头标本底下摊着的旧报纸上的一幅奇怪的图片上,这张报纸就是我提到的《悉尼公报》。图片上用网线凸版印刷的是一个可憎的石像,几乎与勒格拉斯在沼泽地里找到的那个一模一样。我赶紧将报纸上的珍贵标本移开,然后仔细地阅读图片下的新闻报道。报道篇幅不长,让我颇为失望。然而,报道的内容对我那江河日下的研究却有着预兆性的意义。我小心地将这份报道撕下,立即采取行动。报道内容如下:

海上发现神秘弃船

"警惕"号拖带着携带武器的新西兰游艇抵港。游艇上发现一名幸存者和一具男尸。传说海上发生了绝望的战斗,多人被杀死。获救海员拒绝讲述他奇特经历的某些细节。他携带的物品中发现有奇怪的崇拜物。讯问即将进行。

莫里森公司的"警惕"号货船从瓦尔帕莱索港始发,今天上午抵达达今港的码头,拖带着一艘经历过战斗、已经瘫痪、却带有许多武器的新西兰蒸汽游艇"达尼丁警报"号。游艇是4月12日在南纬34°21′、西经102°17′被发现的,船上有一死一活两名船员。

"警惕"号于3月25日离开瓦尔帕莱索,于4月2日被特大风暴和巨浪推向南侧,较大地偏离其航向。4月12日,发现弃船"达尼丁警报"号，尽管看来船上空无一人，经登船后仍发现船上有一名幸存者，处于半谵妄状态，另有一人显然已死去一周以上。存活者紧夹着一个来历不明的可怕的石头崇拜物，高约一英尺，悉尼大学、皇家学会、学院街博物馆的权威们均对该崇拜物的性质表示完全不解。据幸存者说，他是在游艇舱内一个外形普通的小雕花神龛内找到该崇拜物的。

  这名海员在恢复神志后讲述了一个极为奇怪的海盗和屠杀的故事。他名叫古斯塔夫·约翰森，是个颇为聪明的挪威人。他是双桅纵帆船"奥克兰爱玛"号的二副。该船于2月20日启程前往卡亚俄，船上共有十一名船员。他说，"爱玛"号被3月1日的强风暴延迟了船期，并极大地向南偏离了航向。3月22日，在南纬39°51'、西经128°34'遇到了"警报"号，该艇上船员是怪谲、恶毒的南太平洋岛屿土著和混血儿。他们蛮横地命令"爱玛"号转向，但柯林斯船长拒绝了。于是，那些怪异的船员不做警告，就用游艇上配备的重型铜炮疯狂地向纵帆船开火。这位幸存者说，"爱玛"号船员奋起反击，尽管纵帆船在水线以下中弹开始下沉，他们仍成功地将船靠近敌船，登上游艇，在甲板上与野蛮的游艇船员搏斗。

由于"爱玛"号船员人数略占优势,在这场极为可恶、绝望、却又相当笨拙的肉搏中被迫将对手全部杀死。

"爱玛"号船的三名船员,包括柯林斯船长和格林大副,在搏斗中被杀死,其余八人在二副约翰森的率领下,开始驾驶俘获的游艇,沿着他们原来的航向前进,想看看"爱玛"号被命令掉头是否有什么原因。第二天,他们登上了一个小岛,尽管从来没人知道那个海域存在这样一个小岛,他们中六个人不知怎么死在了岛上,但约翰森对这部分的故事奇怪地缄口不语,只是说他们掉进了一道石峡。后来,他和一名同伴登上游艇,试图将船控制住,但被4月2日的风暴打得团团转。从这时到4月12日获救这段时间的情况,他几乎都记不得了,甚至也记不起来他的同伴威廉·布莱顿是什么时候死的。布莱顿之死也查不出有什么明显的原因,也许是因激动或日晒过度。来自达尼丁的电报说,"警报"号在当地是一条尽人皆知的商船,往来于岛屿之间,在沿海地带名声很坏。船的主人是一群怪异的混血儿,经常在夜里到森林中集会,引起了不少人的注意。它在3月1日的风暴和地震刚过去后就急匆匆地启航。我们驻奥克兰的记者报告说,"爱玛"号及其船员都有极好的名声,约翰森也被认为是个头脑清醒、行为端正的人。海事法庭从明天起将对整个事件进行调查，将尽最大努力说服约翰森比现在更为放松地叙述他的经历。

这就是报道全文，还登载了那个丑恶的雕像的照片。然而，它在我脑海里引发的是怎样的一连串想法啊！这是有关克休尔胡秘教的新资料宝库，而且也证实了这个秘教在陆上和海上都有奇怪的关系。游艇的混血船员们带着那可憎的崇拜物胡乱航行时，是什么动机促使他们命令"爱玛"号掉头？那个让"爱玛"号的六名船员丧命、令二副约翰森讳莫如深的岛屿到底是什么？海事法庭调查的结果如何？达尼丁人对这个恶毒的邪教有多少了解？最有意思的是，这些日期对我叔祖父仔细记录的各个事件变化具有邪恶的、现在已经无法否认的意义，它们之间又有什么深层的、超出自然范围的联系？

3月1日——或者根据国际日期变更线是2月28日——发生了地震和风暴。"警报"号游艇和它那群令人生厌的船员们急切地从达尼丁出发，似乎是得到了紧急的召唤。而在地球的另一侧，诗人和艺术家开始梦见一个奇怪的、阴湿的巨石城市，同时一位年轻的雕塑师在睡梦中塑造了可怕的克休尔胡的形象。3月23日，"爱玛"号的船员登上了无人知晓的岛屿，有六人死在岛上，在同一天，敏感的人们的梦境更为栩栩如生，因害怕一个巨型怪物的恶毒索求而蒙上阴影，一名建筑师发了疯，另一名雕塑师突然变得神志不清！4月2日，这边发生了风暴，而那边所有关于阴湿城市的梦境结束了，威尔科克斯也完好无损地挣脱了奇怪热症的羁绊。这说明了什么？老卡斯特罗隐晦地提及的沉于海底、出生在星座上的"老者"和他们即将到来的统治，以及"老者"的忠诚秘教和他们对梦境的主宰——这一切又说明了什么？我是不是踩到了人类无力承受的宇宙的恐怖边缘？如果是这样，那也仅仅是心理上的恐怖，因为在4月2日那天，这些恐怖对人类灵魂的包围以某种方式停止了。

那天晚上，在整整一天匆匆忙忙地发电报和安排工作之后，我同招待我的主人告别，乘火车前往旧金山。不到一个月时间，我来到达尼丁，但是却发现人们对曾经流连在老游艇上的奇怪的秘教信徒知之甚少。海员中渣滓太普遍了，不值得特别关注。不过，有人含糊地说到，这些混种人曾到内地去了一趟，在此期间，远处的山坡上隐约传来锣鼓声和红色的火光。在奥克兰，我了解到，约翰森在悉尼经过一番敷衍了事、没有结论的讯问后，回来时黄发变成了白发。后来，他卖掉了在西大街上的简陋房屋，携妻子乘船回奥斯陆老家去了。关于他的惊人经历，他告诉朋友的并不比告诉海事法庭官员的更多，这些朋友能做的只是告诉我他在奥斯陆的地址。

然后我去了悉尼，与那里的海员和海事法庭的官员进行了交谈，但毫无收获。我见到了"警报"号，它已被出售，目前停靠在悉尼湾的环形码头从事商业用途。然而，它那无动于衷的船身无法告诉我任何讯息。那个蹲伏的雕像，以及它乌贼鱼一般的头、龙一般的身体、盖有鳞片的翅膀、刻有象形文字的基座，如今都保存在海德公园的博物馆里。我花很长时间对它里里外外进行了一番研究，发现它的做工是如此精致，它的材料与勒格拉斯的那个小一些的雕像的材料有着同样神秘、可怕的远古味和似乎不属于这个地球的奇怪感觉。博物馆馆长告诉我，这种材料给地质学家提出了一个无法解答的难题，他们发誓说世上绝没有像那样的石头。此时，我想起了老卡斯特罗谈起"老者"时对勒格拉斯所说的话，不禁浑身一哆嗦："他们来自星座，随身携带着他们自己的雕像。"

我的脑海里发生了从未有过的一场革命，于是我下定决心，要去奥斯陆找约翰森。我乘船先到伦敦，随即登上了去挪威首都的轮船。在一个秋日，在埃格堡的阴影下，我踏上了整齐的码头。我发现约翰森的家位于哈罗德·哈尔德拉达国王的旧城里。我是乘出租车去进行这次短暂的拜访的，站在一幢前墙涂着灰泥的整齐而古老的房子前面，我怀着一颗怦怦直跳的心敲了门。一位穿着黑衣、脸色哀郁的妇人来开了门。她用结结巴巴的英语告诉我，古斯塔夫·约翰森已经不在人世，我失望地怔住了。

他妻子说，他回老家后没能活上多久，因为1925年的海难事故彻底摧垮了他。他告诉她的也并不比公开叙述的多，但他留下了一份用英语写成的长篇文稿（显然是为了防止她随便翻阅时能读懂），内容据他说是"技术性问题"。他在哥德堡码头附近的一条窄街上行走时，上面的阁楼窗户里掉下一捆报纸，把他砸倒了。两名东印度水手迅速把他搀扶了起来，但没等救护车到场他就断了气。医生对他的死没有找出具有说服力的原因，只能怪罪于他心脏不好和体质差。我现在又感到那种黑暗的恐惧感在啃啮着我的五脏六腑，不到我因"意外事故"或其他原因而寿终正寝，这种恐惧感都不会离我而去了。我说服了那位寡妇，我与她丈夫的"技术性问题"有充分的关系，因此得以带走那份文稿，在开往伦敦的船上阅读起来。

文稿的笔触简单、拖沓，确像一名海员幼稚地试图在事后追记以前发生的事情。他费力地记下了上次可怕的航途中每天发生的事，我不想逐字逐句地照搬他充满模糊意思和重复的所有话语，但我会告诉你大意，让你明白为什么外面水浪拍击船舷的声音会让我觉得受不了，要用棉花把双耳都塞住。

感谢上帝，约翰森尽管目睹了那个城市和魔头，但他知道得并不全面。然而，我只要一想到在生活背后的时空里无休止地涌动着的那些恐怖，想到在海底做着梦的那些来自古老星座的、邪恶的渎神者，而又有一个荒诞的邪教了解、崇拜这些渎神者，想到一旦发生另一场地震让那座巨大的石城重见天日，这些信徒们随时准备着将它们释放到世界上来，我就再也难以安眠。

约翰森的那次航程开始时确如他向海事法庭陈述的那样。空载的"爱玛"号船于2月20日离开奥克兰，感受了那场地震造成的暴风雨的全部威力，而暴风雨一定也将出没于人类梦境的那些恐怖之物从海底卷了上来。船舶被再次置于控制之下后，按原定航向又正常行驶，在3月22日被"警报"号游艇拦截。在二副叙述"爱玛"号被轰击和沉没的字里行间，我能感受到他的惋惜之情。在谈及"警报"号上皮肤黝黑的邪教信徒时，他表现出了极大的恐惧。他们身上具有一种特别令人憎恶的特质，使得"爱玛"号船员的杀戮行为简直就像是一种义务。海事法庭在庭审时指控约翰森的同事们过于凶残，对此指控约翰森感到很纳闷。然后，他们乘上缴获的游艇，在约翰森的指挥下，受好奇心的驱使前行，看到了从海面上突出来的一根巨大的石柱，并在南纬47°9′、西经123°43′处看到了一段海岸，岸上满是淤泥、硅藻软泥和杂草丛生的巨石建筑的混合物。那就是地球上人们最为恐惧的城市日列赫，是人类历史开始之前无数世纪从黑暗的星座上散落下来的庞大、丑恶的幽灵建造的城市。那里躺着伟大的克休尔胡和他的部落，躲在绿绿的黏滑的墓穴下，在无以计数的轮回后，终于发射出他们的思想，向敏感的人们的梦境中散布恐惧，专横地召唤其忠实的信徒迈上解放和复辟的朝圣之途。约翰森不会猜到这么多，但上帝知道，他不久就看到够多的了！

我猜想只有一个山顶真的露出了海面，就是伟大的克休尔胡埋葬其中、有独石柱置于其顶的丑恶的堡垒。当我想到那里在阴谋策划的事件的严重性时，简直想就此自杀了之。约翰森和他的同事们被古老魔鬼们的这个滴着泥浆的巴比伦式的城市的宇宙壮观惊呆了，没人指点也肯定能猜出它不属于这个地球或任何神志清醒的星球。那绿莹莹的石块大得令人难以置信、巨大的雕刻独石柱高得令人头晕目眩、巨型塑像和浅浮雕与在"警报"号游艇的神龛里找到的古怪崇拜物的相似更是令人目瞪口呆，这一切，在二副惊恐的叙述中清楚地随处可见。

约翰森不会知道什么是未来主义的，但他在谈及那座城市时却非常接近未来主义。他没有描述任何确定的结构或建筑，而仅仅停留在对巨型石块表面的大致印象上——这些石块表面太大，不可能属于这个地球上任何适当的事物，而且上面还刻着不敬的骇人图案和象形文字。他谈到了角度，这让我联想起威尔科克斯在描述他的可怕梦境时曾说过的话。他说他见到的那个梦中之地的几何形状都是异乎寻常、不符合欧几里得规律的，充满了与我们的习惯完全不一致的球体和尺寸。现在，一名没有文化的海员在见到那可怕的现实时也产生了同样的感受。

约翰森等一干人登上了这个庞大的"雅典卫城"的一段泥泞的坡岸，深一脚浅一脚地爬上巨大的黏泥石块，这绝不同于人间的楼梯。透过这个被大海浸透的丑物上蒸腾起来的偏光瘴气看天空中的太阳，太阳也变了形状。在那些被雕刻的岩石难以名状的角度中，潜藏着扭曲的恶意和悬念。第一眼看去是凸的，第二眼却变成凹的了。

这些探险者们还没有见到岩石、软泥和杂草之外的任何事物，就感到了恐惧。要不是害怕被同事小看，大家早就逃走了，因此都心不在焉地寻找着可以随身带走的物品，但事实证明找不到这样的东西。

一个名叫罗德里格斯的葡萄牙海员爬到了独石柱的脚下，大叫着他发现了什么。其他人跟过去，好奇地看着那扇巨大的、雕着图案的门，门里放着现在已经熟悉了的既像乌贼又像龙的浅浮雕。约翰森说，那就像一扇巨大的谷仓门。他们都觉得那是一扇门，因为它有着装饰花哨的过梁、门槛以及周围的边框，但无法断定那是平坦的活板门还是倾斜的地窖门。威尔科克斯也许会说，这个地方的几何形状都是错的。没人能说清海和地面是不是水平的，其他所有的东西也都像幻影一样变幻不定。

布莱顿推了推几个地方的石头，但毫无结果。然后，多诺万沿着边缘轻轻地摸着，边走边按一个个点。他沿着奇形怪状的石头线条漫无尽头地爬着——人们也许会把这叫作"爬",如果那东西并不水平的话——海员们纳闷宇宙里怎么可能有这么巨大的门。随即,轻轻地,缓缓地,足有一英亩面积的过梁开始在顶上向里移动。

多诺万沿着边框滑落下来,或者说不知怎地自己就移下来了,跟其他人待在了一起。大家瞧着雕花石门怪异地慢慢后退。在棱镜变形的幻觉中,门是反常地朝对角线方向移动的,一切关于物质和视角的规则似乎都被打乱了。

打开的缝隙是黑色的,里面的黑暗几乎有了质感。那黑暗倒是一种有益的特点,因为它遮盖了本来会显露出来的部分内墙,几乎像烟一样从长期的囚禁中喷出来,扇动着薄膜一样的翅膀飘向收缩隆起的天空,让太阳明显地变暗了不少。刚刚打开的深渊里升腾起让人无法忍受的气味。最后,耳朵灵敏的霍金斯认为他听到那底下传出一声污秽的、溅着泥浆的声音。每个人都在静静地听着。突然,那怪魔淌着口水,笨重地出现了,摸摸索索地将它绿色胶状的巨大躯体从黑色的门洞里挤出来,来到那座恶毒的疯狂之城外面被玷污的空气中。

写到这里时,可怜的约翰森的笔迹几乎无法辨认了。他相信在未回船上的六个人中,有两人是在那被诅咒的一刹那被吓死的。那个怪魔难以描述——没有语言能叙述这种远古的疯狂,这种对物质、力和宇宙秩序的怪异矛盾。一座山在走路,或者说在跌跌撞撞地行走。上帝呀！在那通灵的瞬间，在世界范围里，一位伟大的建筑师发了疯，可怜的威尔科克斯在发烧中胡言乱语，这是怎样一种奇迹？崇拜物中的魔头、绿莹莹黏糊糊的星球孽根苏醒了，要来收回原来属于它的一切。星座又处在合适的位置，一个年代悠久的秘教处心积虑要做却未能做成的事，一群毫不知情的海员们不经意间却做成了。在亿万年之后，伟大的克休尔胡又自由了，要狼吞虎咽地享乐一番了。

大家还来不及转身，有三人被松软的爪子掀倒。上帝保佑他们安息，如果宇宙里真能安息的话。他们是多诺万、格雷拉和昂斯特伦。其余三人发疯般地穿过无边无际的覆盖着绿色淤泥的岩石奔向救生艇。帕克尔掉队了，约翰森发誓说他一定是被一个本不应该有的石头角吞噬了。所以，只有布莱顿和约翰森逃到救生艇上，绝望地划向"警报"号游艇。那个山一样的怪物笨拙地踩着溜滑的石头追来，跟跄地站在水边，犹豫着。

尽管所有的水手刚才都上了岸，但游艇发动机的动力还没有完全消失。慌慌忙忙地在驾驶台和机舱之间来回几次后，他们就启动了"警报"号。在那个无法描述的场面带来的扭曲的恐怖之中，游艇开始缓缓地搅动死亡之水。在那片仿佛不属于这个地球的收尸藏骸的石岸上，来自域外星座的巨型怪魔淌着口涎，含混不清地说着什么，就像波吕斐摩斯诅咒着奥德修斯的逃离。接着，比神话故事中的库克罗普斯更勇敢、更伟大的克休尔胡哧溜一声滑入水中，带着汹涌波涛追上来。布莱顿向后看一眼，尖声笑起来，当即发了疯，然后每隔一段时间就会笑起来，直到一天晚上在船舱里被死神夺去了生命，而约翰森当时还在神志不清地游荡。

不过，约翰森这时力气还没用完。他知道"警报"号的动力没有全部上来，那怪魔肯定能追上来，因此决心鱼死网破地冒一次险。他将发动机拉到全速，然后迅雷不及掩耳地跑到甲板上，将舵轮往相反方向扳死。恶臭的海水中掀起巨大的漩涡和泡沫，随着发动机动力越来越大，这个勇敢的挪威人驾驶着船正对那追来的胶状怪魔撞去，而那怪物从污浊的泥水中露了出来，就像一艘魔鬼帆船的船尾。那个可怕的乌贼鱼头及其盘绕的触须几乎碰到这艘结实的游艇的船首斜桁，但约翰森毫不退缩地继续前行。只听一声爆裂，仿佛膀胱爆开的声音，他闻到一股犹如太阳鱼被撕开的腥味、一阵好像打开了一千个古墓的恶臭，听到一种无法用文字描写的声音。一瞬间，游艇被呛鼻的、让人睁不开眼睛的绿云包围，不一会儿船尾只剩下毒液的翻腾。那里——上帝啊——那个无名的孽根四散的胶质物又在像星云一样重新聚拢起来，汇成它可恶的原形。随着"警报"号的动力不断加大，它的速度越来越快，与那怪魔的距离也越来越远了。

整个事情的经过就是这样。从那以后，约翰森只是坐在舱里对着那个崇拜物呆想，偶尔为他自己和身旁的那个傻笑的疯子弄点吃的。在第一次勇敢地奔逃之后，他再也不去驾船了，仿佛那次冒险的结果从他的灵魂中摄走了什么东西。接着，4月2日的风暴来了，然后他的意识渐渐变得模糊起来。他觉得自己打着旋转穿过无尽的深湾，乘着彗星的尾巴，头晕目眩地在不停转动的宇宙中旅行，歇斯底里地从地坑上了月亮，又从月亮跳回到地坑里——所有这些都伴着形状扭曲、兴高采烈的年老众神和地狱里绿色的、长着蝙蝠翅膀、喜欢讥笑人的小魔鬼纵情大笑的合唱，因而显得更为生动。

以后的一系列事件把他从梦境中拯救出来——"警惕"号货轮、海事法庭、达尼丁的街道，以及长途航行回到埃格堡边上的老家。他无法告诉他们——他们准会认为他疯了。他会在死亡来临之前把他所知道的写下来，但不能引起他妻子的猜疑：如果只有死亡才能消除记忆，那么死亡就是恩赐了。

这就是我读到的文稿。现在我将这篇文稿存放在铁皮盒子里，与浅浮雕和安杰尔教授的文章放在一起。我自己写的这些记录文字也要放进去，这些文字可以证明我精神正常，这些拼合而成的东西，我希望不要再有人去拼合。我见识了宇宙中所有恐怖的事，今后即使春季的天空和夏季的鲜花在我看来也是毒药。我知道我将不久于人世。我的叔祖父走了，可怜的约翰森走了，我也会以同样的方式离去。我知道得太多，而那秘教仍然存在。

我猜想，克休尔胡也还活着，重新活在那个从太阳年轻时就一直庇护他的石窟里。他那座被诅咒的城市又一次沉入海底，因为"警惕"号在4月的风暴过后驶过了那个区域。然而，他在地球上的追随者们仍然在偏僻的地方围着顶上放有崇拜物的独石柱嚎叫、跳跃、杀戮。他一定是还没来得及重新成形就沉没于他的黑色深渊，否则这个世界如今肯定在恐惧地、疯狂地尖叫。谁知道结局如何？浮起的东西会下沉，沉没的东西也会上浮。丑恶在深渊里等待和梦想，腐败散布在人类摇摇欲坠的城市里。一旦时机到来——但我不应该，也不能够去那样想！我只祈祷，如果我死后这份文稿尚存，我的遗嘱执行人会以谨慎克服鲁莽，确保不再有人读到它。

因思茅斯上空的阴影

一

  1927年和1928年之交的冬季,联邦政府官员对马萨诸塞州的古老海港因思茅斯的某些奇怪的状况进行了秘密调查。公众最先是在2月听到这一消息的,当月发生了一系列的袭击和逮捕事件,然后官方对无人光顾的海滩边大量被虫子蛀蚀、相继崩裂、据说是空关的房子进行了有计划的焚烧和爆破——事先采取了合理的预防措施。对此不愿深究的人觉得,这件事只不过是打击酗酒的突击行动中发生的重大冲突之一而已,过去也就过去了。

  然而,热心的"包打听"们则对有那么多人被逮捕、调动了异常多的警力参与行动，以及对犯人处理方式的秘而不宣产生了疑心。没有任何审判，甚至也没有对相关罪行的报道，在此之后也没有谁在这个国家的正常监狱里见到过那些被捕者中的任何一名。尽管也有传染病、集中营，以及分散在许多海军和陆军监狱等各种模模糊糊的说法，但没有形成任何明确的结论。因思茅斯本身也几乎成了无人居住的空城，即使到现在才刚开始显出缓慢的复苏迹象。

不少自由派组织提出了抗议，官方的反应是同他们进行长时间的秘密交谈，然后选几名代表送到某些营地和监狱参观。结果，这些组织变得消极和沉默，令人惊讶。报界人士要难对付一些，但他们到头来也大多采取了与政府合作的态度。只有一家报纸———一份小报，其办报方针过于出格，因此人们总要对它刊登的报道打些折扣——提到有一艘深水潜水艇向魔鬼海礁外侧的海底深渊发射了鱼雷。这个故事是在海员们经常出入的场所偶然听到的，也太不着边际了，因为那块矮墩墩的黑色礁石距离因思茅斯港湾有整整一海里半。

周围乡村和附近城镇里的人们相互之间喊喊喳喳了好一阵子，但对外人则往往三缄其口。他们对垂死的、几乎被人抛弃的因思茅斯谈论了几乎有一个世纪。新传出来的说法，再出格、再恐怖，也比不上许多年前人们交头接耳传述或影射的事。许多事情让他们学会了躲闪遮掩，再说，他们知道的真的很少。因思茅斯在陆地的一侧，与其他地方隔着一片宽阔的盐碱沼泽地，沼泽地上荒无人烟，因此相邻地方的人很少去因思茅斯。

但现在，我终于要违抗对这件事缄口不语的惯例了，我确信政府行动的结果非常彻底。如果我含糊地谈及当时惊恐万分的警察在因思茅斯所发现的东西，除了会引起一阵恶心的感觉外，想必也不会对公众造成什么伤害。再者，他们所发现的东西也可能会有不止一种解释。我不知道即使是我自己又对整个事件的真相掌握了多少，我有很多理由不希望再去更深入地探究。我与这件事的接触比其他任何外行人都要密切得多，我了解的情况还将把我推到更令人瞠目结舌的地步。

正是我在1927年7月16日的清晨疯狂地逃出因思茅斯，然后恐惧地呼吁政府进行调查和采取行动，才发生了上述的整个事件。在此事还算新鲜、还不太确定的时候，我愿意免开尊口，然而，现在它已经是一个陈年老故事，公众对它的兴趣和好奇心已经消失，我就有了一种奇怪的意愿，要将我在那素有恶名、笼罩在邪恶阴影下、充满死亡和亵渎变态的海港城市所度过的恐怖的几小时轻声说出来。诉说本身能让我恢复对自己身体机能的信心，让我确信自己并不是第一个屈服于那种有传染性的梦魇幻觉的人。这也有助于我下决心走出当下面临的可怕的一步。

在我第一次——迄今为止也是最后一次——来到因思茅斯之前，

我从未听说过这个地方。那时,我正畅游新英格兰地区,以此庆祝自己成年,观光、收集古物、探究家族历史,一举三得。我计划从古老的纽伯里波特直接去阿克罕姆,我母亲的家族就是在阿克罕姆发源的。我没有汽车,一路靠火车、有轨电车、公共汽车代步,总是寻找最便宜的路径。在纽伯里波特,人们告诉我去阿克罕姆要乘蒸汽火车。于是,我就去了火车站售票处,看到票价昂贵而犯了难。正是在这个时候我听人说起了因思茅斯。那位身材敦实、一脸精明的售票员——一开口就让人听出他不是本地人——对我省钱行路的努力显得很同情,提出了其他人都没有提过的一个建议。

"我想,你不妨乘那辆旧巴士,"他有些犹豫地说,"但这里的人都看不起那汽车。它途经因思茅斯——你可能听说过——所以人们不喜欢它。那辆巴士由一个名叫乔·萨金特的因思茅斯人经营。不过,这里从来没有人乘坐那辆车,我猜想阿克罕姆也没有人乘坐。不知道它是怎样维持经营的。它应该很便宜,但我每次看到车上只有两三名乘客——全是因思茅斯人。如果他们没有改变班期的话,汽车每天上午十点和晚上七点离开广场——就是哈蒙德杂货店门前的广场。看上去像辆格格作响的老爷车——我从来没上去过。"

这是我第一次听人说起笼罩着阴影的因思茅斯。只要有人说起普通地图上没有标出来、最近出版的导游书中也没有列出的城镇,都会让我感兴趣，而售票员提及因思茅斯时奇怪的样子更是引起了我极大的好奇心。一个城镇竟然能在邻近地区激起这样的憎恶，我想肯定有其不平常之处，值得一名游客对它产生关注。如果它在阿克罕姆的前面，我就先在那里停留一下，因此我请售票员跟我说说因思茅斯的事情。他显得很慎重，在说这些事的时候说话的神情带有一种优越感。

"因思茅斯？噢，它是马努塞特河河口的一个古怪的城镇，本来差不多像个城市了。1812年战争之前是个不错的港口，但在过去大约一百年的时间里一切都变得乱七八糟。现在铁路没有了，波士顿－缅因铁路一直没有通进去，从罗利过来的铁路支线也在多年前被废弃了。

"我猜想，那里空关的房子比居民还要多。除了捕鱼和捕龙虾，简直没有什么营生。那儿的人大多都来这里，或者去阿克罕姆和伊普斯威奇做生意。以前曾有过好几家工厂，但现在什么都没有留下来，仅有一家炼金厂还在，也是半开半闭的。

"不过，那家炼金厂曾经很了不起，它的主人马什老头比克罗伊斯还要富有。他是个古怪的老头，老是待在家里不挪窝。有人说他后来生了某种疾病或变成了某种畸形，所以待在家里不让人看见。他的祖父奥贝德·马什船长是炼金厂的创始人。他母亲是某个地方来的外国人——据说是南海岛屿上的人——所以当他五十年前娶了一位伊普斯威奇的姑娘时，引起了轩然大波。伊普斯威奇人对因思茅斯人总是这样的态度,这里的人一直力图掩盖他们与因思茅斯的血缘关系。但在我看来,马什的儿辈和孙辈看不出与别人有什么不一样。有人为我指出来我才认出他们——现在回想起来,他们中辈分大一些的近来都不大见到了,我从没见到过马什老头本人。

"为什么大家都看不起因思茅斯?咳,小伙子,你不要太相信这里的人说的话。他们形成一种观念不容易,可一旦形成了就永远不会改变。他们在过去一百年里一直谈论着因思茅斯——大多是交头接耳说的——我猜想他们比谁都要害怕。他们说的某些故事让人哑然失笑——说什么老马什船长与魔鬼达成交易,将鬼娃娃从地狱里带到因思茅斯生活,或者说什么在码头附近的某个地方有魔鬼崇拜以及可怕的供奉物,1845年被人撞见了——但我是佛蒙特州潘腾人,对这种故事不在乎。

"不过,你应该听一听老辈人谈论的海岸外面那座黑乎乎的礁石——他们叫它魔鬼礁。它大部分时间都露出水面,也不会被海水淹得太深,但它仍然是海礁,而不是岛屿。传说那礁石上有时可以看见有一大群魔鬼,要么手脚分开地躺着,要么是在礁石顶上像岩洞一样的地方奔进奔出。礁石崎岖不平,长度超过一海里,在航海年代快结束时,海员们都要绕大圈子远远避开它。

"当然,那些是来自因思茅斯以外地方的海员。人们对老马什船长耿耿于怀的事情之一是:据说他曾经在夜里潮汐合适的时候登上礁石。

也许他确实去过，我敢说那礁石的岩层很吸引人。也有可能他是在寻找海盗放在那里的赃物，也许真的找到了，但这种可能性不大。不过，有人说他在与那里的魔鬼打交道。我猜想，其实是因为马什船长，那礁石才有了不好的名声。

"那还是1846年发生的大瘟疫之前的事，而那场瘟疫中因思茅斯半数的居民被夺走了生命。没有人搞清楚那是什么传染病，是通过船舶从什么地方带来的疾病。那情况真是糟透了——发生了骚乱，有人做出了各种可怕的举动，但我相信这些事都发生在城镇的内部——由此因思茅斯变得惨不忍睹。逃出去的人再没有回来——现在只有不过三四百人居住在那里。

"然而，人们对因思茅斯的态度背后真正的东西是人种歧视——我并不责怪有这种歧视的人，我自己也恨那些因思茅斯人，我也不屑到他们那个地方去。我猜想你知道——尽管听口音你是西部人——我们新英格兰的船舶是什么玩意儿——以前老是驶向非洲、亚洲、南部诸海，以及其他任何地方的古怪的港口，有时也随船带回来古怪的人。

"呃，因思茅斯的居民中一定也有那样的人。这个地方总是被沼泽地和小溪流同其他地方分隔开来，我们无法确认这些事的来龙去脉。不过，老马什船长在二三十年代经营的三艘船舶返航时肯定也带回来了一些奇怪的人种，这是很清楚的。如今的因思茅斯人肯定有某种奇怪的特征——我不知道怎样解释这种特征，但它会让你起鸡皮疙瘩。你如果乘萨金特的汽车的话，可能会注意到一鳞半爪。他们中有些人的脑袋狭窄得出奇，鼻子扁平，水泡眼明亮，似乎永远不会闭上。他们的皮肤也不大对头，非常粗糙，痂疤累累，脖子的表皮都皱巴巴的或者满是褶，而且年纪很轻就开始秃头。年纪大一点的人更糟糕——事实上，我相信我从未见过那样的老头。我猜，他们要是照一下镜子的话，肯定会被自己的模样吓死！动物也憎恨他们——在汽车出现之前他们那经常发生马惊事件。

"这里，或者阿克罕姆和伊普斯威奇的人都不愿与他们打交道。他们来这里赶集，或者有人去他们那里捕鱼时，他们自己也表现得很疏远。说来也奇怪，别的地方找不到一条鱼，而因思茅斯海港外却总是聚集着密密的鱼群——但你试试到那里捕鱼，看他们是怎样来驱赶你的！那些人以前是乘火车来这里的——在铁路支线被废弃后是步行到罗利，再乘上火车——现在他们乘那辆公共汽车。

"是的，因思茅斯有一家旅店，名叫吉尔曼，但我不相信它是个像样的旅店。我劝你也不要去住。最好在这里过夜，明天上午乘十点钟的班车，然后可以在那里乘晚上八点钟那班车去阿克罕姆。几年前，有一位工厂督察员在吉尔曼住过。他对那家旅店颇有微词。似乎旅店里住着一大群奇怪的人，因为他听到其他房间里传来的声音——尽管大多数房间是空着的——这些声音令他毛骨悚然。他认为那声音是外国话，但最糟糕的是那说话的声音，听起来是那么不自然——就像泥浆泼溅的声音。他不敢脱衣服、也不敢入睡，只是勉强把时间挨过去，第二天一大早就赶紧走了。那说话的声音几乎响了一整夜。

"这位仁兄——他叫凯西——经常说起因思茅斯的人盯着他看，似乎对他很是警觉。他发现马什家族的炼金厂是个古怪的地方——它在马努塞特河下游一个老磨坊里。他说的事与我以前听说的对上了号。账簿弄得乱七八糟，没有关于任何交易的清晰记录。要知道，马什家是从哪里弄来那些金子进行冶炼的，这个问题一直是个谜。他们似乎一直没有大量采购过糙金，但好多年前他们却出运了数量极多的金锭。

"以前有人谈到，海员和炼金厂的工人有时会偷偷地出售一种古怪的外国首饰，还谈到有人曾在马什家的女人身上看到过这样的首饰。人们猜测，也许是奥贝德船长在某个异国的港口换来的，因为他总是订购一堆堆的玻璃珠子和小装饰物，那是航海者经常用来同其他地方的土著做易货生意的。其他人则认为——到现在还这么想——他是在魔鬼礁上找到了一个海盗存放赃物的古老的秘密地库。然而，这事说来也蹊跷，老马什船长已经死了六十多年，自从内战以来并没有一艘稍大一些的船舶驶出过港口，但马什家仍然在不断地购买那些供土著贸易的东西——人家告诉我，大多是玻璃和橡胶做的华而不实的小玩意。也许是因思茅斯人自己喜欢看这些玩意——上帝知道，他们已经变得像南海的食人族和几内亚的野蛮人一样堕落了。

"1846年的那场瘟疫一定是夺走了那个地方最好的家族。不管怎么说，现在那里的居民令人生疑，而马什家族和其他富人则最坏。我刚才说过，尽管人们说那里有许多街道，但现在整个城里住着不过四百来人。我猜想，他们就是南方人说的'白种人渣'，无法无天，为人奸猾，干的全是秘密的勾当。他们捕获大量的鱼和龙虾，用卡车运出去销售。真怪，鱼别的地方不去，偏偏都往那里游！

"没有人能搞得清楚那帮人，州里的教育官员和人口普查人员被弄得十分头痛。不用说，打听事情的陌生人在因思茅斯是不受欢迎的。我听说有不止一个商人或政府职员在那里失踪了。传说有一个人去过之后就疯了，现在被关在丹弗斯的疯人院里。他们肯定设了什么计谋吓唬了那个人。

"所以，要是我的话，才不会在夜里去呢。我没去过那里，也不想去。不过，大白天去一趟可能不会对你有什么伤害——尽管这里的人会劝你不要去。假如你只是去观光，顺便找些古物，因思茅斯倒是个不错的地方。"

因此，那天晚上的一部分时间我是在纽伯里波特公共图书馆度过的，寻找关于因思茅斯的资料。我曾试着向商店、餐厅、修车铺和车站的当地人询问，发现他们比售票员估计的还要难以开口。我也意识到我没有那么多工夫让他们克服最初本能的缄默。他们有种隐而不露的猜疑之心，似乎认为那些对因思茅斯太感兴趣的人脑子都有点不对头。我当夜借宿在青年会招待所，那里的职员对我要去这样一个阴森、堕落的地方泼了点冷水，图书馆的人也表现出同样的态度。显然，在有教养的人的眼里，因思茅斯只是一个夸张的道德沦丧的实例而已。

图书馆书架上的埃塞克斯县县志对因思茅斯语焉不详，只是说这个城镇建立于1643年，在独立革命发生之前以造船业著称，在十九世纪初航海业相当繁荣，后来以马努塞特河水为动力，成为一个不大的工业中心。1846年发生的疫情和暴动被一笔带过，似乎它给这个县的脸上抹了黑。

县志对因思茅斯逐渐衰落的过程也是轻描淡写，但之后的记录则有不容抹杀的重要意义。内战结束后，这个地区的工业仅限于马什冶炼公司，金锭的销售是在一成不变的捕鱼业之外留下来的唯一的商业活动。随着海产商品的价格一路下跌，以及大规模的公司带来的竞争，捕鱼产生的收入越来越少，但因思茅斯港湾周围的鱼群却一直没有减少。外国移民很少在那里定居。有一些被小心掩盖起来的证据表明，一些波兰人和葡萄牙人曾试图在那里居住，但奇怪地被冲散了。

最有意思的是，县志简略地提到了与因思茅斯隐约有某种关联的奇怪的首饰。它显然给整个县里的人们留下了深刻的印象，因为县志提到阿克罕姆的米斯卡托尼克大学博物馆和纽伯里波特历史学会的陈列室里都藏有此种首饰的藏品。有关这些首饰的零星描述平淡无奇，但字里行间潜藏着一种顽固的奇怪感。它们肯定有什么怪异和令人生厌的地方，使我对之无法忘怀。尽管时间已经相当晚了，我还是下决心要看一看本地陈列的那个藏品——据说是一样个头挺大、各部分比例很奇怪的东西，显然是一种冠冕——如果还可以参观的话。

图书管理员给我写了一张介绍便条，我就去找住在附近的学会陈列馆馆长——安娜·蒂尔顿小姐。我简短地解释一番后，那位老小姐好心地带我进了已经关门的陈列馆。馆藏物确实还都不错，但在我目前的心境下，我别的什么也不看，径直奔向角柜里一个在电灯照射下熠熠发光的奇怪物品。

不需要对美有过分的敏感，就足以使我对着紫色天鹅绒垫子上放着的那个物品瞠目结舌。它是一个充满异域风情的华丽的梦幻之物，有着奇怪的、宛若天庭的壮观。即使到现在我仍无法描绘所见之物，尽管它正如县志中所说很像一个冠冕。它的前部较高，帽圈部分很大，形状令人惊奇地极不规则，似乎是为畸形、椭圆形的脑袋而设计的。所用的材料看来绝大部分是黄金，但色泽要奇怪地淡一些，仿佛是一种与黄金同样漂亮、却又无法辨认的金属所合成的特殊合金。它的状态保存得近乎完美，你可以花上几个小时研究它突出的、令人费解的非传统的图案设计——有的是简单的几何图形，有的显然是海洋图案——是用令人难以置信的技艺和优雅的做工，在表面刻镶或模塑出来的深浮雕。

我看的时间越长，它对我的吸引力就越大，在陶醉之中却又有一种无法描摹或明言的令人不安的奇怪因素。起初我猜想，一定是这件艺术品浑若天外之物的特征令我不大自在。我曾见过各种不同的艺术品，有些属于已知的人种或民族流派，有些是故意以现代主义的方式区别于其他被认知的流派。这个冠冕则完全不同，它清楚地属于某种已无比成熟和完美的既定技巧，但这种技巧又迥异于我听说过或者见过的任何一种艺术派别——无论是东方的还是西方的，无论是古代的还是现代的。这种工艺似乎源自另外一个星球。

然而，不一会儿我就看出，我的不自在还有另外一个可能，那就是这些奇怪的图案都影射着时间和空间里遥远的秘密和不可想象的深渊。浮雕上单调的海洋主题被表现得几乎充满罪恶，其中有荒唐无稽的怪物，奇特、可憎、凶狠——一半像鱼、一半像蛙——让人无法不联想起某种萦绕心头、极不舒服的伪记忆的感觉，似乎它们从海底深处的细胞和组织中唤起了某种形象。这些细胞和组织完全是原始地、令人畏惧地亘古发展着。有时候，我幻想这些不洁的鱼蛙的每根轮廓线都充溢着未知和非人类的罪恶。

同冠冕的外观形成奇怪对照的是它短暂而平淡的历史，这是蒂尔顿小姐向我讲述的。1873年，在州邦大街的一家当铺里，一个醉醺醺的因思茅斯人将它典当了，换得一笔少得可怜的钱。此人后来在斗殴中死了。学会立即向当铺老板买下了这个冠冕，在陈列馆里给了它相应的位置。它上面的标签是"可能起源于印度东部或印度支那"，老实说，这样的定性只是一种推测。

蒂尔顿小姐倾向于相信这个冠冕是老奥贝德·马什船长发现的海盗宝库里各种异邦珍宝中的一件。马什家族听说历史学会有这样一件宝物后，马上开始不断地出各种高价要购买它。尽管学会坚决不肯卖，他们至今仍在要求收购。这种做法显然更让蒂尔顿小姐坚信她的观点是正确的。

这位好心的女士将我送出学会大楼时，明白无误地说，马什家的财产来源于海盗宝库的说法在这一地区非常流行。她本人对笼罩在阴影下的因思茅斯的看法——她从未去过那里——是对这个社区在文化上极其堕落感到恶心。她向我证实，那里有一个奇特的秘教日益盛行，吞没了所有正统的教会，这在某种程度上证实了有关魔鬼崇拜的谣言。

她说，这个秘教叫作"人鱼秘令教"，无疑是一个世纪之前，因思茅斯的渔场日渐荒芜的时候从东方引入的堕落、近乎邪教的东西。突然之间，大群大群的良种鱼回来了，而且取之不竭。这个邪教自然而然在头脑简单的人们之中扎下了根，不久成为这个城镇影响力最大的教会，完全取代了共济会，并且在位于新教堂绿地的共济会堂设立了总部。

对于虔诚的蒂尔顿小姐来说，所有这些理由都让她避开那个古老的衰败凋零之镇，但对我却是一个新的鼓励。我原来对因思茅斯有不少建筑学和历史学意义上的期待，如今又增添了强烈的人类学的热情。黑夜在一分一秒地过去，我在青年会招待所狭小的客房里辗转反侧，无法入眠。

二

第二天上午十点钟还不到的时候，我提着个小小的旅行袋，站在古老的集市广场哈蒙德杂货店门前，等候去因思茅斯的汽车。随着巴士抵达的时间逐渐临近，我注意到闲逛的人们纷纷向沿街其他地方走去，或者去广场对面的"美味午餐馆"。显然，火车站那位售票员没有夸大当地人对因思茅斯及其居民的憎恶。不一会儿，一辆极其破旧、肮脏的灰色小型巴士沿着州邦大街突然开来，掉了个头，在我身边的路沿停了下来。我马上意识到这就是我要乘的车，车窗挡风玻璃上写着几乎看不清的"阿克罕姆－因思茅斯－纽伯里波特"，证实了我的猜测。

车上只有三名乘客，都是皮肤黝黑、衣衫褴褛的男人，脸色阴郁，但看来年纪还轻。车子停下后，他们笨拙地下了车，默默地、几乎是贼头贼脑地沿州邦大街走着。司机也下了车，我看着他走进杂货店去买东西。我猜测，他就是那位售票员提到的乔·萨金特。我还没有注意到什么细节，内心就不由自主地涌起一股说不明、道不清的厌恶感。突然间，我觉得当地人根本不想乘坐这个人所有和驾驶的巴士，除非迫不得已要去拜访他和他的乡亲们居住的地方，这完全是很自然的。

司机从杂货店出来了，我更加仔细地打量他，试图确定我对他产生的不良印象来源何处。他很瘦，双肩下垂，身高将近六英尺，穿着破烂的蓝色便装，戴着一顶磨破了的高尔夫帽。他大约有三十五岁的样子，但如果不看他呆呆的毫无表情的脸，只是凭他脖子两侧那奇怪的深深皱褶，你会以为他的年纪要大得多。他的脑袋扁狭，蓝色的水泡眼鼓着，似乎永远不会眨一下，鼻子平塌，额头和下巴上的毛发开始脱落，耳朵像是发育不全一样。他长长的厚嘴唇，毛孔粗大的灰色双颊上几乎没有胡须，只有零星几绺黄色的卷毛不规则地缠绕在一起，有些地方的皮肤表面显出怪异的不规则状态，仿佛患了某种皮肤病，使得皮肤一块块掉下来。他的双手很大，青筋暴起，带着异乎寻常的灰蓝色。同整个手掌比起来，手指显得特别短，并且向硕大的手心微微卷起。他向巴士走去，我观察着他特别踉跄的步态，发现他的双脚也是出奇地大。我越端详这两只脚,就越纳闷他怎么买得到合脚的鞋子。

这家伙身上的油腻更增添了我对他的厌恶。他显然习惯于在水产码头周围打工或闲逛,身上带着典型的鱼腥味。他体内有什么样的外邦血统,我连猜也猜不出来。他不像亚洲人,也不像波利尼西亚人、东地中海人或黑人,但我可以理解为什么人们会说他是外邦人。我自己也许会想到生物退化,而不是归因于外来血统。

看到车上没有别的旅客,我感到不自在。不知怎地,我不喜欢独自与这位司机同行。但随着启程的时间明显来临,我克服了惊惧,随司机上了车,递给他一美元,嘴里喃喃地说了一个词:"因思茅斯。"他一边一声不吭地找给我四角零钱,一边好奇地对我瞅了一下。我在离司机座位很远的地方找位子坐下,但跟他坐在汽车的同一侧,因为我想在途中观赏一下海岸风光。

终于,这辆老爷车车身一抖发动了,隆隆地驶过州邦大街两侧的砖房,车子被笼罩在前车喷出的尾气形成的蒸汽云中。我瞥见人行道上的人们,看得出他们都避免将目光投向这辆汽车——至少是避免显得是在看它。接着,我们左转弯上了中心大街,车子开得平稳了一些,穿过早期共和国时代建造的古老华贵的宅第,以及年代更久的殖民时代的农舍,驶过低区绿地和帕克河,最后进入了空阔的海滨乡村。

天气很暖和,阳光也很好,但我们越往前开,那由沙滩、莎草和发育不良的灌木丛组成的地貌就变得越是荒凉。透过车窗，我能看见李子岛周围蔚蓝的海水和沙地的轮廓。当车子从通向罗利和伊普斯威奇的主要公路转到一条狭窄的小路后，我们有时距离海边的沙滩非常近。视野里见不到房子，从道路的状况也可以看出这个地区通行的车辆很少。历经风吹雨打的电线杆上只架着两根电线。我们不时地越过小河上架着的原始木桥，那些小河蜿蜒着伸向内陆而去，更加剧了这个地方的与世隔绝。

我偶尔能看到枯死的树桩，以及流沙上面纷纷摧裂的基墙，记起我曾经读过的一本历史书中提到这个地区曾是土地肥沃、人口稠密的乡村。书中说到，1846年，因思茅斯爆发那场大瘟疫后，纯朴的人们认为这里与潜伏的邪恶力量有某种阴暗的联系。事实上，是人们愚蠢地砍伐海滩附近的林木才造成了这种情况，土壤失去了最好的保护，给风力推动下的沙浪打开了通道。

终于，李子岛退出了我们的视线，在我们左边是一望无边的大西洋。狭窄的小路开始变得陡峭。看着前面一个孤独的峰顶，满是坑坑洼洼的公路在那里与天空相遇，我感到了一种奇怪的忐忑不安。仿佛汽车将要不断地爬升，完全离开这个神志清醒的地球，融入上苍的空气、诡谲的天空和未知的奥秘中去。海的气味也有了不祥的意味，沉默的司机弯曲而僵硬的脊背和扁狭的脑袋变得越来越可憎。随着我的目光转向他，我看见他的后脑勺同他脸上一样光秃秃的，只有几绺缠绕在一起的黄发。

然后，我们到达了山顶，看到了远处一览无余的山谷。在那里，马努塞特河融入海中，在它的南面有一道长长的悬崖，终点是金斯波特岬，然后折向安恩角。我只能分辨出在远处雾蒙蒙的地平线上，金斯波特岬那令人头晕的轮廓，岬顶上是一些怪异而古老的房子。关于这些房子有无数的神话传说。此刻，我所有的注意力都被身下离我更近的景色吸引住了。我意识到，我面对着的正是笼罩在谣传阴影中的因思茅斯。

这个城镇占地很广，建筑物密集，但就是看不到有生命之物，给人一种不祥之感。一大片乱糟糟竖着的烟囱中几乎没有一缕烟冒出来，在大海一侧的地平线上有三座高高的尖塔，没有涂油漆，刻板地耸立着。有一座尖塔顶部已经在崩裂，它和另一座尖塔上都有个黑乎乎的大洞，以前应该是大钟的钟面。胡乱拥挤在一起的、低垂的复折屋顶和尖屋顶遭到虫子的蛀蚀，令人不快。当我们沿着下坡路逐渐接近城镇时，我看见许多屋顶完全塌陷了。也有一些庞大的乔治王朝风格的方形建筑物，有四坡屋顶、圆顶阁，以及带栏杆的"望夫台"。这些建筑大多离水边较远，有一两幢还保持着较好的状况。我看见那条废弃铁路上锈蚀的、长满野草的轨道，远远地伸向内陆，歪斜的电线杆上已经没有电线，通向罗利和伊普斯威奇的古老的马车路线还隐约可见。

离海边更近的地方衰败得最为不堪，但我也发现其中有一幢保存得还相当不错的砖结构白色钟楼，这幢建筑看上去像一间小型工厂。长久被沙子堵塞的港湾四周有一道古老的石头防波堤，我辨别出堤上坐着渔民们的小小身影。在防波堤的顶端有一个似乎是灯塔的基座，当然灯塔早已不在了。这道屏障的内侧由沉沙形成了一条"沙舌"，在它上面我看见有一些破败的棚屋、系着缆绳的平底小船，以及零零星星的捕虾篓。唯一的深水区看来就在马努塞特河流过有钟楼的建筑，折向南方，在防波堤顶端汇入大海的地方。

这里有码头的遗迹从海岸伸出去，另一头则已完全腐烂，看不清原来的模样，而朝南越远的地方腐烂得越厉害。在离岸很远的海上，我瞥见一根长长的黑线，几乎没有浮出水面，然而预示着奇怪的、潜在的邪恶。我知道，这一定就是魔鬼礁了。我看着它的时候，除了厌恶之外似乎增添了一种微妙的、令人费解的被诱惑之感。非常奇怪的是，和我对它的主要印象相比，这种吸引力让我更惴惴不安。

我们在路上没有遇见人，但不久开始路过一些被遗弃的农场，它们都处于不同程度的衰败之中。后来，我注意到一些有人居住的房子，破碎的窗户用破旧衣服塞着，满是垃圾的院子里有贝壳和死鱼。偶尔看到有人懒洋洋地在荒芜的庭院里劳动，或者在下面散发腥味的海滩上挖蛤，面容犹如猿猴的孩子们在长满野草的门前石阶旁玩耍。不知怎地，这些人看上去比阴郁的建筑物更令人不安，因为每个人的脸和动作都有某些怪异之处，令我还没有辨认或搞懂他们就本能地产生了不喜的感觉。在一瞬之间，我想起这种典型的体征像极了我曾见过的画面，也许是在书中，也许曾在特别恐怖或忧郁的情况下见到过，但这种不真实的联想一闪就过去了。

汽车到了低一些的地面，透过不自然的寂静，我的耳朵捕捉到了一阵瀑布声。倾斜的、油漆剥落的房子开始更加稠密了，沿公路两侧排开，与我们刚才甩在身后的相比更有城市的模样。原来的全景图在眼前收缩成了街景，能看出一些地方曾有过鹅卵石人行道和长长的青砖小路存在。所有的房子显然都已无人居住，偶尔会有空的地方，但塌陷的烟囱和地窖的墙壁显示出这里过去也曾有过房子，但已经倒塌了。每一样东西都弥漫着难以想象的、令人作呕的鱼腥味。

不久，眼前开始出现十字交叉的街道和路口，左侧的街道通向海边泥泞、肮脏和腐烂的地方，而右侧的街道依稀还能看出昔日的辉煌。到此时我还没有看见一个城里人，但现在已经出现了稀疏的人口居住的痕迹——三三两两垂着窗帘的窗户。偶尔有一辆撞扁的汽车停在路沿。人行道和街边小道越来越界限分明，尽管大多数房子都很老了——是二十世纪初的砖木结构的建筑——它们显然被保持得还适于居住。

我是个业余的古玩收藏者，来到这个充满过去时代的、既丰富又没有丝毫改变的遗物的世界，刚才嗅到的令人作呕的味道，以及原来的危险感和排斥感几乎被我忘得一干二净了。

汽车来到了一个类似于开阔的中央广场的地方，两侧都有教堂，中央是一个圆形绿化区被踩得泥泞不堪后留下的景象。我看到前方右侧交叉路口有一个圆柱大厅。原来的白漆现在已经发灰、脱落，人字墙上的黑色和金色相间的招牌也已经褪色，我好不容易才看出上面写的是"人鱼秘令教"。那么，这就是以前的共济会堂，现在被一个堕落的邪教占用了。在我费力地辨认招牌上字迹的时候，街对面一个有裂缝的铜钟发出粗哑的钟声吸引了我的注意力，我很快把身体转向这一侧的车窗，向外望去。

钟声来自一座矮墩墩的石头教堂，它的建造时间明显要比大多数房子晚得多。建筑风格是笨拙的哥特式，地下室高得不成比例，窗户都挂着百叶帘。尽管从这一侧看过去，钟上的指针都掉了，但我知道它发出的粗哑的当当声宣告现在是十一点。接着，我关于时间的思考突然"砰"地被赶跑了，有个给人强烈冲击和难言恐惧的影子冲了出来，我还来不及看清那是什么，就被恐惧攥住了。教堂地下室的门开了，里面的黑暗形成了一个长方形。我正盯着看的时候，有某种东西穿过——或者好像穿过——那黑色的长方形。那一刹那，我的脑子闪出在做噩梦的想法，但比噩梦更让人疯狂，因为神志清醒的人在这个场景里找不到一丝噩梦的特征。

它是个活物——我进入这个城镇的稠密区之后，除司机以外所见到的第一个活物——如果我当时的心情稍微稳定一点的话，我也许根本不会认为它有任何恐怖之处。显然，正如我不一会儿意识到的，这就是教堂的牧师。他穿着古怪的法衣，无疑是"人鱼秘令教"改变了当地的宗教仪式后引入了这种法衣。最初吸引我下意识瞥视的、给予我莫名畏惧的也许是他戴着的那顶高高的冠冕，它与昨天晚上蒂尔顿小姐向我展示的冠冕几乎是一模一样。这件东西引发了我的想象力，给那张不确定的脸和底下穿着法衣、踉跄走动的身体增添了无名的阴森特征。我很快断定，当时脑海中闪过令人不寒而栗的邪恶的伪记忆，其实是没有任何理由的。某种地方秘教在其标志性服饰中加入一个独特的头饰，这个头饰以某种奇怪的方式让大家倍感熟悉，或许是源自窖藏宝物，不也是自然而然的吗？

现在人行道上可以零零星星看见一些年纪不大、面目可憎的人，有的独自走着，有的三三两两一群。摇摇欲坠的房子靠近地面的楼层，有的作为小商店，挂着肮脏的招牌，随着我们的汽车突突地行驶，我注意到有一两辆卡车停在那里。瀑布的水声变得越来越清晰，不一会儿，我看见前面有一条相当深的峡谷，峡谷上架着宽阔的、带铁栏杆的公路桥。在桥的另一侧是一个大广场。当我们的车子叮当作响地过桥时，我看了看桥的两侧，看到长着草的崖壁边缘或崖壁的半腰上有一些厂房。底下的河水很丰盈，看得见右侧上游有两道瀑布，左侧下游也至少有一道。从这个地点听，瀑布的声音有点震耳欲聋。然后，我们驶进了河对面那个半圆形的大广场，在一幢带圆顶阁的高大建筑前面靠右侧停了下来。这幢建筑物上还残留一些黄色的涂漆，招牌上的字已经褪了一半颜色，标明这是"吉尔曼"旅店。

我高兴地下了那辆巴士，马上走进旅店破旧的大堂去寄放我的旅行袋。大堂里只看见一个年纪较大的男人，他倒没有"因思茅斯模样"的外表——我打定主意，脑子里盘萦的问题一个也不问他，因为我记得,曾有人在这家旅店注意到不少奇怪的事情。我走出旅店到了广场上，巴士已经开走了。于是，我开始仔细研究周围的景致。

这片开阔的广场用鹅卵石铺成，它的一侧是笔直的河流，另一侧是围成一个半圆的斜顶砖结构建筑物，大约建于1800年前后，有几条街从这里向东南、南面和西南辐射出去。让人不快的是，路灯既少又小——全是小功率的白炽灯泡——即使知道今晚的月亮会很明亮，我还是计划天黑前就离开这里。建筑物的状况都还相当不错，也有十几家商店在正常营业，其中有一家"第一国民"连锁食品店、一家阴森的餐厅、一家杂货店、一家水产品批发公司。在广场最东侧靠近河岸的地方，是这个城镇唯一的工业企业——马什冶炼公司的办公室。大概可以看到十来个人，有四五辆轿车和卡车分散地停放着。不用别人告诉我也可以看出，这里是因思茅斯的市政中心。朝东看，我可以瞥见蓝色的港湾，以它为背景耸立着三座曾经非常美丽的乔治王朝式尖塔现在早已腐朽的遗迹。在河的另一侧，我看见马什炼金厂的上空坐落着一栋钟楼。

由于某种原因，我选择先在连锁食品店开始我的调查，因为连锁店的职员可能不是因思茅斯本地人。食品店只有一个大约十七岁的小伙子主管，我高兴地听到他爽朗、友好的声音，相信他会很乐意介绍一些情况。他似乎特别急切地要与人交谈，我很快了解到他不喜欢这个地方、这里的鱼腥味和这里鬼鬼祟祟的人们。与任何一个外乡人说上一句话，对他来说都是一种莫大的放松。他来自阿克罕姆，借宿于一户来自伊普斯威奇的人家，一有空就回阿克罕姆去。他的家人不喜欢他在因思茅斯打工，但连锁公司派他到这里，他还不想放弃这份工作。

他说，因思茅斯没有公共图书馆或商会，但我也许可以四处走走。我刚才走过的那条街叫联邦大街，它的西边是以前的高级住宅区，有百老汇街、华盛顿街、拉斐特街和亚当斯街。联邦大街的东面则是海边的贫民窟。这些贫民窟沿着主大街分布，正是在这些贫民窟里才能看到古老的乔治时代教堂，但那些教堂早就被废弃了。在这种地方，人最好不要显得太惹眼，尤其是在河北地区，因为那里的人老是阴沉着脸，充满敌意。有些外来者甚至在那里失踪了。

他曾花了相当大的代价得出教训，某些地方几乎是禁区。比如，不能在马什炼金厂周围、在人们仍然使用的教堂周围、在新教堂绿地那里有柱子的"人鱼秘令教"会堂周围逗留太久。这些教堂非常奇怪——它们所属的教派都不承认其合法性——这里显然采用了最怪异的典礼和教士法衣。它们的教义是异端的、神秘的，其中隐晦地提到可以通过神奇的转化，在这个世上达到肉体的长生不死。这位年轻人自己的牧师——阿克罕姆的阿斯伯里卫理公会教堂的华莱士博士——曾经非常严肃地敦促他不要加入因思茅斯的任何教会。

至于因思茅斯的人们，这位年轻人不知道该怎么来形容。他们就像生活在地洞里的动物一样，鬼鬼祟祟，很少被人看到。人们很难想象，他们除了隔三岔五地捕鱼之外是怎样度过光阴的。也许——根据他们所消费掉的大量酒精来判断——他们白天大部分时光是在醉醺醺地沉睡着。因思茅斯人似乎阴沉地以某种志同道合的方式团结在一起，蔑视这个世界，仿佛他们能进入其他更好的实体空间。他们的外表——尤其是那些瞪大的、一眨也不眨的眼睛，从来没有人见到他们合上过眼——当然是相当令人震惊，他们的声音也让人恶心。他们晚上在教堂里的吟唱十分难听，尤其是在主要节日或复活日期间。这样的节日一年有两次，分别是4月30日和10月31日。

他们很喜欢水，经常在河流和港湾里游泳。他们时常进行游泳比赛，一直游到魔鬼礁，似乎每个可见的人都能够参与这样艰苦的运动。回想起来，能够在公开场合见到的往往都是年轻人，其中年纪最大的通常模样也最古怪。当然也有例外，有的人基本没有畸变的痕迹，比如旅店的老职员。人们不禁纳闷，那些年纪大一些的人是怎么回事？"因思茅斯模样"会不会是一种奇怪的、阴毒的疾病现象，随着人的年龄增长而加剧了它的威力？

当然，人在成年后还能发生如此巨大和剧烈的生理变化，甚至涉及骨骼的变化，比如头盖骨的形状这样基本的东西，那只可能是一种非常罕见的疾患。然而，这位年轻人含蓄地说，对这件事很难形成任何真实的结论，因为不管谁在因思茅斯居住多久，也无法弄清楚当地的人。

这位年轻人肯定地认为，还有比我们能见到的最糟糕者更为糟糕的人被关在某些地方。人们有时能听到一些奇怪的声音。河北面海边那些摇摇欲坠的简陋小屋据说有隐藏的坑道相连，因此成为真正藏污纳垢的隐秘所在。假如说这些人有外来血统的话，也很难分辨清楚。有时候，当政府官员和外面的人来到这里时，他们就将自己的某些特别令人反感的特点隐藏起来，不为人所见。

这位知情者说，向当地人询问任何有关这个地方的事，都不会有什么结果的。唯一肯讲话的人是个年纪很大但外表正常的老头。他住在镇北边缘的济贫所里，成天闲逛，或在消防站附近转悠，打发光阴。这个白发苍苍的老头名叫扎多克·艾伦，已有九十六岁，除了是镇上闻名的酒鬼外，脑子还有些不正常。他行事古怪，鬼鬼祟祟，老是回过头来看身后，仿佛害怕什么似的。他清醒时是无论如何也不肯与陌生人说话的。但是，他嗜酒如命，谁请他喝酒他都来者不拒，而且一旦喝醉了，就会轻声地将过去时光中最令人震惊的片段都告诉你。

然而，从他那儿毕竟得不到什么有用的资料，因为他叙述的故事无非是疯言疯语，全是不完整的奇闻和恐怖之事，除了他颠三倒四的胡思乱想，不可能有其他来源。没有人相信他，但当地人不喜欢他喝醉了酒跟陌生人乱讲。如果让人看见你在向他提问，这样会不太安全。一些最为荒诞不经的民间传言和妄论，大概正是从他那里传出来的。

在这里定居的外来人不时会说起他们偶然瞥见的可怕之事，但有扎多克讲的故事在先，再加上本地人的奇形怪状，也怪不得风言风语经久不衰。外来户从来不会夜间很晚还待在外面，因为有一种广为流传的说法认为这样做是不明智的。再说，街上漆黑一团，也让人害怕。

至于生意，鱼类资源的丰富固然神秘，但本地人从中获得的好处正越来越少。再说，鱼价越跌越低，而竞争越来越激烈。当然，这个城镇的真正产业是那座炼金厂，公司的办公室就在广场边，在我们站的地方东边，隔着几道门。马什老头从来不露面，但他有时会乘着一辆关得严严实实、垂着窗帘的汽车去工厂。

至于马什的长相变得如何难看，有各种各样的谣传。他过去是个花花公子，人们说他仍穿着爱德华国王时代的华美的男式礼服大衣，经过奇怪的改造以适应身体的某些变形。他的儿子以前在广场上的办公室里主持工作，但近来父子俩尽量避开人们的目光，将重要事务交给年轻人去干。他的儿女们的模样越来越难看，尤其是年龄稍大的，而且据说他们的体质也每况愈下。

马什的女儿中有一位是个令人厌恶、外表有点像爬虫的女人，过多地戴着离奇的首饰——显然与那顶奇怪的冠冕属于同一种异域传统。这位知情者见到过这些首饰好几次，也听说过这些首饰来自海盗的赃窝，或者是魔鬼的秘库。那些教士——或者牧师，或者随便什么身份——也用这种装饰物作为头饰，但外人很少见到这些东西。这位年轻人没有见到过其他种类的首饰，但据谣传有不少存在于因思茅斯。

马什，以及镇上其他三家大户人家——韦特、吉尔曼、埃利奥特家族，都经常足不出户。他们住在华盛顿大街沿线的巨大的豪宅里。有几幢房子据说还藏匿着某些活着的人，因为他们的模样无法让公众看见。实际上这些人已经被申报死亡，并记录在案。

这位年轻人提醒我说街上的路标都没有了。他好心给我画了一幅粗略却很费功夫的城镇街道草图。对它研究了一番之后，我觉得这地图会对我有很大帮助，因此在热诚地表达了谢意后将它装入了口袋。因为不喜欢刚才见到过的镇上唯一一家餐厅的肮脏状况，我买了不少奶酪饼干和姜制威化作为待会儿的午餐。我打定主意,沿着主街走一走，如果遇到非本地人，就找他们聊一聊，然后乘八点钟的巴士赶往阿克罕姆。可以看出，这座城镇是一个意味深长的，却又过于夸张的腐朽社区的典型。然而，我并非社会学家，因此将把我的认真观察局限于建筑学的领域。

就这样，我开始对因思茅斯狭窄的、受阴影困扰的街道做系统性却又略带困惑的巡游。走过那座桥，转向下游的瀑布轰然作响的地方，我走近了马什炼金厂。奇怪的是，它似乎没有发出普通工厂会出现的工厂噪声。这座建筑物位于陡峭的河岸壁上，靠近一座桥，也靠近几条开阔的大街交汇之处。我猜测这里是最早的市政中心，是在独立革命后才被现在的市政广场所代替。

经主大街的大桥重新跨过峡谷，我闯入了一个极其荒芜的地区，不禁打了个寒战。一片片纷纷倒塌的复斜屋顶形成了参差不齐、蔚为壮观的空中轮廓线。在这轮廓线上则矗立着一座古老教堂的像食尸鬼一般、被砍掉了脑袋的尖塔。主大街沿线的一些房子有人在住，但大部分是严严实实地上了门板。朝仍然是烂泥地的旁边小街看去,我看见无人居住的棚屋黑黑的、张着大口的窗户。许多棚屋因为地基部分下沉,以危险的、令人难以置信的角度倾斜着。这些窗户像幽灵一样瞪着眼,需要有很大的勇气才能向东走到海边去。毫无疑问,空房子所带来的恐怖是以几何级,而不是算术级地在放大。这里,房子连着房子,形成了一个萧索破败之城。看到如此无尽的、冷冰冰的空荡和死亡之城,想起这些黑暗的、阴沉的房屋被蜘蛛网、回忆和巨虫所占据,没有人不会被激发起残余的恐惧和厌恶,即使是最为坚强的哲理也无法驱散这些恐惧和厌恶。

鱼街和主大街一样空无一人,而不同之处是它有不少砖头和石块盖的仓库还完好无损。水街几乎是鱼街的翻版,只是在它靠海的一侧有不少缺口。以前那里曾经有过码头。除了远处防波堤上零零散散的渔夫外,我没见到一个活人。除了港湾里潮水的拍打声和马努塞特河瀑布的轰鸣声外,我听不到一点声音。这个城镇越来越让我紧张,我一边往回走到摇摇欲坠的水街桥上,一边偷偷地往身后看。按草图上的说明,鱼街的桥已经坍塌了。

在河的北侧,有肮脏营生的痕迹——水街上忙碌的水产包装仓库、这里或那里冒着烟的烟囱和补过的屋顶、从暗处偶尔传来的声音,以及阴森的街道和泥地小弄堂里隔三岔五闪过的蹒跚的人影——但我似乎觉得这比河南边的空城更让人喘不过气来。首先，这里的人比镇中心附近的人们更凶狠、更怪异，令我加倍地联想起某种我还不能清楚描摹的、完全离奇的东西。毫无疑问，因思茅斯人身上的异域色彩在这里更加强烈了——除非所谓的"因思茅斯模样"确实是一种疾病，而不是血缘特征。如果是这样，这个地区可以说是窝藏了病情最为沉重的病人了。

令我生烦的一个细节是我听到的几声微弱的声音。这些声音自然是应该完全来自那些看上去有人居住的房子，但事实上，经常是门面用木板严严实实挡住的房子里发出的声音最响。有嘎吱嘎吱的声音，有疾步走路的声音，还有粗哑的、令人生疑的嘈杂声，我浑身不舒坦地联想起食品店小伙子提起的秘密通道。我突然发现自己在纳闷当地居民的声音会是什么样子，在这个区域我到现在还没有听见过人声。不知怎地，我也非常希望不要听到。

我停留的时间仅够看一下主大街和教堂街上的两座精巧但已颓败的旧教堂，然后匆匆走出了这片肮脏的海滨贫民窟。下一个目标是新教堂绿地，但我无论如何也忍受不了重新经过那座教堂，在它的地下室门口，我曾瞥见戴着奇怪冠冕的教士或牧师，他们使人感到无可名状的恐惧。此外，食品店的小伙子告诉过我，教堂和"人鱼秘令教"会堂是外来者最好不要去的地方。

因此，我沿着主大街一直向北走去，到了马丁大街，然后朝内陆方向转弯，在绿地的北面安全地穿过联邦大街，进入了北部的百老汇、华盛顿、拉斐特、亚当斯等街道组成的贵族区。这些华贵的旧街道尽管路面坑坑洼洼、凌乱无比，但榆树成荫带来的尊贵气度仍没有完全消失。鳞次栉比的豪宅令我目不暇接，其中大部分年久失修，上紧了门板，周围的院落也是无人照料，但每条街上有一幢或两幢宅第还显示有人居住的迹象。华盛顿大街上一排有四五幢宅第保养得非常好，屋外也有侍弄得很好的草坪和花园。其中最为豪华的一幢——有宽大的呈阶梯状的花坛一直延伸到拉斐特大街——我猜想是那位病魔缠身的炼金厂主人马什老头的家。

这些街道上看不见任何有生命的东西。因思茅斯完全见不到狗或猫，这让我深思。另外一件令我犯难和不安的事情是房子，即使是保养得最好的豪宅，它们的三楼和阁楼窗户都关得严严实实。这个死寂的、陌生的城镇，到处弥漫着鬼鬼祟祟、遮遮掩掩的气氛，似乎时刻有永远不会合上的眼睛在阴险地瞪着，埋伏在我看不见的地方，监视着我，这种感觉我怎么也摆脱不了。

我左侧的钟楼敲响了三点，我不禁打了个寒战。钟声来自那座矮墩墩的教堂，对此我记得太清楚了。沿着华盛顿大街向河边走去，我正面是以前的工业和商业区。我看到前面有一家工厂的遗址，而在我的右侧，峡谷的上游，还有其他几处工厂的遗址，以及远处一个旧火车站和有顶篷的铁路大桥的痕迹。

展现在我眼前的这座靠不住的桥梁张贴着警告的标记，但我冒险过桥，回到了南岸，生命的痕迹重新出现了。鬼鬼祟祟、蹒跚而行的人们偷偷地朝我的方向望着，稍微正常一些的脸孔则冷冷地、不解地瞧着我。因思茅斯很快变得令人无法忍受。我拐弯进入佩因大街，朝广场走去，希望找到一辆什么车，早于那辆阴森的巴士发车之前将我载往阿克罕姆。

正是此时我见到了左侧那摇摇欲坠的消防站，注意到那个有着红通通的脸、像灌木丛一样的胡须和淌水眼睛的老头。他穿着无法形容的破旧衣服，坐在消防站前面的长椅上，同两个不修边幅但看上去没有什么异常的消防员说着话。此人肯定就是扎多克·艾伦——那个半痴半狂的、嗜酒的九十来岁老头。他说的关于以前的因思茅斯及其阴影的故事，是如此骇人听闻和难以置信。

三

我改变了计划——一定是任性的小精怪，或是黑暗中的隐藏之物对我进行了一番嘲讽的牵扯，才使我这么做的。很长时间以来，我曾决心仅仅观察建筑物。我甚至已经在向广场奔去，想尽快找到车子离开这个倒霉的死亡与腐朽之城。然而，见到扎多克·艾伦老头后，我的脑海里涌起了新的波澜，我犹豫不决地放慢了脚步。

刚才那位年轻人肯定地对我说，这个老头说的不过是荒诞无稽、零零散散、不可置信的传说。他也提醒过我，本地人看见有人在跟扎多克老头说话是不会放过他的。然而，想起这个老头曾见证了这个城镇衰败的过程，而他的记忆要上溯到早期轮船和工厂的时代，这对我来说是任何理智都无法抵抗的诱惑。毕竟，最离奇古怪、最疯狂的神话经常也不过是基于事实的象征或寓言——而扎多克老头肯定见到了过去九十年里在因思茅斯发生的每一件事情。我的好奇心战胜了理智和谨慎。凭着年轻人的自负，我猜想，也许在浓烈的威士忌的帮助下，我能让扎多克老头喋喋不休地胡言乱语起来，并从中筛选出真实历史的核心。

我清楚不能在此时此地同他打招呼，因为这样的话那些消防员肯定会注意到我。相反，我应该去食品店小伙子告诉我的大量出售私酒的地方买些酒，然后装作不经意地闲逛到消防站附近，等扎多克开始他习以为常的呓语后与他"不期而遇"。食品店小伙子曾说过他相当浮躁，很少能在消防站附近待上一两个小时。

我在埃利奥特大街靠近广场的一间黑乎乎的杂货店的里屋，轻易买到了一夸脱瓶装的威士忌，价格不菲。卖酒给我的那家伙看上去很脏，略带一丝瞪着大眼的"因思茅斯模样",但还是以他自己的方式表现得很客气,也许是习惯了接待喜欢寻欢作乐的人们——卡车司机、买金人之流——他们偶尔会来这里做买卖。

再次进入广场后,我看出运气来了,因为我刚从吉尔曼旅店的转角处走出佩因大街,正好看见扎多克·艾伦老头高高瘦瘦、穿着破衣烂衫的身影。按照计划,我摇晃着刚买来的酒瓶,吸引他的注意。我拐进韦特大街,意识到他已经跟着我来了,就朝我能够想出来的最人烟稀少的地方走去。

我按照那位食品店小伙子画的地图,寻找我刚才去过的南部海滩边完全空无一人的区域。在那里唯一能看到的人影是远处防波堤上的渔夫。只要再向南走过几个街区就可以避开这些人的视线,在被废弃的码头上找到两个座位,就可以长时间在无人观察的情况下自由地向扎多克老头提问题了。在抵达主大街之前,我听到背后传来一声微弱的、呼哧呼哧的叫声:"喂,先生!"我略略放慢步子,让那老头赶上来,举起我的酒瓶子咕嘟咕嘟地灌了一气。

当我们行走在无处不在的荒芜和凌乱倾斜的废墟中时,我开始试探,却发现这老头没有我预料得那么快就打开话匣子。后来,我看见在坍塌的砖墙之间面向海洋有一块长着青草的空地。在靠近水的地方有几块青苔覆盖的石头,勉强可以坐人,而它的北侧有一座破旧的仓库,挡住了任何可能的视线。我相信，这里是进行长时间秘密交谈的理想场所，因此带着这位同伴走下去，在长满青苔的石头中找地方坐了下来。充满死寂和空荡的空气极为骇人，鱼腥的味道简直令人无法忍受，但我已经下决心不让任何事情把我吓倒。

假如我要赶八点钟的巴士去阿克罕姆，还有大约四个小时可以用来谈话。我开始给这位年老的酗酒者灌更多的酒，同时吃着我自己俭朴的午餐。我一边在给扎多克捐献美酒，但同时还要小心不要让他的酒后疏狂变成沉醉梦乡。一小时过后，他不再沉默。然而，令我大失所望的是，关于因思茅斯及其以往被阴影困扰的问题，他仍然是顾左右而言他。他大谈特谈当前的话题，表示他对报纸广为熟悉，并且极其喜欢像乡巴佬一样故作风雅，卖弄哲理。

第二个小时也快过去了，我害怕我的一夸脱威士忌可能不足以带来什么结果，拿不定主意是不是要暂时离开扎多克老头，回去再买些酒来。然而，就在此时，我的提问无法获得的突破，却让造化给达成了。这个气喘吁吁的老头转了话题，我探身警觉地倾听着。我是背对那散发着鱼腥味的大海的，而他正面对着大海。不知什么原因，他飘忽不定的目光落到了远处魔鬼礁低低的轮廓线上，此时海礁清晰可见，几乎是迷人地露在波涛之上。见到海礁似乎令他不快，因为他开始了一连串低声的咒骂，然后是一声私密的耳语，眼睛也熟练地斜瞥一下。

他朝我倾下身体,抓住我外衣上的翻领,用嘶嘶的声音确切无误地给了我暗示:

"一切都是从那里开始的——那个该诅咒的、罪恶的地方。那里是深海的开端。它是地狱之门——通向任何测量仪都无法探测到的海底。是老奥贝德船长干的——他在南海群岛上发现了太多他不应该发现的东西。

"那时候谁的日子都不好过。贸易在下降,工厂没有生意,即使是那些新的工厂。我们最好的青壮年志愿参加1812年的战争,或战死在疆场,或随'伊莱兹'号双桅横帆船和'徘徊者'号平底驳船沉入海底——这两艘船都是吉尔曼投资的。奥贝德·马什有三艘船:双桅混合式帆船'哥伦比亚'号、双桅横帆船'强健'号,以及三桅帆船'苏玛特丽女皇'号。他是唯一还在继续从事东印度和跨太平洋贸易运输的人,尽管埃斯德拉斯·马丁的单桅横帆三桅船'马来新娘'号直到1828年还出了一次海。

"从来没有人像奥贝德船长一样——他是撒旦的帮凶!嘿,嘿!我还能想起他谈论外国的情形,说这里的人们真愚蠢,去参加什么基督教的集会,温顺而下贱地承担着良心上的重担。他说,他们应该像东印度群岛的人们一样信奉更好的神——这些神会以丰富的鱼群来报答人们所供奉的牺牲品,会真正地应验人们的祈祷。

"他的大副马特·埃利奥特也发表了不少言论,只是他反对人们去做异教徒的事情。他谈起奥萨海特东面的一个岛屿,那里有很多石头废墟,比任何人知道的还要古老,就像加罗林群岛中波纳佩岛上的石墟,但有雕刻出来的面孔,像复活节岛上的巨型雕像一样。那里附近还有一个小小的火山岛,岛上也有别的遗迹,但有不同的雕塑,似乎是在海底被磨蚀的,上面都是怪物的图案。

"老弟,马特说那里的土著有捕不完的鱼,戴着用一种奇怪的金子做成的手镯、臂钏和头饰,上面都覆盖着怪物的图案,就像这个小岛石墟上雕刻的图案一样——都是像鱼一样的青蛙,或者像青蛙一样的鱼,摆着各种各样的姿势,如同人一样。没有人能向他们打听出来这些玩意儿是从哪里获得的。其他地方的土著人则纳闷,相邻的一个岛上渔民收成很差,但他们怎么竟有那么多的鱼可以抓捕?马特自己也纳闷,奥贝德船长也是。奥贝德还注意到,长相英俊的年轻人不到几年就会从视线中彻底消失,他们只要年老的人留着。此外,他觉得那里有些人的长相即使对南太平洋的卡纳基人来说也过于古怪。

"还是奥贝德从那些异教徒口中知道了真相。我不知道他是怎么做到的,但他是从同他们做交易、购买那些像金子一样的首饰开始的。他问他们首饰是从哪里来的,还能从哪里弄到更多,最后哄骗老酋长讲了故事。他们管老酋长叫'哇拉基'。除了奥贝德,别人谁也不会相信这个老鬼，但船长可以像读书那样读懂那些土著人。嘿，嘿！现在没有人相信我对他们说的事，而你，年轻人，也不会相信——不过，我看出来，你有一双像奥贝德一样犀利的眼睛。"

老人的耳语变得更加微弱，我不知不觉地被他语调中可怕而诚恳的预示弄得心惊肉跳，尽管我知道他说的故事只不过是酒醉后的幻觉而已。

"唉，老弟，奥贝德知道，这个地球上有很多事是人们从未听说过的——即使他们听说了也不会相信。看样子，这些卡纳基人是在用成群的小伙和姑娘作为祭品供奉给住在海底的什么神，然后得到了丰厚的回报。他们在那座有奇怪遗迹的小岛上遇到了这些神，那些可怕的蛙鱼图画似乎就是这些神的图画。也许同样是这些东西，让人们想象出了美人鱼的故事。

"它们在海底有各种各样的城市，这个小岛正是从那里漂浮上来的。当这个岛突然浮上海面时，石头建筑物里正好有一些活着的怪物，南太平洋群岛的人就是从这些怪物那里得知它们以前住在海底。人们在克服了畏惧之后，开始以手势交谈，不久就达成了一项交易。

"那些怪物喜欢把人作为祭品，很久以前就享用过这样的祭品，但后来与海面上的世界失去了联系。它们是怎么对待那些受害者的，我说不清楚，我猜想奥贝德也没有想起来问一问。但那些异教徒并没有觉得这有什么不好，因为他们的日子很难过，愿意为任何事情铤而走险。他们每年两次向海底的神供奉一定数量的年轻人，分别为五朔节的前夜和万圣节，还奉献一些他们自己做的雕花小物件。那些怪物同意给他们的回报是大量的鱼群——整个海里的鱼都被赶到这里来了——并且不时地给他们一些像金子一样的装饰品。

"正如我说过的，土著人是在那个小小的火山岛上同那些怪物见面的——乘着独木船，带着供奉品去，然后带回来一些像金子一样的饰物。起初那些怪物从来不到主要的大岛上去，但过了一段时间后它们想去了。怪物似乎渴望与当地人混在一起，一起参加重要节日——五朔节前夜和万圣节——的庆祝仪式。你看，它们既可以生活在水里，也可以生活在陆上，我猜想就是人们所说的两栖动物吧。卡纳基人告诉它们，如果其他岛上的人知道怪物在那里，肯定会消灭它们。但是，怪物不在乎，因为如果它们不怕麻烦的话，可以轻而易举地消灭所有的人类，除非人类能出示鱼怪祖先的符咒。不过，因为嫌麻烦，假如有人到岛上来，怪物会躲藏起来。

"对于与这些既像癞蛤蟆又像鱼的怪物进行交配，卡纳基人有些畏缩，但最后他们学会了从一个新的角度来看待这件事。似乎人类本身与这样的水兽就有某种关系，一切有生命的东西都出自水，只要做一点小小的变化就可以重新退回去。那些怪物告诉卡纳基人，如果把两者的血缘交混,就会有孩子起初像人类,然后越变越像这些怪物,最后他们就会入水,与那里的许许多多怪物为伍。这一点很重要,年轻人——他们会变成鱼,到水里后长生不死。那些怪物只要没有被暴力杀死,就永远不会死去。

"唉,老弟,看样子奥贝德认识这些岛民的时候,他们已经混入了从那些海底怪物那里得来的鱼的血统。当他们变老、开始显出鱼的样子时,就被隐藏起来,直到需要入水离开这块陆地。各人的变异程度有所不同,有的人永远也不会下水,但大部分人都会像怪物所说的那样产生变化。出生时更像蛙鱼的人变化得早,出生时更像人类的则一直待在岛上,直到七十多岁,尽管在此之前他们通常会到海底去尝试几次。下了水的人也会经常回来重游故地,因此,一个人甚至可能同几百年前就离开陆地的五世祖先说过话。

"每个人都不知道死是什么意思——除非是在同其他岛屿上的人进行独木舟战争时战死,或被作为供奉给海底之神的祭品,或在他们还没有下水的时候被蛇咬死、传染上鼠疫或其他疾病而致死——他们只是盼望着自己的身体产生变化,并且对此一点也不害怕。他们觉得因此得到的比不得不放弃的东西要多。我猜想,奥贝德在仔细琢磨了哇拉基酋长的故事后,自己也产生了同样的想法。哇拉基家族一直与其他岛屿的酋长通婚,因此他是没有蛙鱼血统的少数人之一。

"哇拉基向奥贝德展示了很多与那些海怪有关的仪式和咒语，也让他看了村子里一些已经起了很大变化的人。但由于某种原因，哇拉基不肯让他见到直接从海里出来的正宗鱼怪。最后，哇拉基给了他一个似乎是铅制的可笑玩意儿，说这个东西会把水里任何地方的鱼怪都聚拢过来，在它周围做鱼窝。方法是：一边说着合适的祷语，一边将它放到水里去。哇拉基承认说，因为海里的怪物散布在世界各地，任何人只要仔细寻找一番，都可以找到鱼窝，必要时将它们聚拢起来。

"马特对这一切厌恶万分。他劝奥贝德远离这个岛屿，但船长很懂得如何获利，发现可以便宜地获得那些金饰，专门经营可以赚大钱。就这样，经过好几年的时光，奥贝德积聚了很多饰物，足以让他在韦特家破败的老磨坊里开起炼金厂。他不敢照原样出售饰物，因为人们会一直不断地询问。然而，他的船员总是不时会得到一两件饰物，私下里自行处理掉，尽管他们发过誓要缄口不言。而他自己，也挑了其中一些比较接近人类饰物的东西，给他家的妇女们戴上。

"嗯，时间到了1838年——我那时七岁——奥贝德发现他的航船再次来到那个岛上时，当地人已经都被消灭了。大概是其他岛屿的人们听说了这里发生的事情，就选择由他们自己来解决它。他们一定是拥有了那些海怪们唯一害怕的魔法。当海底升起一个岛屿，岛上有比'洪水灭世'时期还要古老的遗迹时，不知道那些卡纳基人偶然发现了什么东西。他们真是虔诚敬神的人——在主要的大岛和那个小火山岛上，除了大得无法敲掉的石墟外，他们没有留下任何竖立着的东西。在有些地方有小小的石块四处播撒，上面刻的符号就像现在所说的卍字符。也许那就是海怪祖先的符咒。所有的人全部被消灭，没有留下任何痕迹。附近的卡纳基人也对此事缄口不言，他们甚至不承认那座岛上曾经有过人。

"这对奥贝德自然是个重大的打击，当时他的正常生意很不景气。这对整个因思茅斯也是个重大的打击，因为在那靠航海为生的日子里，船长受益了，船员才会按比例得到好处。这个镇上的许多人像绵羊一样温顺地、无可奈何地对待这段苦日子。不过，他们确实难以为继，鱼群越来越稀少，工厂经营也不顺利。

"正是在这个时候，奥贝德开始咒骂这里的人们是蠢羊——他们向基督的天堂祈祷，基督却什么忙也帮不了他们。他告诉他们，他认识一些人——他们膜拜的上帝能给你急需的东西。他说如果有许多人愿意同他站在一边，他也许能够获得某些成功，带来大量的鱼群和不少黄金。当然，那些曾经在'苏玛特丽女皇'号船上工作过的、见过那座岛的人知道他说的是什么意思，但也都不愿意接近他们听说过的那些海怪。然而，那些不明就里的人还真被奥贝德的话说服了，开始问他有什么办法可以信奉一种能带来结果的宗教。"

说到这里，老人结巴起来，喃喃地似有所悟，然后陷入了忧郁和疑惧的沉默之中。他紧张地回过头去张望了一下，又转过头专注地盯着远处的黑色海礁。我跟他说话他也不回答，因此我知道必须得让他喝完瓶子里的酒了。方才听到的疯疯癫癫的故事让我极感兴趣，我猜想，这个故事中包含着某种不加修饰的比拟，是基于因思茅斯的各种稀奇古怪，并凭借他富有创造性的想象力，对零零星星听到的异域传说加以发挥。我一刻也没有相信过这故事真有什么实质性的基础，但即使仅仅因为这个故事提到的奇怪首饰与我在纽伯里波特看到的邪恶冠冕显然同属一族，它就可能潜藏着某种切实的恐怖。也许那些装饰品确实来自某个奇怪的祷语，也有可能这些不着边际的故事是已经逝去的奥贝德自己，而不是这个高龄酒鬼编造的。

　　我将酒瓶递给扎多克，他把最后一滴酒也喝光了。他怎么承受得了这么多威士忌，真让人惊奇，他呼吸沉重的、气喘吁吁的声音一点也听不出有大舌头的迹象。他将瓶嘴上的残酒舔干净了，把瓶子塞进衣袋里，然后开始向自己点头，又轻声地低语。我凑过去弯下身体，想听清他嘀咕的每一个字，发现他那肮脏的乱蓬蓬的胡须后面露出了一丝嘲讽的微笑。没错——他确实在吐字，我也能听懂其中很大一部分。

　　"可怜的马特……马特一直是反对这件事的……想动员人们站在他的一边，与传道士们进行长时间的谈话……没有用……他们负责管理这个镇上的公理会教派，循道宗的信徒退出去了……再也没有见到过浸理会的牧师……上帝也愤怒了……我只是一个小人物，但我听到了我听到的话、见到了我见到的事……大衮和阿什脱雷思……彼勒和别西卜……金牛犊和迦南与非利士人的偶像……巴比伦般的令人深恶痛绝的东西……弥尼、弥尼、提客勒、乌法珥新……"

他又停了下来，看着他淌水的蓝眼睛，我害怕他真会醉死过去。然而，我轻轻地摇摇他的肩膀，他就以令人吃惊的警觉朝我转过身，又吐出了一些模糊不清的话语：

"你不相信我，呃？嗨，嘿，嘿——那你告诉我，年轻人，为什么奥贝德船长和其他二十来个人会在深夜里划着船到魔鬼海礁去，大声吟唱——如果风向对头的话，整个城镇都能听到他们的吟唱声？告诉我，呃？告诉我为什么奥贝德船长总是将一些沉重的东西扔进海礁另一侧的深海里，像从山崖上扔下东西一样，一直沉到深不可测的海底去？告诉我，他将哇拉基给他的那块怪模怪样的铅制东西怎么啦？说呀，小伙子？他们在五朔节前夜，以及下一个万圣节乱叫乱嚷的是什么呢？那些新的教堂牧师——就是原来的海员——为什么要穿着那些奇怪的法衣，身上戴满奥贝德带回来的金饰？呃？"

那淌水的蓝眼睛现在透出恶狠狠的、疯狂的神色，脏兮兮的白胡须像通了电一样直立起来。扎多克老头大概看出我的退缩，因为他开始充满恶意地干笑起来。

"嘿，嘿，嘿，嘿！开始明白了吧？也许你希望我像那个年代时一样，夜里站在我家房子的圆顶上朝海里望去，看到许多事情。哦，我可以告诉你，人小耳朵大，人们对奥贝德船长和其他人去海礁的事情讲的许多闲话我可一字也没漏掉！嘿，嘿，嘿！有一天夜里，我还拿着我爸爸的航海望远镜到圆屋顶上去，看到海礁上有许多影子在乱舞，月亮一出来就都潜入水中不见了。

"奥贝德和他的人在一艘平底小渔船里，但那些影子从海礁的另一边潜入水中，再也没有出来……

"你愿意变成那个小家伙，独自站在圆屋顶上，望着那些根本不像人样的影子吗？……呃？……嘿，嘿，嘿……"

老头变得歇斯底里起来，而我则因一种无名的惊恐而打起了哆嗦。他将一只疤疤癞癞的手掌放在我肩上。在我看来，他的手一直在抖动并不完全是因为大笑。

"假如一天夜里你看到在海礁的外侧有什么沉重的东西从奥贝德的平底渔船上被扔下海去，而第二天听说有一位年轻人不见了。嗨！有谁再见到过海勒姆·吉尔曼的一寸肌肤或一根毛发？有吗？还有尼克·皮尔斯、鲁利·韦特、阿多奈拉姆·索思威克，还有亨利·加里森，呃？嘿，嘿，嘿，嘿……那些黑影打着手势，那是它们在相互说话……

它们好像真的有手……

"哦，老弟，就是在那时候，奥贝德又开始发迹了。人们看见他的三个女儿穿戴着以前从来没见过的金子一样的东西。炼金厂的烟囱又开始冒烟了。其他人的日子也红火起来——鱼开始大群大群地游进港湾里，很容易捕到。天知道我们开始出运多少鱼产品到纽伯里波特、阿克罕姆和波士顿！也就是在这个时候，奥贝德将那条铁路支线打通了。金斯波特的一些渔民听说这里鱼多，驾着单桅帆船来了，但他们都失踪了，没有人再见到过他们。就是这个时候，我们的人组建了'人鱼秘令教'，向受难教派辖区购买了共济会堂作为自己教派的总部……嘿，嘿，嘿！马特·埃利奥特是共济会成员，反对出售共济会堂，但从那时起他就失踪了。

"记住，我并没有说奥贝德想照搬卡纳基人岛上的一切。我相信他起初并没有打算混合血统，也没想抚养小孩，让他们长大后下水，变成鱼类长生不死。他要的是那些金子，愿意花很大的代价。我猜想，其他人也满足了一阵子……

"到了1846年，镇上的人开始自己观察和思考了。有太多的人失踪——礼拜天的集会上也有太多的狂野和说教——有太多的关于魔鬼海礁的议论。我想我也做了点事，将我在圆屋顶上看到的事告诉了市镇委员会委员莫里先生。一天夜里，有一帮人跟随奥贝德及其同伙出海去了海礁，我听到船与船之间交了火。第二天，奥贝德和其他三十二个人被关进了监狱，大家都在猜测会发生什么事，他会被指控什么样的罪名。上帝，假如有人能有预见性……几个星期以后，因为那么长时间没有东西被扔进海里……"

扎多克开始显出恐惧和疲倦的迹象，他沉默了一会儿，我担忧地看着手表。潮水变向了，现在朝我们的方向涌来，浪涛的响声似乎惊醒了他。我很高兴有潮水，因为水位高时鱼腥味可能会小一些。我又竖起耳朵去听他的喃喃自语。

"那个可怕的夜晚……我见到了它们。我上了圆屋顶……它们成群结队……蜂拥而来……占满了海礁，还沿着海港游进了马努塞特河……上帝，那天夜里因思茅斯的街道发生了什么呀……它们拍打着我家的门，但父亲不肯开门……后来，他带着火枪爬出了厨房窗户，去找莫里委员，看他能有什么办法……尸体和垂死的人堆得高高的……到处是枪声和尖叫声……老广场、市政广场和新教堂绿地上，人们在叫嚷——监狱被撞开……公告……叛变……外面的人来到这里，见到我们的人有半数消失了，他们把这称之为瘟疫……除了奥贝德一边的人和不吱声的人，其他人都没有了……再也没有听到我父亲的音讯……"

老头喘息着，出了很多汗。他把我的肩膀抓得更紧了。

"到早晨，一切都被收拾干净了，但还是留下了痕迹……奥贝德开始发号施令，说一切都要改变……别的人要在集会时间与我们一起祭神，某些房子要用来接待客人……这些怪客想要同我们交配，就像它们对卡纳基人那样，而奥贝德觉得没有必要去阻止它们……他走得太远了……在这件事上像疯子一样。他说它们给我们带来了鱼和财富，应该得到它们想要的东西……

"我们都必须诵读'人鱼誓言'，以后还要发第二誓、第三誓。做出特殊贡献的人会得到特殊的回报——金子之类——犹豫也没有用，因为怪物在海底有成千上万的金子。它们不愿意冲上来消灭人类，但一旦怪物被出卖，或者被强迫做什么事，它们就会轻易地那么做。我们不像南海群岛上的人那样掌握了制服怪物的古老咒语，那些卡纳基人永远不可能将他们的秘密透露给我们。

"只要在怪物需要的时候给它们送上足够的祭品、原始的小玩意，以及在镇上的藏身之所，它们就不会找我们的麻烦。怪物不能容忍将这里的事讲给外人听——就是说，不要让外人来打探它们。大家都要忠诚地团结在'人鱼秘令教'的周围，孩子们永远不会死去，而是回到九头蛇母亲和人鱼父亲那里去，因为我们都是从它们那里来的……啦！伊阿！克休尔胡弗赫塔根！夫恩格瑞、姆格鲁纳封、克休尔胡、日烈赫、瓦赫那尔、弗赫塔根——"

扎多克老头在快速地陷入胡言乱语之中，我屏住了呼吸。可怜的老头——他喝的那些酒,再加上他对周围的腐朽、蛮夷之物和疾病的愤恨,将他肥沃的、充满想象力的头脑带到了什么样的令人怜悯的深深幻梦之中!他开始抽泣,泪水顺着他脸上的沟纹流到了胡须里面。

"上帝,我十五岁以来都看见了什么呀——弥尼、弥尼、提客勒、乌法珥新!——人们在失踪、在自杀,阿克罕姆或伊普斯威奇等地方的人都在议论我们,说我们是疯子,就像你现在看待我一样——但上帝,我见到的东西——他们很早以前就想杀掉我,只是因为我当着奥贝德的面发过第一誓和第二誓,除非有一个陪审团能够证明我故意泄露了秘密,否则我是受到保护的……但我不会发那第三誓——我宁愿死也不会那么做……

"时间到了南北战争时期,从1846年以来出生的孩子开始成人了——当然,只是一部分人。我很害怕——在那个可怕的夜晚后再也没去多管闲事,几乎一辈子再没有看到过那样的怪物。就是说,没有一个纯血的怪物。我参加了战争,如果有胆量或有理智的话就不会再回来了,而是到别处去定居。但这里的人们给我写信,信中说情况还不坏。我猜想,那是因为在1833年以后,政府的征兵人员驻扎在镇上。战争结束后,一切又依然恢复原来的样子。人们开始走下坡路——工厂和商店都关了门,航运停止,海港也被堵塞……铁路线被废弃了——但是它们……它们源源不断地从那该诅咒的魔鬼海礁游进河里来,越来越多的阁楼窗户被钉上木板，应该没人居住的房子里面传出越来越多的声音……

"外面的人们流传着各种关于我们的故事——想必你也听说了不少，瞧你问的那些问题——这些故事有的是他们有时看见的事，有的是源于那些仍在不断从不知哪里来的奇怪首饰，而且还没有完全熔化掉——但他们对什么都不能确认。没有人相信他们。人们把那些金饰称为海盗的赃物，说因思茅斯的人有异国血统，或者脾气不好，等等。此外，这里的人们尽可能地将陌生人赶跑，叫留下来的陌生人不要好奇心太重，尤其是在夜里。牲口看到那些怪物也害怕，马比骡子还要害怕得厉害，但后来人们有了汽车，也就不在乎马了。

"在1846年，奥贝德船长娶了第二个妻子，镇上谁也没见过她——有人说船长不想让别人见到她。她生了三个孩子，有两个在年轻时就失踪了，另一个是女儿，她的长相与常人并无二致，在欧洲受的教育。奥贝德最后设计将她嫁给了一位浑然不知内情的阿克罕姆人。不过，现在外面的人都不想跟因思茅斯人有什么瓜葛。如今在经营炼金厂的巴纳巴斯·马什是奥贝德的孙子，他父亲奥内西弗勒斯是奥贝德的大儿子，是他第一个妻子生的，但这个女人也是从来没出过门，没有人见到过。

"如今巴纳巴斯快要发生变化了。他再也合不上眼，浑身不成样子。据说他仍然穿着衣服，但不久就要下水了。也许他已经试过——他们有时候都是先去水里待一段时间尝试一下，然后再真正下水。他已经有近十年的时间没有公开露过面了。不知道他可怜的妻子会有什么感觉——她是伊普斯威奇人。五十多年前巴纳巴斯向她求爱时，他们几乎将他绞死。奥贝德死于1878年，所有第二代的人现在都已经不在了——第一个妻子的孩子都死了，其余的……只有上帝知道……"

正在上涨的潮水的声音接二连三地传来，似乎慢慢地将老头的心境从伤感的哭泣变成警觉的恐惧。他停下诉说，不时朝身后或向海里的那个礁石看看。尽管他讲的故事是如此荒诞不经，我也忍不住开始分担他的恐惧了。现在，扎多克的声音变得更为尖利，似乎是想以提高音量的方式为自己壮胆。

"嗨，你，你为什么不说话？你愿意住在这样一个城镇里吗？一切东西都在腐烂、死亡，你每到一个地方，都有躲在门板后的怪物在黑色的地窖和阁楼里爬行，像羊一样咩咩地叫，像狗一样汪汪地叫，还上蹿下跳？呃？你愿意夜复一夜地听到'人鱼秘令教'会堂传出的号叫，而且知道那号叫意味着什么吗？你愿意听说每年五朔节前夜和万圣节从那可怕的礁石上会过来什么东西吗？呃？以为我这老头在发疯，是吗？那么，老弟，让我告诉你这还不是最糟的！"

扎多克现在真的在尖叫了。他声音中的痴癫狂乱令我震颤，要大大超出我愿意承认的程度。

"该死的,别用你的眼睛死死盯着我——我对奥贝德·马什说,他进了地狱,而且还会待在那里!嘿,嘿……进了地狱,是我说的!拿我没办法——我没做错什么事,也没告诉过谁什么事……

"哦,告诉你了,年轻人?那么,即使我还没有告诉过别人什么事,现在要告诉你了!你只要静静地坐着听我说,小伙子——这些话我从没告诉过别人……我说过,在那夜以后我再也没有去打探消息——但我还是发现了情况!

"你想知道真正的恐怖是什么,对吗?那么,就是这个——不是那些鱼魔们已经做了什么,而是它们还想做什么!它们在从它们原来的地方向这个镇里搬东西——已经这样搬了好几年,近来有些懈怠。在河的北面,水街与主大街之间的那些房子里全是它们——那些鱼魔以及它们搬来的东西——一旦等它们准备好了……我说,当它们准备好了……

"嗨,你在听我说吗?我告诉你我知道那些怪物是什么东西——我一天夜里见到过它们,当时……啊——呀——!"

老头突然发出惨烈惊惧的尖叫,几乎让我晕过去。他的视线越过我,朝汹涌的大海望去,而他的眼睛正从他的脑袋里向外凸出来,他脸上的恐怖表情是希腊悲剧里才应该有的。他瘦骨嶙峋的手指疯狂地扎进我的肩膀，我转过头去看他到底看见了什么，而他一动也不动。

我什么都没看到。只有潮水在不断上涨，近处有些碎裂的浪花，而远处则是连绵的波涛。然而，此刻扎多克在摇晃着我。我转过头去，看到他的脸因恐惧而僵住，抽搐的眼睑和嗫嚅的牙床扭曲一团。不一会儿，他的声音又回来了，是颤抖的低语：

"快走吧！离开这里！它们看见我们了——快逃命去吧！千万不要再等——它们已经知道了——快跑——离开这个城镇……"

又一个巨浪冲打着码头日益松动的石基，将疯老头的低语变成又一声非人的、令人毛骨悚然的尖叫："咿——吔呀！……呀！……"

我还来不及回过神来，他松开了紧紧抓住我肩膀的手，朝街道方向拼命地奔去，沿着仓库墙壁的废墟向北而去。

我朝身后的大海望了一眼，那里什么也没有。当我抵达水街，沿水街向北望去，已经看不见扎多克·艾伦的踪影。

四

这个痛苦的插曲——一个疯狂而可怜、可笑而可怖的插曲——使我陷入难以形容的感受之中。食品店小伙子早已给了我预警，可现实还是使我心乱如麻、困惑不已。事件看起来虽然平淡无奇，但扎多克老头发狂般的认真和恐惧增添了我的不安。这种不安伴随着我原先的敌意：对这个城镇及它笼罩在无形的阴影下的灾祸所怀有的敌意。

以后我也许会对这一事件再细细考虑，从中挖掘出历史寓言的内核，现在，我只想把它置之脑后。时间已经很晚了——我的表上是七点一刻，开往阿克罕姆的公共汽车八点离开市政广场——于是我快步穿过裂着大口的屋顶和倾倒的房子之间空荡荡的街道，向旅店方向走去。在那里我可以取回旅行袋，乘上巴士。

傍晚的金色夕阳照在古老的屋顶和破旧的烟囱上，给了它们一种神秘的美丽和宁静。我忍不住不时地回头欣赏。我当然很高兴能摆脱臭气熏天、笼罩着恐怖阴影的因思茅斯。我也希望除了那个面目邪乎的萨金特驾驶的巴士外，还有别的交通工具可以载我一程。不过，我并没有奔得太快，因为这里每一个凹角都有值得欣赏的建筑细节，而且我估计用不了半小时就可以轻松走完这段路程。

我研究着食品店小伙子画的地图，寻找还有哪条路我没有走过，决定选择穿过马什街，而不是州邦大街，去市政广场。在瀑布街的拐角附近，我开始见到一些人三三两两地围成一组，在那里窃窃私语。当我终于到了广场，发现几乎所有闲逛的人都聚集到了吉尔曼旅店门前。我在大堂里取旅行袋的时候，感到似乎有无数双一眨不眨的水泡眼在古怪地盯着我看。但愿这些讨厌的家伙不要和我同乘一辆汽车。

巴士不到八点钟就突突地提前进站了，车上载了三名旅客。人行道上一个面目可憎的人同司机咕哝了几句听不清的话。萨金特扔出一个邮包和一卷报纸后,便走进旅店。那三名旅客都是早上我看到去纽伯里波特的人。他们摇摇晃晃地走到人行道上,跟一个闲逛者叽叽咕咕地说了几句喉音很重的话——我发誓他们说的肯定不是英语。我走进空荡荡的车厢,坐上来时坐过的位子,还没等我坐稳,萨金特又出来了,用一种极其令人厌恶的喉音咕哝开了。

看来我的运气差到了极点。汽车的发动机出毛病了,尽管它从纽伯里波特开到这里非常顺利准时,现在却无法去阿克罕姆了。没错,今夜是修不好了,也没有其他交通工具可以从因思茅斯去阿克罕姆或别的什么地方。萨金特说深感抱歉,但我可能不得不在吉尔曼旅店住一夜了。店员多半会给我一个便宜的价格,可除此之外也没有别的办法。我几乎被这个出乎意外的困难惊呆了,极度害怕夜幕降临到这座腐朽的、照明不良的城镇。我下了车,又走进旅店的大堂。一个面带怒容、长相异常的夜班店员说我可以花一美元住 428 号房,它离顶楼只有一层——房间很大,但没有自来水。

尽管我在纽伯里波特听到过一些关于这个旅店的传闻,但还是在登记表上签名,付了一元钱,让店员提着行李,跟着这个冷淡、孤僻的店员爬过三层吱咯作响的楼梯,穿过积满灰尘的走廊。走廊里一派死气沉沉,我的房间在很后面,非常阴暗,有两扇窗和光秃秃的廉价家具。从房间可以俯视一个黑暗邋遢的院子，院子被低矮的、废弃不用的砖砌房子围了起来。从房间还可以看见破败不堪的屋顶向西延伸，再过去就是布满沼泽地的乡村。走廊的尽头有个浴室，是个让人泄气的老古董：里面是陈旧的大理石水斗、铁制浴缸，电灯发出微弱的亮光，管路外面包着发霉的面板。

天还没有黑，我下楼走到广场，寻找可以吃点晚餐的地方。我注意到那些病态的闲逛者正在用奇怪的眼神看着我。食品店已经关门了，我不得不光顾那个曾经避而远之的餐厅。餐厅里有一个身体佝偻、脑袋狭窄、双眼瞪得一眨不眨的男人，以及一个塌鼻梁、双手出奇地肥大和笨拙的女佣在照应着。顾客要在柜台自取食物，我放心地看着食品从罐子或口袋里取出来。一碗菜汤加上薄脆饼干就足以打发我了。我从那个面目狰狞的佝偻职员旁边的架子上取了一份晚报和一本叮满苍蝇的杂志，接着便走回了吉尔曼旅店我那毫无生气的房间。

天色愈来愈暗了，我打开廉价铁架床上方的电灯，灯光很微弱。不管我如何努力，也看不进去书。我觉得应该让脑子想些正常的事情，不要老是想着这个笼罩着灾祸阴影、我如今还被困在它的疆界之内的畸形古镇。听了那个老酒鬼所叙说的疯狂故事，我不可能做开心的梦了。我必须尽力将他那双痴狂、淌水的眼睛从我头脑中赶走。

而且，我也不能再想那个工厂督察员对纽伯里波特的售票员所说的吉尔曼旅店的事，以及夜里房客发出的怪声——不能想这个，也不能去想黑乎乎的教堂门口戴着冠冕的面孔。我神志清醒的头脑无法解释为什么要对这张面孔如此恐惧。要不是房间阴森恐怖，还有发霉的味道，也许让我不去想那些令人不安的话题还要容易一些。但如今，这种令人窒息的霉味夹杂着镇里无处不在的鱼腥气，显得无比阴邪，不能不让人时刻联想到死亡和腐烂。

另外一件令我不安的事，是门上没有门闩。门上的痕迹表明以前曾经有过门闩，只是最近有人把它拿掉了。毫无疑问，它是坏了才被拿掉的，就像这个破旧颓败的大楼里那么多别的东西一样。我紧张地四处寻找，看到熨衣板上有一个螺栓，应该和门上的那个门闩差不多大小。为了稍微放松一下绷紧的心弦，我用挂在钥匙圈上的三合一方便小工具（包括一把螺丝起子）忙乎着将螺栓移到了门上空着的地方。螺栓正好可以装上。确知自己入睡前可以将门紧紧地闩好，我如释重负。并不是我认准这个门闩会派上什么真正的用处，而是在这个环境里，我觉得任何象征安全的东西都是受欢迎的。两扇与隔壁房间互通的边门上都有门闩，我也把它们装上了。

我没脱衣服，决定读点书，等到自己困了，便和衣躺下去，只除去外套、领圈和鞋子。我从旅行袋里拿出手电筒，放在裤兜里，如果等一会儿在黑暗中醒来，我可以借助它看看时间。可是睡意终究没有光临。我惊恐地发现自己其实在下意识地倾听某种声音——倾听是否有某种我害怕,却无法道明的东西。那位工厂督察员所说的故事在我的想象力上发生的作用超出了我自己的预计。我想再看点书,可什么都看不进。

过了一会儿,我听到楼梯上或走廊里在发出间歇的嘎吱嘎吱的声音,好像是脚步声。我在想是否有别的客人正住进其他房间。然而,没有说话的声音,那嘎吱嘎吱的声音听起来有些鬼鬼祟祟。我讨厌这种声音。这个城镇的人都有些古里古怪,而且肯定有人失踪过。难道这是个谋财害命的黑店?可我看起来一点也不像腰缠万贯的阔佬。抑或这里的人特别讨厌好奇心重的外地人?难道我过于张扬的观光与时不时核对地图的行为引起了他们的反感和注意?我一定是过于紧张了,随便几声嘎吱的声响就让我胡思乱想——可我还是对自己身边没有一件武器感到遗憾。

最后,尽管没有一丝睡意,但我开始感到疲惫不堪。我销上了新装的门闩,关了灯,躺在坚硬而不平整的床上——外套、领圈、鞋子,什么都没脱。黑暗中,夜晚一切细微的声响都被放大了,烦人的思虑像洪水一样淹没了我。我后悔把灯关了,可是又累得不愿起来开灯。一段长长的可怕的间隔之后,楼梯和走廊重新传来轻微的嘎吱声。这种该死的却又千真万确的声音,似乎使我所有的预料都变成了可怕的现实。毫无疑问，有人拿了钥匙在小心地、偷偷摸摸地试图打开我的房门。

因为我已经有了隐隐的恐惧感，尽管没有明确的理由，凭直觉已经有所防备，在认识到产生了真实的危险时，心情反而并不过于慌张——在新出现的真实的危机面前，不管这危机被证实是什么样子的，这种防备是有利于我的。然而，原来只是模模糊糊的预感，转眼将变成现实，这还是让我无比震惊，给了我巨大的打击。我从来没有想过，这种摸摸索索的行为也许仅仅是个错误而已。我唯一的想法是这里面一定有邪恶的目的。我纹丝不动，对来者下一步的行动拭目以待。

过了片刻，小心翼翼的嘎吱声停止了。我听到有人用万能钥匙开门进入了我北面的房间。接着，有人在轻轻地试着打开通向我房间的互通门。门闩当然是闩上的。我听到地板的轻响，那人离开了房间。过了一会儿，传来另一阵轻轻的嘎吱声，我知道是那个人走进了我南面的房间。他同样偷偷摸摸地试了一下和我房间相通的那道门，接着又退去了，地板再度发出嘎吱的声音。这次脚步声沿着走廊，走下了楼梯。我明白这个私闯者知道我的门都上了闩，暂时放弃了他的努力，但多久会卷土重来，只有之后才能知道。

我立即开始实施我的行动计划，速度之快表明在过去几个小时里，我潜意识里已经害怕会遇到危险，早就在做逃跑的打算了。从一开始，我就觉得这个未照面的私闯者代表着一种危险,我只能尽快地远远躲避。我唯一该做的是尽可能快速地活着离开这个旅店,不能走前楼梯和大堂,只能寻找别的途径逃出。

我轻轻地坐起身,将手电筒的电门打开,试图打开床头电灯,选些个人物品塞进口袋,然后飞快地逃走,连旅行袋也不要了。可是,灯没有亮,可以看出电源被切断了。显然,某种神秘而邪恶的行动正在大规模的酝酿之中——至于是什么,我说不出来。我站在那里,手按在已经无用的开关上面,正在思索的时候,楼下的地板上传来低低的嘎吱声。我勉强分辨出那是有人在交谈。过了一会儿,我又觉得这种从喉咙深处发出的声音不太像说话声,因为那粗声粗气的号叫和音节松散的呱呱声与通常人类的说话声几乎毫无共同之处。此时,我想起了那个工厂督察员夜里在这幢腐朽颓败、瘟疫横行的大楼里听到的声音,不禁浑身一震。

借着手电筒的光,我把口袋塞得满满的,然后戴上帽子,蹑手蹑脚地走到窗前,估摸着从窗户里逃下去有多大的可能性。旅店的这一侧并没有按照政府的安全法规设置消防出口,但我看到窗户与鹅卵石铺成的院子之间只有三层楼高的距离。而在旅店的左右两侧,有一些古老的办公大楼与旅店相毗连。它们的斜坡屋顶与我所在的四楼之间形成了一个合理的跳下去的距离。可我必须到另外一个房间去跳,在南面和北面都有一个这样的房间，才有可能跳到其中一排房子上——我立刻开始考虑我有多大把握转移到另一个房间。

我断定不能冒险通过走廊，因为我的脚步声肯定会被听到，从走廊走进我想去的房间也有不可逾越的困难。我要么不动，要动的话只能通过房间之间没那么结实的互通门。门上的锁和门闩如果阻挡我的去路的话，我就只能用肩膀作为攻坚物，使劲将它们撞开。我想，房子及其固定装置本身已不牢固，要做到这一点还是可能的，但我也意识到不发出响声是不可能的。我得依靠快捷的速度，抢在敌方协调起来，用万能钥匙打开我所在的房间之前找到可以逃生的窗户。我把一个衣柜推过去顶住外门，增强房间的防卫措施——一点一点地推，尽量不发出太响的声音。

我感觉成功的可能性很小，做好了发生任何不测的充分准备。即使能跳到另一幢房子的屋顶还不解决问题，因为还要落到地面，再逃出城镇。对我有利的是毗连的房子已经陈旧破败、无人居住，而且屋顶上有很多天窗，张着黑乎乎的大口。

从食品店小伙子画的地图上可以看出，出镇的最佳线路是向南。我首先看了看房间南侧的互通门，它原来的设计是向我房间一侧打开。我试了试，发现另一侧的门闩和其他钩扣都牢牢地入了位，不太容易撞开。于是，我放弃了这条路径，小心地将床架拉过来，顶在这扇门上，以防过一会儿可能有人从隔壁对它进行冲击。北侧的门是向外打开的，尽管外面也上了锁或门闩，我认定这就是我的通道。假如我能到达佩因大街的房顶上，然后顺利地下到地面，我或许能穿越院子，经过邻近或对面的房子到华盛顿大街或贝茨大街，或者出屋到佩因大街，沿着街道向南弯到华盛顿大街。无论如何，我也要走到华盛顿大街，尽快地走出市政广场。我更希望避开佩因大街，因为那里的消防站也许会整夜开着。

我一边思考，一边向外看着我脚下破败的屋顶形成的肮脏之海。尚未亏缺的圆月将它照得亮亮的。那条黑沉沉的峡谷将全景一劈为二，被废弃的工厂和火车站像甲壳动物一样紧贴着河边。在河的另一侧，锈蚀的铁路和罗利公路穿过平坦的沼泽地伸展而去，沼泽地里点缀着一些高出水面、长满灌木丛的小岛。左侧离那河溪纵横的乡村要更近一些，通向伊普斯威奇的狭窄公路在月光中熠熠泛白。从我所在的旅店的一侧，看不见我决定要走的向南通往阿克罕姆的道路。

我正拿不定主意什么时候去撞北边的门、如何尽量减小撞击发出的声音，这时，我注意到脚下的模糊声响已经变为新的、更响的楼梯发出的嘎吱声。一缕摇摆不定的光线通过气窗照射进来，走廊的地板被沉重的负荷压得发出痛苦的呻吟。一种像是从嗓子眼里发出来的沉闷声音越来越近，最后我的外门上响起重重的敲击声。

片刻间,我只是屏住了呼吸,等待着。似乎过去了很长时间,我周围令人作呕的鱼腥味好像在突然之间变得非常浓烈。接着又是一阵敲门声——不间断的,而且越来越坚决。我知道采取行动的时间已到,因此立即取下北面互通门的门闩,准备撞门。敲门声更响了,我希望它的音量能盖住我的撞门声。我终于开始行动,用左肩一遍一遍地撞击那薄薄的门板,根本不顾震动或疼痛。门的抵抗能力比我想象的要顽强,但我没有屈服。此时,外门的噪声更响了。

终于,互通门松动了,它倒下时发出的声音很响,我知道外面的人肯定都听到了。眨眼间,外面的敲门声变成了猛烈的撞击声,而在我两侧的房间通向走廊的外门上都响起了不祥的钥匙转动声。穿过刚刚打开的互通门,我还来得及在北侧房间的走廊门被钥匙打开之前给它上了门闩。但就在此时,我听到第三个房间——我刚才希望通过那个房间的窗户落到底下的屋顶上——的走廊门也有人在用万能钥匙试图打开。

这一瞬间我感到了彻底的绝望,看来我是被困在了一间没有窗户的斗室里。一阵几乎是变态的恐惧感让我全身打了个激灵。借着手电筒的光,我看到地板积尘上留下了刚才来过这个房间、想从这里打开我的房门的入侵者的痕迹,这更让我触目惊心。接着,凭借在绝望之下仍顽强存在的懵懵懂懂的自发意识,我走向另一扇互通门,看也不看就去推门，想通过它进入另一个房间——希望上帝保佑，那间房间的钩扣与这间的一样完好——赶在那里的走廊门锁被从外面打开之前上好门闩。

偶然的幸运给我改判了缓刑——因为我面前的互通门不仅没有上锁，而且还半开着。我立即穿过了门，用右膝和右肩顶住了显然已经在向里打开的走廊门。那开门者没有防到我这一招。我一推，门就关上了，我得以像刚才一样，将那完好的门闩上紧了。这样一来，我就有了喘息的时间。此时，我听到另外两扇门上的撞击声消退了，而我曾用床架顶住的互通门那边传来乱糟糟的撞击声。显然，大部分攻击者已经进入了南侧的房间，集结起来进行侧面进攻。但与此同时，隔壁另一间朝北的房间门上又有了万能钥匙转动的声音。我知道，我必须对付这个离我更近的危险。

朝北的互通门大开着，但我已经没有时间去检查走廊门上正在转动的门锁了。我能做的是关上开着的互通门，以及这房间另一侧的互通门，上好闩，把床架推过去顶住这扇门，用衣柜顶住另一扇，还用脸盆架顶住了走廊门。我只能依靠这些临时的障碍物，赢得时间爬出窗户，落到佩因大街的房顶上。然而，即使在这一紧张的时刻，我最大的恐惧也不仅仅是眼前这些防卫措施有多么脆弱。我浑身发抖，因为我的追逐者尽管在不规则地间歇发出凶狠的喘息声、嘟哝声和压低的吼叫声，但没有谁能说出一句清晰的、让人听得懂的话。

在我移动家具、冲向窗口的时候，我听见有人沿着走廊奔向我北侧的房间，脚步声令人害怕。南面的撞击已经停歇了，显而易见，绝大多数的攻击者将要集中进攻我所在房间的互通门。屋外，月光洒在下面房子突起的屋脊上。我可以看出，如果跳下去是十分危险的，因为站立的表面极其陡斜。

观察四周，我选择了两扇窗中靠南的那扇作为我的逃生之路，计划落在屋顶向里一侧的斜坡上，然后走向最接近的天窗。一旦进入了某幢腐朽的砖房内，我还要考虑如何逃脱追击。但我希望跳下地之后，能在院子的阴影下，从那些张着大嘴的门道里闪进闪出，最后到达华盛顿大街，从南边溜出这个城镇。

此时，靠北的互通门上的撞击已极为有力，我看见脆弱的门板开始破裂。显然，那些包围者取来了什么沉重的东西作为撞击物，但那个床架仍然岿然不动，因此我至少还有微小的机会逃离虎口。我打开窗户，注意到窗户两侧有重重的丝绒帷帘，用铜环悬挂在一根横杆上，而在屋外有一个突出的大钩子，是用来挂百叶帘的。我想起了一个可以代替危险跳跃的办法，一把攥住帷帘，将它同横杆一起取下来，然后很快将两个铜环套在百叶帘的钩子上，将帷帘扔出窗外。重重的丝绒帷帘一直拖到毗连的屋顶上，估计铜环和钩子可以支撑住我的分量。

就这样，我爬出窗户，沿着灵机一动发明的绳梯，将病态和充满恐惧的吉尔曼旅店永远地抛在了身后。

我安全地落在陡斜的屋顶松动的石板瓦上，准确无误地靠近了张开的黑色天窗。抬头望望我刚才跳出来的窗口，黑洞洞的，但越过北面坍塌的烟囱，我可以看见"人鱼秘令教"会堂、浸礼会教堂、公理会教堂都不祥地亮着灯，回想起这些名字就让我浑身打战。脚下的院落里似乎没有人，我希望在敌人发出全城警报之前还来得及逃走。我用手电筒朝天窗里照射一下，没有看见能下去的台阶。不过，到地板的距离很小，因此我爬到天窗边缘，跳了下去，落在堆满破烂箱子和木桶、覆盖着积尘的地板上。

这个地方看起来惨不忍睹，但我已顾不上这些，打开手电筒，匆匆瞥了一眼手表，时间是半夜两点钟。借着手电筒光，我看见了楼梯，就立刻朝它奔去。楼梯发出了嘎吱声，但似乎还算结实。我一路跑下去，穿过像是仓库的二楼，到了底楼。底楼完全荒废了，只有回声在应和着我的脚步声。终于，我走到了下面的门厅。在门厅的尽头，我看见一个微微泛亮的长方形，显示那是通向佩因大街的破败大门。我朝相反的方向走去，见到后门也开着，就冲了出去，走下五格石头台阶，到了院子里杂草丛生的鹅卵石地上。

月光照不到这里，但我刚好可以不用打开手电筒而看清周围的路。

吉尔曼旅店一侧的一些窗户里射出微弱的灯光,我好像听到窗内有混乱的声音。蹑手蹑脚地走到华盛顿大街的一侧,我发觉了几个敞开的门道,选中最近的一个作为我的出路。进门后里面的走道很暗,走到对面的一头时,我发现通向大街的门紧紧关着,无法打开。我打定主意再试试另一幢房子。我摸索着往回走到院子里去,但在接近门道时赶紧停住了脚步。

吉尔曼旅店的一扇门开着,从门里拥出大群大群的怪影——提灯在黑暗中晃动,骇人的沙哑声互相低低地叫嚷着,说的肯定不是英语。这些影子在乱哄哄地徘徊,我意识到它们不知道我的去向,于是松了口气。尽管这样,它们也让我害怕得浑身发抖。它们的五官看不清楚,但那种蜷曲着身子、跟跄的姿势让人既厌恶又反感。最糟的是,我发觉有一个身影穿着奇怪的长袍,头顶上无疑戴着一个高高的冠冕,那冠冕的式样我太熟悉了。这些影子布满了整个院子,我的恐惧感越来越强烈。假如我在这座房子里找不到通到街上的出口怎么办?鱼腥味让人恶心,我无法确定自己能否继续忍受这种味道而不是昏厥过去。我再次朝大街的方向摸索过去,打开了远离门厅的一扇门,进了一间空房间。窗户上百叶帘紧紧地关着,却没有窗框。借着手电筒光摸索着,我发现可以打开百叶帘,不一会儿就爬出窗外,然后将窗户关成原来的样子。

我现在已到了华盛顿大街上，暂时还没有看见一个活物，除了月光，也看不见其他亮光。然而，从远处的好几个方向，我能够听到粗哑的声音、脚步声，以及一种听上去并不像脚步声的奇怪拍打声。显然，我不能浪费一分一秒。罗盘上的方向标示清晰可见。我很高兴路灯都关掉了，富裕的乡村地区在月光明亮的晚上都习惯关掉路灯。有些声音是从南面传来的，但我仍然不改从那个方向逃离的初衷。我知道，一旦遇见任何像是在追赶我的人或队伍，有很多废弃的门道可以让我藏身。

我紧贴着破败的房子轻手轻脚地疾步行走。尽管我刚才费力地爬出来，帽子也没戴，衣服凌乱，但并没有特别地惹人注目。假如不得已遇上某个闲逛的步行者，很有可能不被注意地与他擦肩而过。

在贝茨大街，有两个步履蹒跚的人影从我面前穿过街道。我躲进了一个敞开着的门厅，但不一会儿又继续赶路，接近了埃利奥特大街、华盛顿大街和南街交叉处的开阔区域。虽然我没来过这个地方，但按食品店小伙子给我画的地图来看，此地充满危险，月光在这里能够自由挥洒。想要避开它也没用，因为如果从其他途径绕弯子，都容易被人看到，而且还会拖延时间。唯一可做的事情是大胆地、堂堂正正地穿过去，尽量模仿因思茅斯人踉跄走步的样子。相信没有人在那里，至少追赶我的人不在那里。

这场追逐的组织程度如何、它的目的究竟是什么，我都一无所知。镇里似乎有不同寻常的活动。但据我判断，我从吉尔曼旅店逃走的消息还没有传播开来。当然，我马上就得从华盛顿大街转到向南的其他街道，而从旅店里来的那帮家伙肯定还在追寻我。我肯定在那最后一间旧房子里留下了灰尘的印子，暴露出我是怎么到了街上的。

正如我所预料的，那片开阔区月光如洗。在它的中心，我看见一个像公园一般、用铁围栏围起来的绿化地带。幸运的是，这里空无一人，尽管从市政广场的方向传来一种奇怪的嗡嗡声或咆哮声，似乎越来越强烈。南街很宽，有个略微向下的斜坡直接通向海边，在街上就可以看见很远的一段大海。我沐浴着明亮的月光穿过去时，希望没有人在远处一抬头就瞥见了我。

我毫无阻碍地前行，没有新的声音响起，这表明暂时没人监视我。我朝四周看了一眼，脚步不知不觉地放慢了一会儿，想看看大海。它在大街的尽头，皓月当空，显得美丽极了。在防波堤外面很远的地方是魔鬼礁模糊、黑暗的轮廓线，望见它，我不禁想起了过去二十四小时里听到的所有丑恶的传说——这些传说将这座嶙峋的礁石描绘成名副其实的、通向无穷恐怖和难以想象的病态王国的门户。

接着，我毫无心理准备地发现远处礁石上有灯光在间歇性地闪烁。这是确实无误的，在我的脑海中唤醒了超出任何理性的盲目恐惧。我的肌肉抽紧了，惊慌得想要逃跑，只是由于某种无意识的谨慎和仿佛被催眠了一般的沉迷，才使我仍留在那里。更糟的是，现在从高高矗立在我身后东北方向的吉尔曼旅店的圆顶上也闪烁着一系列相仿的、但间隔时间不一样的亮光。这些闪光除了是应答的信号，不可能是其他东西。

控制住自己的肌肉，重新意识到我是多么容易被人发现，我又迈起假装蹒跚的快步。不过，只要在南街上还能看得见海，我仍然忍不住将目光投向那座地狱般的不祥礁石。我无法想象这种灯语是什么意思，它是否涉及与魔鬼礁有关的某种奇怪的仪式，或者正有一帮人下船登上了那块罪恶的岩石。我现在转到了那千疮百孔的绿地的左边，同时仍然朝大海望去，海面在幽灵般的夏季月光下熠熠生辉，那些不可解释的、无名的灯塔发出隐秘的闪光。

正在这时，最为可怕的一幕在我身上起了作用——它摧毁了我最后一缕自控能力，令我疯狂地向南奔跑起来，越过这条空无一人的噩梦之街上一个个张着大口的黑乎乎的门厅和瞪着大眼的窗户。因为我仔细看了一下海面，发现礁石与海岸之间那片月光照亮的水域并不是空荡荡的。水中有一大群黑影在朝镇上游来，即使我离的距离很远，仅有一瞬间的观察，我也可以看出那些上下摆动的脑袋和挥动的手臂是异类的、畸形的，简直无法用语言描述，不是有理智的人能够想象的。

我还没有跑过一个街区，就停下了狂奔的脚步，因为在左侧，我开始听到似乎是有组织的追赶的嘈杂声，有脚步声、喉音以及一辆汽车突突的声音，都是沿着联邦大街向南而去。片刻之间，我的所有计划都完全改变了，如果向南的公路在我到达之前被封锁了，我显然就得另外找到一条离开因思茅斯的出路。我停下步子，闪身躲进了一个开着的门洞，庆幸自己赶在这些追逐者之前离开了那个月光明亮的开阔区域。

再一想，就没有这么舒服了。它们是沿着另一条街追赶的，很清楚，它们并不是在直接跟踪我，并没有见到我本人，只不过是按照总体计划切断我的逃路。然而，这也意味着它们巡查了通往因思茅斯之外的所有道路，因为它们无法确认我会走哪一条路。如果确实如此，我逃出去时必须远离任何公路。但周围的地形都是沼泽地和纵横交错的小河，我又如何做到这一点呢？一时之间，我感到天旋地转起来——既是因为感到绝望，也是因为无处不在的鱼腥味很快变得非常浓烈。

此时，我想起了通向罗利的废弃铁路——从峡谷边摇摇欲坠的火车站开始，那铁路线长满野草的泥基仍然向西北方向延伸着。镇上的人可能不会想到它，因为铁路线荆棘纵横，无人问津，几乎是无法通行的，也是逃难者最不可能选择的路线。我刚才从旅店房间里能清楚地看到那条铁路，知道它的方位在哪里。铁路开头的一大段从通向罗利的公路以及镇上位置高的地方可以见到，这令人极不舒服，但也许我可以从灌木丛中爬过去而不被人注意。不管怎么说，这是我逃生的唯一希望。除了试一试，别无选择。

我穿过门洞进入大厅，借助手电筒的亮光再次研究食品店小伙子画的地图。眼前亟待解决的问题是如何抵达那条老铁路线，现在可以看出，最安全的路径是朝前走到巴布森大街，再向西到拉斐特大街，在那里绕过一个同我刚才穿过的开阔区域相似的地方——不是明目张胆地穿过去，而是沿着它的边缘蹭过去——再向北和向西以之字形穿过拉斐特、贝茨、亚当斯和班克大街（班克大街就是河岸边的那条街），这样就到了我刚才从窗户里看到的废弃破旧的火车站。一直向前走到巴布森大街的理由是，我既不希望再一次穿越刚才的开阔区域，又不想沿着南街这条宽敞的横马路向西行走。

我又迈开步子，穿过街道到了右侧，尽量不引人注目地蹭进巴布森大街。联邦大街仍然有嘈杂声。我回过头去看，认定我逃出来的那幢房子附近有一丝亮光。我急切地想离开华盛顿大街，就开始小跑起来，希望运气好一些，不要被任何人看见。在巴布森大街的一角，我惊恐地发现其中一幢房子还住着人，因为窗上挂着窗帘。不过，房子里没有亮灯，我平安无事地走过这幢房子。

巴布森大街与联邦大街相交，搜索者有可能看到我，因此我走路时尽可能贴紧低垂的、凹凹凸凸的建筑物。有两次听到身后的噪声突然变响,我就躲进门洞里暂歇。前面开阔区域在月光照耀下显得空阔荒凉,但我不一定要从这里穿过。第二次停下时,我开始觉察到含糊的声音有了新的分布。我在隐蔽处小心地望去,看见一辆汽车从开阔区域疾驰而过,沿着与巴布森和拉斐特大街交叉的埃利奥特大街向外驶去。

我看着看着,刚刚消散一会儿的鱼腥味又突然浓烈起来,呛得我几乎透不过气来。我看见一群笨拙的、半蹲着身子的黑影在朝着同样的方向踉跄跃步而行。我知道,这队家伙就是去负责封锁通往伊普斯威奇的公路的,因为这条公路是埃利奥特大街的延伸。我瞥见其中两个影子穿着肥大的长衣,一个戴着高高的冠冕,那冠冕在明月下闪熠着白光。这个黑影的步态是如此奇怪,几乎让我浑身打了个激灵——因为在我看来那怪物几乎是在跳跃地前行。

它们都走光之后,我又接着赶路,转弯进了拉斐特大街,并且迅速穿过埃利奥特大街,以防还有掉队者沿着这条街走过来。我确实也听到远处市政广场附近有蛙鸣般的粗哑声音和碰撞声,但仍然平安无事地走完了这段路。我最害怕的是再次跨过那条宽阔的、月光明亮的南街——还要看到它对面的海景——可仍然要打起精神承受这份煎熬。也许有人在隐蔽地观察,埃利奥特大街上如有掉队者的话,肯定能瞥见我。在最后一刻，我决定还是放缓步子，以一个因思茅斯普通当地人的蹒跚而行的模样走过街区。

当海上的景象再次展现在我眼前时——这次是在右侧——我下定决心不去看海。然而，我还是无法抵制诱惑，一面小心地模仿着蹒跚踉跄的步伐向前面的阴影走过去，一面向侧方扫了一眼。正如我预计的那样，海上看不到船只。相反，我眼睛最先瞥见的是一艘小船，上面装着一些笨重的、用油布盖住的东西，正朝废弃的码头划来。划船者，尽管隔得很远看不太清楚，但仍然看得出模样令人憎恶。我还能分辨出有几个人在游泳，而在远处的黑色礁石上，我看见一点微弱、固定的亮光，与刚才见到的闪烁的灯标不一样，光的颜色极为怪异，我无法精确地说出它属于哪种颜色。在前方和右侧倾斜的屋顶上空矗立着吉尔曼旅店大楼的穹顶，漆黑一团。鱼腥味刚才被一阵微风吹散，如今又聚拢过来，浓烈得令人发疯。

我还没来得及穿过大街，就听到一队嘀嘀咕咕的家伙从北面沿着华盛顿大街行进。当它们抵达那片宽阔的开敞区域时（我刚才在那里第一次瞥见令人不安的月光下的海水），我与它们相距仅一个街区，可以清楚地看见它们。这些家伙的面容像野兽一般变态，半蹲的姿势如狗一般，根本不像人，令人感到恐怖。其中有一个完全像类人猿那样挪动，长长的胳膊频繁地触碰着地面，而另外一个，穿着长衣、戴着冠冕，几乎是在蹦跳着前进。我判断，我曾在吉尔曼旅店的院子里见到过它们，它们也是跟踪我跟得最为紧密的一拨。有几个家伙转头向我的方向张望，简直把我吓呆了。不过，我还是努力保持着那种随意的跟跄步伐。直到今日，我还不知道它们看见我没有。假如它们确实看到我了，那么我的策略肯定让怪物上当了，因为它们没有改变方向，而是径直穿过了那片明月照射的开阔地——同时叽哩哇啦地说着更多我听不懂的、粗哑的土话。

再次回到阴影中，我重新开始小跑步，经过那些仿佛对着夜空干瞪眼的倾斜、破败的房子。我过街到了西侧的人行道上，绕着最近的角落弯到贝茨大街，然后一直贴紧南侧的房子行走。我路过两幢像是有人居住的房子，其中一幢楼上亮着微弱的灯光，不过我仍然畅行无阻。转进亚当斯大街之后，我感到安全多了。然而，有一个人从黑乎乎的门洞里跌跌撞撞地走出来，正好到我面前，把我吓了一大跳。不过，他醉得不可救药，对我根本构不成威胁。就这样，我安全地抵达了班克大街破破烂烂的仓库。

河岸边死沉沉的街道上空无一人，瀑布的咆哮声盖住了我的脚步声。到那个破败的火车站还有很长的一段路要走，我周围高高的仓库砖墙比私家住宅的门面还要骇人。最后，我终于见到了那座盖有拱廊的老火车站——或者说曾经是火车站的地方——然后，直接走上了从车站远端开始的铁路线。

铁轨锈迹斑斑，但大多没有损坏，只有不到一半的枕木烂掉了。在这样的表面上走路或跑动非常困难，但我还是竭尽全力，总的来说速度不慢。铁路有较长一段与河岸平行，后来就到了那座长长的、有顶盖的铁路桥。从桥上向峡谷里望去，落差令人头晕目眩。这座桥的桥况如何，将决定我下一步的行动。如果勉强还能走人，我就走过去，否则我就只能冒险多走几条街，找到一条距离最近的完好的公路桥。

这座空荡荡的大桥在月辉下像幽灵一般微微闪光，我看出至少开头的几块枕木还是安全的。我一边打开手电筒，一边跨上了桥。突然，有一群蝙蝠从我身边扑腾而过，我差点摔倒了。大约走到一半时，两根枕木之间有一个危险的空档，一时间我害怕自己是过不去了。但到头来，我不管三七二十一，拼命一跳，居然幸运地跳过去了。

我从那段令人毛骨悚然的铁路桥里钻出来，又见到了月光，真感到高兴。旧铁轨与沿河的道路立体交叉，接着伸向越来越乡村的地方，因思茅斯的讨厌的鱼腥味也越来越淡。这里茂密的野草和荆棘开始阻挡我的去路，残忍地撕扯着我的衣服。不过，在发生危险时有这些草木给我做掩护，我还是很高兴。

沼泽地相当突兀地出现了，一条单轨建在低低的、覆盖着青草的基坝上，这里的草木要稀疏一些。然后，又来了一个地势较高的像岛屿一样的地方，铁路线从中间的一条浅道穿行，而这条浅道里长满了灌木和刺藤。我很乐意有这样的半掩护，因为据我刚才从旅店窗户里向外观察，这里离罗利公路近得让人不安。那条公路会在这个浅道的末端与铁轨相交，然后又折出一段让我感到安全得多的距离，但同时我必须加倍地小心。到这个时候，谢天谢地，我肯定铁路本身没有人在巡逻。

在快要进入浅道之前，我朝身后瞥了一眼，没有见到追赶者。正在败落的因思茅斯的古老尖塔和屋顶，在魔幻般的金色月光下可爱地、缥缈地闪烁着。我在想，上空的阴影降临之前，这个城镇会是什么样子？然而，当我的视线从城镇移向内陆一侧时，某种不那么宁静的东西吸引了我的注意，我一时之间僵住了。

我所见到，或者说自以为见到的现象表明，在我南边很远的地方有此起彼伏的动向。我得出结论，肯定有大部队在沿着水平的伊普斯威奇公路涌出因思茅斯镇。相隔的距离很远，我无法仔细看清，但我一点也不喜欢那个队伍的样子。它起伏得过于频繁，在开始西沉的月亮下闪着过分明亮的光芒。隐约还有声音，尽管风是朝相反方向吹的——似乎是野兽的嚓嚓脚步声和嗥叫声，比我刚才偷听到的那些家伙的低声咕哝还要糟糕。

各种各样令人不快的猜测闪过我的脑海。我想起了那些极端的因思茅斯居民,据说它们潜藏在海边那些纷纷坍塌的百年贫民窟里,也想起了我刚才见到过的那些说不上名称的游泳者。将我远远见到的人数一数,加上可能去封锁其他道路的人,得出的总数对于因思茅斯这样人烟稀少的城镇来说,是出奇地多了。

我眼前这么密集的人员来自何方呢?难道那些古老而秘密的贫民窟里真的潜伏着变态的、没有任何书中记载、也没有人怀疑过的生命?或者真有一艘船悄悄地将一群外来者大军运到了那地狱般的海礁上?它们是谁?为什么会在这里?如果有一队人在搜索通往伊普斯威奇的道路,那么在其他公路上的巡逻是否也加强了?

我已进入了那长满草木的浅道,以很慢的速度挣扎着向前行进。这时,那该死的鱼腥味又变得极为浓烈。是不是风向又突然变成东风了,从海上向城镇方向吹来?我推断肯定是这样,因为现在我开始听到从那原来还是寂静的方向传来的令人心惊的粗哑的咕哝声。还有另外一种声音———一种大规模的、巨响无比的扑腾或拍打声,让人联想起一些令人憎恶的画面。这也让我不合逻辑地想起远处伊普斯威奇公路上那个令人不快的起伏的队伍。

接着,臭味和声响越来越强烈,我停下来,浑身打战,很感激有这条浅道给予庇护。我回想起,正是在这里,罗利公路距离铁路非常近,接着就将同铁路交叉后再分道扬镳。有东西在沿着那条公路过来,我必须伏下身子，等它们通过、消失在远处。感谢老天，这些怪物没有牵着狗来搜寻——但也许在弥漫的呛人腥味中，狗的嗅觉也不灵敏了。我蹲伏在那条石沙围成的凹道中，感到相当安全，尽管我知道那些搜寻者正在我前面一百码左右的地方跨越铁轨。我在暗处，它们在明处，也许只有发生了邪恶的奇迹，它们才会发现我。

怪物正在一个个路过，我却开始害怕真的看到它们。我看着它们鱼贯通过月光照亮的地方，奇怪地想到，那个地方将遭受永远也无法挽回的污染。它们也许是因思茅斯从人到怪的过渡中最糟的一种，没人愿意记住它们。

那恶臭味变得让人无法忍受，嘈杂的声音已变为动物的呱呱声、嗥叫和咆哮声的大合唱，几乎没有一点人类语言的特征。这些真的是追赶我的人发出的声音吗？它们会不会真带了狗来？到目前为止，我在因思茅斯还没有见到过一只低等动物。那扑腾或拍打声真是令人震惊——我无法相信是这些退化的怪物发出来的。我打算闭上眼睛，直到那声音逐渐向西移去。那群怪物已经很近了，空气因为它们粗哑的嗥叫而变得恶浊，地面在它们节奏怪异的步伐下也似乎在颤抖。我的呼吸几乎要停止了，我集中所有的意志力紧紧地闭上眼睛。

接下来发生的事是丑恶的现实，还是仅仅是噩梦中的幻觉，我到现在仍不愿意说。政府部门后来在我狂热的呼吁下所采取的行动，大概可以证明这是可怕的真实事件。那个古老的、鬼怪出没的、笼罩着阴影的城镇具有某种催眠的魔力。在它的魔力之下,幻觉是否也可以重复?这样的地方有一些奇怪的特征,在那些死气沉沉、充满恶臭的街道上,在那成堆的腐朽的屋顶和坍塌的尖塔中,荒谬传说所留下的影响也许对不止一个人的想象力产生了作用。有没有这个可能,一种真实的传染性狂症的种子潜伏在因思茅斯上空的阴影深处?在听到像扎多克·艾伦老头所叙述的那种故事后,谁还能对现实有把握呢?那些政府官员一直没有找到可怜的扎多克,也猜不出他遇到了什么不测。哪里是疯狂的终结和现实的开始呢?甚至我最近的恐惧是不是也仅仅是一种谬想?

然而,关于那天夜里,在那个仿佛嘲笑世人的金色月亮下,我认为我见到的事情,我必须告诉你们。我蹲伏在那萧瑟的铁路通道里丛生的草木之中,就在我的前面,我清楚地看见在通往罗利的公路上,那些怪物在奔涌、跳跃。当然,我闭上眼睛的决心失败了。它本来就是注定要失败的——就在你身旁不超过一百码的地方,有一大群来历不明的怪物呱呱地嗥叫着,令人恶心地扑闪而过,谁又忍得住蹲在那里一眼不看呢?

我认为我已经做好了最坏的准备。鉴于我在此之前见到了那么多事情,我确实也应该是做好了准备。

别的追逐者的模样都已经异常变态，因此看到那些更为变态、没有一丝正常的形体，也应该不会大惊小怪了吧？我一直闭着眼睛，等那嘈杂的声响到了正前方的时候，才睁开眼。这时我发现，在那通道两边、公路与铁轨交叉的地方，可以清楚地看见相当长的一段队伍——我忍不住要将那些金色月亮照出的恐怖之物看个够了。

不管我活在这个地球的时间还有多长，这一刻终结了我精神的安宁，终结了我对自然的完整性和人类精神的完整性的信心。我曾想象过的任何画面——即使是完全按扎多克老头的疯狂故事拼凑起来的画面——也不可能与我所见到的（或相信自己见到的）魔鬼般的、渎神的现实相比拟。那遥远昏暗的行星怎么可能繁殖出这样的怪物来？人类的眼睛怎么可能看见迄今为止只在高烧呓语般的幻觉和微妙的传说中才会有的东西呢？

然而，我确实见到它们排成一队看不见尾的队伍——扑腾着、蹦跳着、嗥叫着、嘶鸣着，仿佛是令人眼花缭乱的梦魇中跳着的丑陋、邪恶的萨拉班德舞，以非人的方式在幽灵般的月光中涌过。其中有一些戴着高高的、用无名的淡金色金属做成的冠冕……有一些穿着奇怪的长袍……那领头的穿着像食尸鬼一样的隆起的黑外套和有条纹的裤子，在应该是脑袋的地方戴着一顶男式皮帽。

我相信它们的主色调是灰绿色，而肚子是白色的。它们全身大多是光洁滑溜的,但脊背上有鱼鳞。体形有点像类人猿,而脑袋则是鱼的脑袋,眼睛鼓鼓的,永远不会闭合。脖子的两侧有起伏不停的鱼鳃,长长的脚掌上有脚蹼。它们不规则地跳跃,有时是用双腿,有时是用四腿。我有些庆幸它们的腿没超过四条。

尽管这些怪物有这么多怪异特性,我对它们已经不陌生了。我很清楚它们是什么——关于纽伯里波特的邪恶冠冕,我不是还记忆犹新吗?它们是那些邪恶的鱼蛙,活生生的,极为可怕——当我看着它们,我也意识到那个在黑乎乎的教堂地下室里驼着背、戴着冠冕的教士到底让我胆战心惊地联想起了什么。它们的数量多得让人无法猜测。在我看来,怪物的队伍无穷无尽,我偶然瞥见的仅仅是很小的一部分。不一会儿,上帝慈悲地安排我晕倒了——这也是我平生第一次晕倒。一切都在我眼前消失了。

五

在长满灌木丛的铁路凹道上,白天轻柔的雨声让我从昏迷中苏醒过来。我跌跌撞撞地向前面的公路走去,在新的泥泞之上看不到任何脚印。鱼腥的气味也消失了,因思茅斯的破旧屋顶和摇摇欲坠的尖塔灰沉沉地出现在东南方向。然而,在我周围荒芜的盐碱沼泽地里看不到一个活物。我的手表仍在嘀嘀嗒嗒地走,时间已过晌午。

我所经历的事情是不是真的现实，我的心里又捉摸不定了，但我能感觉到周围环境中充满凶险。我必须离开这个笼罩着邪恶阴影的因思茅斯，于是开始试着挪动痉挛、疲倦的双腿。尽管我全身疲软、腹中空空，而且充满恐惧和迷惘，但过了一会儿还真能走路了。于是，我慢慢地沿着泥泞的道路向罗利走去。不到天黑，我抵达罗利，吃饱了肚子，换上了还算体面的衣服。我乘上夜里的火车去了阿克罕姆，第二天向那里的政府官员进行了长时间的、认真的汇报，后来到波士顿也这样做了。这些汇报所导致的结果已为公众熟悉——为了过上正常的日子，我希望对此事不要再说什么了。也许我疯了，但也许确有更大的恐怖——或者更大的奇事——正在展开。

可以想象，我放弃了原先计划在余下的旅途中要做的事情——观光、考察建筑、寻找文物。我曾对这些活动寄予厚望。我也不敢去寻找那个据说是收藏在米斯卡托尼克大学博物馆里的奇怪首饰。然而，我还是在阿克罕姆做了点事，收集到了我很久以来一直希望获得的一些家族史资料。尽管这些资料是非常粗糙且匆忙得到的，但将来等我有时间对它们进行分析和归类的时候，可以派上很大的用处。那里的历史学会会长拉帕姆·皮博迪先生客气地提出要协助我。听说我是阿克罕姆的伊莉莎·奥尼的外孙辈，他表现出了异乎寻常的兴趣。伊莉莎·奥尼生于1876年，在十七岁时嫁给了俄亥俄州人詹姆斯·威廉森。

看来，许多年前我的一位舅父曾去过阿克罕姆，进行一次跟我此行目的差不多的考察。我外祖母的家族是当地人好奇地津津乐道的话题。皮博迪先生说，人们对她父亲本杰明·奥尼的婚姻（他是美国内战结束后不久就结婚的）曾有不少的议论，因为新娘的家族来历让人非常疑惑不解。据说那位新娘是新罕布什尔人，是个孤儿，是埃塞克斯县马什家族的表亲——但她是在法国受的教育，对她的家族知之不多。一位庇护人将钱存到波士顿的银行里，以供养她和她的法国家庭女教师。不过，阿克罕姆人不熟悉那位庇护人的名字，到后来他干脆就消失了，经法庭任命由那位女教师作为她的庇护人，而那位法国女人现在早已去世。

然而，最让人犯难的事是，谁也无法将那位新娘的文书中登记的父母伊诺克·马什和莉迪亚·马什与新罕布什尔州为人所知的家庭对上号。不少人猜测说，她也许是某个姓马什的有声望之人的私生女儿，她自然长着一双马什家人特有的眼睛。她在生下我的外祖母——她唯一的孩子——后过早地去世了。我对马什这个姓已经留下了不良的印象，现在竟然说我的祖上与马什有关系，这让我感到不快。令我不悦的还有，皮博迪先生说我也长着一双马什家人特有的眼睛。但是，我还是很感激从他那得到了想必是很宝贵的资料，也记下了有关奥尼家族的丰富笔记和参考书清单。

我从波士顿直接回家乡托莱多去，接着在莫米静养了一个月，以消除这段折磨对我的影响。9月我去奥伯林大学继续我最后一年的学业，从那时至第二年的6月，我一直在忙于学习和其他健康正当的活动——只是偶尔有政府官员为了我的汇报和提供的证据所引发的整治行动而来找我，才让我联想起那已经过去的恐怖。到了7月中旬，正好距我闯入因思茅斯一年的时间，我到克利夫兰与我已故母亲的家人一起待了一个星期。在那里，我将某些新发现的家谱资料与在那里找到的各种笔记，以及零星的传家资料进行对照，想设法画出一个联系示意图来。

我并不喜欢这项任务，因为威廉森家里的气氛总是让我精神沮丧。那是一个病态的世家。我母亲在我孩提时代一直不鼓励我去她父母家，但她却总是欢迎她父亲到托莱多来。我的那位出生在阿克罕姆的外祖母令我感到奇怪，甚至几乎是让我感到恐惧，因此她失踪时我并没有感到悲伤。那时我八岁，据说她是在我舅父道格拉斯——她的大儿子——自杀后，在无限悲痛之中走失的。而他则是在去了一次新英格兰后开枪自杀的——毫无疑问，正是那次造访，让阿克罕姆历史学会记住了他。

这位舅父长相像外祖母，我也从来没有喜欢过他。他们两人脸上都常有瞪着大眼、一眨也不眨的表情，给了我一种模糊的、无法道明的不安感。我母亲和另一位舅父沃尔特没有那种长相。他们长得很像外祖父，但沃尔特的儿子、可怜的劳伦斯表弟几乎是外祖母模样的翻版。后来，他病情发作，被永久性地关进了位于坎顿的疗养院里。我已有四年没见到他了，但舅父有一次曾经含蓄地说，他的精神和身体状况都很糟。这种情况可能正是我的舅母两年前去世的主要原因。

现在克利夫兰的家中只有外祖父和他丧偶的儿子沃尔特，但对过去时光的记忆仍然重重地笼罩着它。我憎恶这个地方，想尽可能快地完成我的研究。外祖父给我提供了有关威廉森家族的历史和传统的丰富资料，而有关奥尼家族的材料，我只能依赖于沃尔特舅父了。他将他所有的档案文件，包括笔记、信件、剪报、祖传遗物、照片和微型人像，都拿出来供我查阅。

正是在查阅奥尼家族的信件和照片的时候，我开始对自己祖先的来历产生了恐惧感。我说过，我的外祖母和道格拉斯舅父总是令我不安。现在，他们离世几年之后，我注视着他们照片中的脸，感到了一种更为强烈的恶心和疏远的感觉。起初我无法理解这种变化，但慢慢地，一种可怕的比较开始强行占据我的潜意识，尽管我的理智在顽强地拒绝承认这一切。很清楚，这两张脸上的典型表情现在表现出了以前没有的东西——如果我进一步思考的话，肯定会带来无比的恐慌。

然而，最大的震惊来自舅父带我去市中心的保险柜里看到的奥尼家的首饰。其中有些物件相当精细，令人眼前一亮。不过，有一盒子奇怪的旧首饰，是从我神秘的曾外祖母那里传下来的，舅父很不愿意拿出来。他说，这些东西的图案非常怪异，令人恶心。据他所知，从来没有人公开佩戴过，尽管我外祖母过去很喜欢看它们。围绕着这些首饰有很多模糊的不吉利的传说。我的曾外祖母的法国家庭女教师曾经说过，不应该在新英格兰穿戴它们，但在欧洲可以。

舅父开始慢慢地、极不情愿地打开首饰的包装。他提醒我不要被首饰式样的怪异和邪恶所震惊。见到过它们的艺术家和考古学家宣称，这些首饰做工极为精致，富有异国情调，但似乎没有人能够确认它们所用的材料，或者将它们归为某种特定的艺术传统。首饰中有两个臂钏、一个冠冕和一个胸饰，上面以深浮雕刻画了某些奢华得几乎让人无法忍受的人像。

听着舅父的描述，我赶紧控制住了自己的感情，但脸上肯定还是显露了越来越强烈的恐惧。舅父看来对我有些担心，停下来审视我的脸色。我示意他继续，他又极不情愿地说了下去了。第一件物品——那个冠冕——从包装中露出来时，他似乎在预测我会产生什么反应，但我怀疑他是否预料到了实际发生的事情。我自己也没想到，我以为自己对这件首饰会是什么样子已经有了充分的心理准备。但我的反应是默默地昏了过去，正如一年前在那个长满荆棘的铁路凹道里一样。

从那天起，我的生活成了充满沉思和疑惧的噩梦。我也搞不清有多少是丑恶的真相,有多少是疯狂。我的曾外祖母姓马什,来历不明——扎多克老头不是说过,奥贝德·马什同一个怪物一样的女人生下的女儿以某种计谋嫁给了一名阿克罕姆男子吗?这个老酒鬼还嘟囔过我的眼睛长得像奥贝德船长,这又说明什么?在阿克罕姆,那位会长也说我长着真正的马什家族的眼睛。奥贝德·马什会是我的曾曾外祖父吗?那么,谁——或者说什么——是我的曾曾外祖母呢?但也许这一切都是疯话。那些泛白的金饰物也许是我曾外祖母的父亲——不管他是谁——轻易地从因思茅斯海员的手里买来的?我的外祖母和自杀身亡的舅父死前瞪大双眼的表情也许仅仅是我的幻想——仅仅是幻想而已。支撑这种幻想的是因思茅斯的阴影,这阴影给我的想象力涂上了黑沉沉的色彩。但是,我舅父到新英格兰寻祖之后为什么要自杀呢?

在两年多的时间里,我一直在试图赶走这些深思,并且部分地成功了。我父亲为我在一家保险公司找了份差使,我尽可能地沉浸到工作的日常琐事中去。然而,到了1930-1931年的冬季,我的梦境开始了。起初这些梦是零星的、隐晦的,但随着时间一星期一星期地过去,它们越来越频繁,也越来越栩栩如生。广袤的水域在我面前展开了。我似乎逡巡在庞大的沉没的柱廊和长满水草的巨石城墙构成的迷宫之中,长相怪异的鱼群成了我的同伴。接着,梦境中出现了其他的怪影,我一醒过来就会充满无名的恐惧。但是在梦里,它们根本不会让我害怕——我是它们中的一员，穿戴着与它们一样的服饰，像它们一样在水中行走，在它们邪恶的海底庙宇里像怪物一般顶礼膜拜。

事情还远远不止我所能记住的。但仅仅是每天早上我能够记住的东西，如果我敢把它们记述下来的话，也足以让旁人认定我是个疯子或天才。我感觉到，某种可怕的影响力正试图慢慢地将我拖出这个由健康生命组成的理智世界，引入黑暗的、异化的无名深渊。这一过程在我身上产生了严重的效应，我的健康和外表都越来越糟糕，最后不得不放弃工作，过起了病人般、静止的、独处的生活。某种奇怪的神经性疾病紧紧地攫住了我，有时候我发现自己几乎没有办法闭上眼睛。

从那时起，我开始以越来越强烈的惊恐心情来审视镜子中的我。病魔的慢性摧残让人不舒服，但我的情况另有更微妙且更让人为难的因素。我父亲似乎也意识到了这一点，因为他开始好奇地、几乎是恐慌地盯着我看。我的身体内在发生什么？我会不会在越变越像我外祖母和道格拉斯舅父？

一天夜里，我做了个令我心惊肉跳的梦，梦见我同外祖母在海底相遇了。她住在有许多露台的磷光殿里，花园里有奇怪的鳞状珊瑚和枝藤缠绕的花簇。她热情地欢迎我，但这种热情也许是嘲讽式的。她变了——就像其他下了水的人一样变了——她告诉我她从没有死去。相反，她是去了一个她死去的儿子发现的地方，迈进了一个王国。这个王国里的奇观也是属于他的，但他却用一支冒着青烟的手枪断然抛弃了这一切。这些奇观也将是我的——我无法逃避它们。我永远不会死去，而将与那些在地球出现人类之前就已存在的先辈一起活着。

我也遇到了那个曾经是她祖母的生物。它名叫普斯亚里，在伊罕斯雷住了八万年，奥贝德·马什死后它又回到了那里。地球上的人们向海里进攻时，伊罕斯雷并没有被摧毁。它受了创伤，但没有死。深海之灵是不可摧毁的，尽管那已被忘却的"古圣们"属于第三纪时代的魔符有时能够镇住它们。目前它们在安眠，但某一天，一旦它们想起来，它们会再次崛起，去获得伟大的克休尔胡所渴望的贡品。下一次的贡品将是比因思茅斯大得多的城市。它们计划要扩展地盘，并抚养大那些愿意帮助它们的人，但现在它们不得不再等待一次了。我必须忏悔，是我为这个王国带来了地球上的死亡，但即使受惩罚也不会太重。在这个梦里我第一次见到了魔头，我在惶恐的尖叫中醒了过来。那天上午，镜子明确地告诉我，我长成了"因思茅斯模样"。

至今我还没有像道格拉斯舅父那样自杀。我买了一把自动手枪，差一点就走到这一步，但某些梦境阻止了我。极度紧张的恐惧感在逐渐减轻，我奇怪地不再害怕那未知的大海深处，而是被它所吸引。我在沉睡中听到并做了许多奇怪的事情，醒来时感到的是愉悦，而不再是恐惧。我不相信我需要像大多数人一样等待完全变化。如果我等下去的话，父亲也许会将我同可怜的表弟一样，关到疯人院里去。瑰丽的、闻所未闻的辉煌在海里等待着我，我不久就要去寻找它们。伊阿—日烈赫、茨回哈、弗拉嘎纳尔、伊德、伊阿！不，我不会自杀——我注定不应该自杀！

我将筹划让表弟从坎顿的疯人院里逃出来，然后我们一起去那笼罩着神奇阴影的因思茅斯。我们将游向海中那沉思的礁石，沿着黑色的深渊潜入由巨石砌成的、有无数柱子的伊罕斯雷。在那深海之神的王国里，我们将永远地徜徉在奇观和荣耀之中。

黑暗中的耳语者

一

请牢牢记住这一点：最终我都没看到什么实在的恐怖之物。要说心理震惊是因为我推测到的东西——那是令我不能忍受的最后一击，使我强占了一辆车，连夜逃出孤寂的埃克利农舍，一路穿过佛蒙特州的穹丘野岭，绝不回头——那是最明白不过的事实，不管我最后经历了什么。尽管我看到和听到的那些难解的事情给我留下的印象是不容否认的、活生生的，但现在我仍无法证明我的可怕推测究竟是对还是错。因为，埃克利的失踪毕竟不能让人认定什么结论。除了房子内外有一些弹痕之外，人们并没有发现什么异常。好像他只是悠闲地走出家门，去山里漫步未归一般。甚至没有迹象表明有客人来过，或者书房里堆放过那些可怕的圆筒和机器。他对簇拥的青山和长流不息的涓涓小溪害怕得要命（他生于斯、长于斯），这也算不了什么，因为成千上万的人都可能会有这样的病态恐惧。此外，他的奇怪举动和最后的恐惧可以简单地归因为怪癖。

就我而言，整件事是从1927年11月3日的那场著名的、史无前例的佛蒙特大洪水开始的。当时我是——现在仍是马萨诸塞州阿克罕姆市的米斯卡托尼克大学的文学讲师，同时也是新英格兰民间传说的一个热心的业余研究者。洪水退去后不久，报上连篇累牍地登载关于灾区艰难困苦和组织救济的各种报道，其间也有某些奇怪的新闻，说什么有些涨水的河里漂浮着一些古怪的东西。因此我的许多朋友好奇地议论开了，并要求我对此事毫无保留地发表意见。有人对我的民间传说研究如此看重，令我受宠若惊，于是我尽量把那些荒诞而又模糊的故事贬得一文不值，说它们显然是古老的乡间迷信的添油加醋而已。有几个受过教育的人硬说这些谣传背后也许藏着几分模糊的、扭曲的事实，这着实让我感到好笑。

引起我注意的传说大多是通过剪报得知的，不过，有一个故事倒有口头来源，那是我一个朋友的母亲从佛蒙特州哈德威克写信告诉他的。所描述的故事基本上是相同的，尽管似乎涉及三件截然不同的事：

第一件与蒙彼利埃附近的威努斯基河相关,第二件与努凡那边温德姆县的西河有关,第三件集中在林登维尔以北喀里多尼亚县的帕萨姆锡克河。当然,许多杂散的事项也提到了别的事,但细想之下它们似乎都归结到这三处。每个故事中,乡民们均报告说,从人迹罕至的山上倾泻下来的滚滚大水中,他们看到一个或多个十分古怪和令人不安的东西。人们普遍将这些景象与老人们临时拼凑的一个广为流传的原始的、快要被人淡忘的故事联系起来。

人们认为,他们看到的东西是同以前看到的任何东西都不太相像的有机体。当然,在那个悲惨时期有许多被水冲走的尸体,但描述这些奇怪物体的人们觉得它们肯定不是人,尽管在个头和总体轮廓上有些相似。目击者们还说不可能是佛蒙特州已知的任何动物。它们呈粉红色,约五英尺长,有着硬皮的身体、一对巨大的背鳍或膜式翅膀,还有几副带关节的肢。在通常长脑袋的地方长着某种带旋纹的椭圆球体,上面布满了很短的触角。不同来源的报道竟如此巧合,确实令人称奇,不过,整个山乡一度都在流传的古老传说为此提供了一幅可怖的鲜活图像,这很可能为目击者的想象力添油加醋,这个事实倒使神奇性减少了几分。我的结论是,这样的目击者——无一不是天真质朴的乡民——瞥见了在旋转的激流中被冲烂和泡胀了的人或牲畜的尸体,让这些可悲的尸体给人们只记得一半的民间传说添加了离奇的特性。

古老的传说，虚无缥缈，当代人多已遗忘，却具有十分奇异的特性，显然反映了更为古老的印第安人传说的影响。尽管我从未到过佛蒙特，但通过伊莱·达文波特极为少见的专题论文，我很了解这种情况，该论文收集了1839年以前该州的老人们口头提供的材料。而且，这一材料与我在新罕布什尔山区从乡村老人那里听到的故事十分吻合。简而言之，它暗示在遥远的山区某个地方潜伏着一个怪诞生物的种族——在最高山峰的深山老林里，在不知源头的小溪涓涓流出的幽暗山谷里。这些生物很少被人瞥见，但还是有些人报告了它们存在的迹象，这些人敢于冒险爬到比一般山坡更高的地方，或者进入狼群也要退避三舍的两侧陡峭的峡谷深处。

在溪边泥地和贫瘠地块上有可疑的脚印或爪印，还有奇怪的石头圆阵，周围的青草被销蚀，这不像是大自然安放或形成的。在山坡上也有某些不知深度的山洞，洞口被圆石堵住，看样子不可能是偶然的，还有许多古怪的脚印通向洞口，又从洞口离去——如果对这些足迹的方向有充分根据加以估计的话。最为糟糕的是，某些东西是探险者在暮色中难得一见的——有人是在最遥远的山谷中看到的，有人则是在超越登山极限的垂直浓密的山林中看到的。

如果这些故事的零散叙述不是如此一致，那就不会令人这么不安。实际上，几乎所有的谣传均有几点相同，坚称该怪物是一种巨大的淡红色的蟹类，有许多双腿，背部中间长着两张巨大的蝙蝠般的翅膀。它们有时用所有的腿着地走路，有时仅靠最后面的一双腿站立起来行走，而用其他的腿搬运性质不明的巨大物件。有一次，人们瞥见这种怪物三个一排整齐地沿着一条林中浅溪涉水前进，显然很有纪律。另一次，有人看到一个怪物在飞行——夜里从一个光秃秃的孤寂山顶起飞，一轮明月顿时映衬出它拍动着的巨大双翼，接着便消失在天空之中。

总的来说，这些东西似乎满足于不与人类往来，不过，有时它们应该要对一些冒险者的失踪负责——尤其容易失踪的是那些把房子建造在太靠近河谷的地方，或者建在山上太高处的人。许多地点逐渐被认为不宜定居，而其原因已经被人遗忘。即使不去回忆在那些布满可怕的绿色哨兵的低坡上，有多少定居者失踪、多少农舍被烧为灰烬，人们仰望这些邻近的悬崖峭壁时仍感到不寒而栗。

然而，根据最早的传说，这些怪物似乎只伤害那些非法侵入其隐私区的人，后来又有传说提及它们对人类的好奇心，以及它们企图在人类世界建立秘密前哨阵地的说法。传说有人早晨在农舍周围看到奇怪的爪印，而且在明显闹怪的地区以外偶尔也有人失踪。此外，还传说有怪物模仿人类说话而发出嗡嗡声，甚至向林中深处的路上和车道上的独行者主动提供帮助。还有，在一些靠近原始森林的农家院子，孩子们看到或听到的一些东西吓得他们魂不附体。在传说的最后一个层次，有人惊慌地提到，有些隐士和边远地区的农民，在他们一生中的某些时期似乎经历了令人厌恶的变化，人们对他们敬而远之，私下说他们是把自己出卖给奇怪生物的俗人。在东北的一个县，在大约1800年前后似乎有一种时尚，即指责那些孤僻的不受欢迎的隐士充当怪物的盟友或代表。

至于这些东西究竟是什么——当然众说纷纭。称呼它们的通用名字是"那些家伙"，或"老家伙"，虽然个别地方一时也用过其他名称。大部分清教徒居民干脆把它们看作是魔鬼的朋友。那些凯尔特人——主要是新罕布什尔州的苏格兰-爱尔兰人，及其在得到温特沃斯州长殖民特许后在佛蒙特州定居下来的亲戚——将它们与邪恶精灵以及沼泽地和史前山寨的"小种人"隐约地联系在一起，用世代相传的咒语来保护自己。然而，印第安人的理论则是最为荒诞的。尽管不同的部落传说不同，但在某些重要细节上却有明显的共识，一致认为这种怪物不是地球上天生的。

彭纳库克神话是最坚定不移且生动如画的神话。它教导人们说，"生翼怪物"来自天空中的大熊星座，在地球的山区开矿，从那里取走一种在其他任何星球都无法获得的石头。神话说，它们不住在地球上，仅仅在此设置前哨，将大宗石头货物载回它们自己的星球。它们只伤害那些太靠近或意图侦察它们的地球人。动物躲避这些怪物是出于本能的害怕，而不是被捕猎的缘故。它们不能食用地球上的动植物，而是自带外星球的食物。接近怪物是危险的，有时候进入它们山区的年轻猎人会一去不复返。夜晚偷听怪物在森林里的耳语也不行，它们的嗓音像蜜蜂叫，却能模仿人声。怪物能听懂所有人的语言——彭纳库克人、休伦人、五大国的人——但似乎没有或者不需要自己的语言。它们说话的方式是通过脑袋变换各种颜色来表达不同的意思。

当然，一切传说——不管是白种人的还是印第安人的——在十九世纪逐步消亡，偶尔也会有突然的回潮。佛蒙特人的生活方式变得安定下来，一旦按照一个固定计划建立起他们惯常的道路和住宅，他们便渐渐忘记是什么样的恐惧和回避决定了那个计划，甚至忘记了曾经有过恐惧和回避。大多数人只知道某些山区是不宜居住的，那里很不卫生、无利可图，而且不太吉利。人们住得离这些山区越远越好。经过一段时间以后，习惯和经济利益的影响越来越大，因此佛蒙特人也没有理由再另觅家园。人们离开闹怪的山区纯属偶然，而并非故意。除了有些地方间或发生惊慌的日子之外，只有爱好神神叨叨的老奶奶和留恋往昔的百岁老人悄悄说起居住在那些山里的怪物，即使这样的私下耳语也承认，既然这些怪物已习惯于定居在此，既然人类不再去干扰它们选择的领地，已经没有什么可害怕的了。

我早已从书本上、从新罕布什尔州偶然听到的民间故事中得知了这一切。因此，当大洪水时期的谣言开始传播时，我能轻易地猜测什么样的想象背景演化出这些谣言。我费了九牛二虎之力向我的朋友们解释此事，当几位好抬杠的家伙仍然坚持认为其中可能有真实成分时，我自然哑然失笑了。这些人试图指出：早年的传说具有明显的持久性和统一性，佛蒙特山区实际上还未开发，若武断地认为没有什么生物可能在那里居住，那是不明智的。而我说所有的神话都属于大部分人熟悉的一个著名模式，并决定于人类早期想象产生同类妄想的经历，这个断言也未能使他们信服。

向这些持不同观点的人说明佛蒙特神话本质上与那些自然拟人化的普遍神话别无二致，这并没有用，在这些普遍神话中，半人半兽的神灵、林中仙女和森林之神充斥于古代世界，令人想起现代希腊古老的"卡里坎扎拉"宗教，并且暗示在荒蛮的威士和爱尔兰居住着史前穴居人中奇怪、矮小且可怕的隐居种族。尼泊尔山区部落的人相信，在喜马拉雅山顶冰岩石的尖峰中，有"讨厌的雪人"在可怕地潜行。当我举出这一例证时，持反对意见的人认为，它一定隐含着古老传说的某些历史真实性，还声称某个怪异的古老地球物种是真实存在的，它们在人类到来并统治地球后被迫隐居，很可能以较少的数量幸存下来，延续到最近的年代——甚至到目前还有。

我越嘲笑这种理论，这些顽固的朋友越是固执己见。他们还说，即使去掉传说的成分，最近的报道读来也是既清晰又连贯且非常详细的，叙述方式如实可靠，人们不能完全忽视。有两三个狂热的极端主义者甚至暗示印第安人古老传说的可能含义，这些传说给了那些隐蔽的生物一个天外来历，他们还引用查尔斯·福特的几本著作，声称来自别的世界和外层空间的旅行家们常常访问地球。然而，我的论敌中大多数人不过是浪漫主义者，他们非要赋予阿瑟·梅琴恢宏的恐怖小说中那些著名的潜伏"小种人"以真正的生命。

二

在此情况下，这一激烈的辩论最终在《阿克罕姆广告报》上以通信的形式发表了，有些还在佛蒙特地区的报界被转载，而洪水的故事正是来自这个地区。《拉特兰先驱报》以半版的篇幅登载双方信件的摘录，而《布拉特尔伯勒改革家报》全文转载我的一篇关于历史和神话的长篇总结文章，同时在该报有创见的"漂泊文人"专栏中还有一些相关的评论，对我的怀疑结论给予支持和喝彩。到1928年春天，我几乎成了佛蒙特的名人，尽管我从未到过该州。接着，亨利·埃克利寄来了挑战性的来信，这些信给我的印象是如此深刻，而且把我第一次也是最后一次带到那片群山叠翠、林溪潺潺的迷人疆土上。

我与亨利·温特沃思·埃克利在他孤寂的农庄相逢前，我对他的了解大多来自他的同乡,以及同他在加利福尼亚州的独生子的通信。我发现,他是当地一个名门望族的最后代表。该家族出了不少律师、行政官员和绅士农学家。然而,在他身上,家族思想从实务转变为纯学术研究,因此,他成为佛蒙特大学数学、天文学、生物学、人类学和民俗学的高材生。此前我从未听说过他,在通信中他也很少提及自己的身世,不过,从一开始我就觉得他是一个有品格、有教养、有智慧的人,虽然他是个不懂人情世故的隐士。

埃克利的观点是如此不可思议,我不得不认真对待他,比对以往任何一个挑战我观点的人都更认真。一方面,他真正接近过那些荒诞不经的实际现象——可见的和可触摸到的;另一方面,他愿意像一位真正的科学家那样,把他的结论置于试验之中。他没有急于求成的个人偏好,而总是被他认为的真实凭据所引导。当然,一开始我以为他是错的,还承认他犯的是高级错误。不久我就仿效他的一些朋友,把他的想法和他对孤寂青山的恐惧归因于他的疯癫。可以看出,此人并不简单,他所报道的内容一定来自值得调查的奇怪情况,尽管这与他推测的荒诞原因也许关系极小。后来,我从他那里收到一些物证,这又把该问题置于一个不同的、令人困惑的古怪基础上。

我别无高招,只得尽量把那封埃克利的长信全文抄录于此。此信现在不在我手中,但我几乎记得其中每一个不祥的信息,我相信写信者是神志清醒的。下面是全文——信是以难认的、潦草的古体字写给我的，写信者在他平静的学者生涯中显然与尘世交往不多。

马萨诸塞州阿克罕姆市

索尔顿斯多尔街118号

艾伯特·N. 威尔马思先生

阁下：

我以极大兴趣阅读了《布拉特尔伯勒改革家报》（1928年4月23日）所转载的你的信件。你谈到最近关于去年秋天有人在涨水的河流里看到漂浮的奇怪生物的传言，还谈到这同古怪的民间传说如此巧合。为什么一个异乡人会站在你的立场？为什么"漂泊文人"会同意你的观点？那是显而易见的。这是佛蒙特州内外受过教育的人一般采取的态度，也是我以前作为一个青年人（现年57岁）在开展研究之前的态度。我的一般研究和对达文波特著作的研究，促使我对附近人迹罕至的部分山区做了一些探险。

我过去常从一些无知的老农那里听到古怪的传说，从而引导我去从事此类研究，但现在我真希望当初没有理睬这些事。我可以毫不夸张地说，人类学和民俗学对我来说绝不陌生。在大学里我学了不少，熟悉大多数这方面的经典权威，诸如泰勒、卢伯克、弗雷泽、夸特里弗杰斯、默里、奥斯本、基思、布里、艾略特·史密斯等。隐蔽物种的传说与人类的历史一样悠久，这对我来说并不是什么新闻。我拜读了《拉特兰先驱报》所转载的你的信件以及那些支持你的来信，我想我了解目前你们的争议所在。

现在我想说的是，即使一切理由似乎都在你一边，恐怕你的对手比你更接近真相。他们并没意识到这一点，因为他们仅凭理论推导，不可能知道我所了解的事。

你能看出，我很难开门见山地道破，可能是因为我害怕谈到正题，但问题的要点是，我有一定的证据表明，在无人去过的高山和树林里确实居住着怪物。我没有看到报道中所说的那种怪物在河里漂浮，但我看到过像它们那样的东西，至于在什么情况下看到的，我害怕复述。我看到过脚印，最近还在靠近我家的地方（我住在黑山边，汤士亨德村南老埃克利农舍）看到过，近到什么程度，我也不敢告诉你。我还偷听到树林里某些地方有讲话声，这事我甚至都不会写在纸上。

在一个地方我听到许多这样的说话声，于是我带了一台内有录音装置和空白唱片的留声机去,我将设法让你听到我录下的唱片。我为这里的一些老人播放了唱片,其中有一个说话声几乎把他们吓瘫了,因为这声音很像他们祖辈说过、还模仿过的那种声音(达文波特提到过的那种树林里的嗡嗡说话声)。我知道大多数人对一个讲述"听到讲话声"的人是什么看法——不过,在你做出结论之前,先听一听这张唱片,再问问一些年长乡民的看法。如果你能正常地解释它,那很好。不过,其中必有文章,你知道,无中不能生有。

现在我写信给你不是要挑起争论,而是要向你提供我认为一个像你这样有学识的人会深感兴趣的信息。这是私人通信。公开而言,我站在你的一面,因为某些情况使我明白,让人们知道太多此类事情是不行的。我自己的研究现在也完全是私人性质的,我不想去说些哗众取宠的话,使得人们涉足我所探险过的地方。要说有非人怪物一直在监视我们,还派出间谍到我们中间收集情况,这倒是真的——千真万确。正从一个可怜人那里,我获得了关于此事的很大一部分线索。如果他神志正常的话(我认为他正常),他是那些间谍之一。此人后来自杀了,但我有理由认为现在还有其他人在从事这项工作。

那些怪物来自另一个行星，能够在星际空间生活，凭借着笨拙而有力的翅膀飞越太空。它们的翅膀能抵御以太，但转向能力太差，以致不能在地球上飞行。如果你不是马上把我当成疯子不予理睬的话，我以后还会谈到这件事的。它们到地球来是为了从山底的深矿里开采金属，我想我知道它们来自何方。如果不去打扰它们，它们不会伤害我们。但如果我们对它们过于好奇，没有人能说清楚会发生什么。当然，一支军队可以歼灭它们的采矿部队。那正是它们所害怕的。不过，真要发生这种事，会有更多的怪物从外星球赶来——要多少，有多少。它们可以轻而易举地征服地球，但至今尚未尝试过，因为它们还没有必要这样做。它们宁可顺其自然，以免麻烦。

我感到它们打算干掉我，因为我发现了它们的秘密。我在东面的圆山树林里发现了一块大黑石头，上面刻着看不懂的象形文字，一半已磨蚀。我把它搬回家以后，一切都改变了。如果它们认为我知道得太多，它们会杀了我，或者把我从地球劫持到它们的星球上去。它们偶尔喜欢劫走有学问的人，以便了解人类世界的最新动态。

这是促使我写信给你的第二个目的——那就是，敦促你平息目前的辩论，不要多加张扬。人们千万不要去接近那些山。不能再激发他们的好奇心了。天知道这情势有多危险：推销商和房地产开发商蜂拥来到佛蒙特，带来大批夏日度假的人，使原先的旷野人满为患，山上盖满了廉价的平房。

我将与你进一步保持联系。如果你愿意，我会设法用特快专递将那张唱片和那块黑石头（它已磨损不少，照片是看不太清楚的）寄给你。我之所以说"设法"，是因为我认为那些怪物有本事弄坏这里的东西。有个鬼鬼祟祟的绷着脸的家伙名叫布朗，住在村子附近的一个农庄，我看他就是它们的间谍。它们正在设法把我同这个世界一点一点地隔开，因为我对它们的世界了解得太多了。

它们有惊人的方法能打听出我在干什么。你也许连这封信都收不到。如果情况恶化，我想我将离开这块乡土，去加州的圣迭戈与我的儿子同住。然而，这里毕竟是我出生的地方，我的家族已世居六代，它对我来说是难以割舍的。既然怪物们已经盯上了这幢房子，我也不敢把它卖给什么人。它们似乎正在设法弄回那块黑石头并捣毁那张唱片，但只要我还有一口气，我就不会让它们得逞。我的那些大狗始终令它们不得接近，而且现在它们的数目还很少，行动又笨拙。我说过，它们的翅膀不太适合在地球上做短途飞行。我已经快要破译那块石头了——真是费了九牛二虎之力——凭着你的民俗学知识，你也许能够补缺钩沉，帮我一把。我想，你深谙在人类来到地球之前的那些可怕神话——"约格索宙斯"时代和"克休尔胡"时代——这在《死亡之书》一书中已有所暗示。该书我曾经看到过一本，听说在你的大学图书馆里也妥善地藏有一本。

总而言之，威尔马思先生，我想凭着你我各自的研究，我们双方能互补互助，相得益彰。我不希望置你于危险之中，因此我想我该提醒你，拥有那块石头和唱片不太安全，但我认为，你会觉得为知识而冒险是值得的。我将开车到努凡或布拉特尔伯勒去寄你吩咐我寄的任何东西，因为那里的快递邮局更为可靠。我可以说，我现在孤身一人生活，再也留不住用人了。他们不肯留下来，因为夜晚有怪物想靠近房子，弄得狗叫个不停。幸运的是，我妻子活着的时候，我还没有卷入得这么深，不然她准会吓疯。

希望我没有过分打扰你，也希望你决定与我保持联系，而不是把这封信当作狂人的痴语扔进废纸篓里。

亨利·W.埃克利谨启

又及：我正在添印一些我拍的照片，它们能有助于证明我提到的一些观点。老人们说那些怪物是千真万确的。如你感兴趣，我当尽快寄奉。

埃克利

佛蒙特州温德姆县

汤士亨德村

2号邮政信箱

1928年5月5日

第一次读到这样奇怪的书信，我的心情难以描述。按常理说，我本该痛快地嘲笑这些夸张的荒唐话，然而，信中语气里的某种东西令我认真对待起来，觉得看似荒唐而实际也许有理。我不是一时相信了写信者所说的来自外星球的隐蔽物种真的存在，而是在认真地怀疑了一阵子后，我越发奇怪地觉得他是清醒和诚实的，他肯定是遇到了一些真实而又奇特的反常现象，他无法解释。我在想，事情不可能是他想象的那样，但另一方面，又不能说不值得调查。此人看来过于激动和惊慌。在某些方面，他是如此明确而有逻辑性，毕竟他的故事与某些古老神话——甚至最荒诞的印第安传说——竟如此巧合，简直令人迷惑不解。

他真的无意中听到了山中那令人不安的说话声，真的找到了他说的那块黑石头，这些全有可能，尽管他做了荒唐的推论——这一推论可能是根据那个自称是外星生物的间谍而后又自杀的人做出的。不难推断，这个人是完全疯了，但他也许有一种变态的外在逻辑，使得天真的埃克利——他的民间传说研究使他对此类事情早有思想准备——竟然相信了自杀者的故事。至于最新的事态发展——埃克利留不住用人这事似乎说明，他那些谦恭的乡邻同他一样深信：他的房屋晚上被神秘的东西包围了。狗也真的叫了。

接下来是那张录音唱片的事，我不得不相信了他的说法。它一定意味着什么，不管是动物的声音使人误以为像人声，还是某个隐蔽的夜行人的言语退化到与低等动物差不多的状态。由此，我的思绪回到那块刻有象形文字的黑石头，并推测它可能意味着什么。还有，埃克利说要寄来的那些老人们都深感可怕的照片又意味着什么？

当我重读那些密密麻麻的字迹，我有一种从未有过的感觉：我那些轻信的对手也许掌握了很多材料，比我承认的要多。毕竟，在令人敬而远之的山里可能有一些神秘的、也许是遗传形成畸形的、被遗弃的生灵，即使没有如民间传说所称的那种外星物种。如果真有的话，涨水的河流里出现怪物就不是完全不可信的了。假设古老的传说和最近的报道背后都是真实的，那是不是太冒昧了？不过，当我心存这些怀疑的时候，想到是亨利·埃克利的荒诞信件这样一篇异想天开的奇怪文字提出了这一假设，我就感到羞愧。

我终于给埃克利写了回信，采取友好的、感兴趣的口吻，向他征求进一步的详情。他的回信很快，几乎是当天邮班的回件，他恪守诺言，信里附了一些景物的照片，用来说明他的观点。我一面从信封中取出照片，一面扫视它们，产生了一种对禁物既害怕又接近的奇怪感觉，因为尽管大多数照片都很模糊，但它们有一种惊人的暗示，而且真实的照片强化了这种暗示——照片与景物有实际的光学联系，是一个客观传递过程的产物，没有偏见，没有虚妄，也没有捏造。

我越看照片，越是觉得我对埃克利和他的故事的估计不是没有根据的。当然，这些照片确实带有佛蒙特山区中某种东西的确凿证据，至少是远远超出我们普通知识和信念范围的。最糟的是其中一个镜头——是一个太阳照在荒漠高原泥地上的脚印。我一眼就看出，那不是毫无价值的伪造品，图像中清晰的卵石和草叶显示出清楚的比例，绝不可能是造假的双重曝光。我叫它"脚印"，不过叫"爪印"更合适。

甚至现在我也几乎无法描述它，除了说它像丑恶的蟹爪印，其行走方向似乎有点模棱两可。它并不是个很深或新鲜的印子，但似乎与一般人的脚大小差不多。从一个中心肉掌以相反方向伸展出一双双锯齿形螯——至于其功能颇为令人不解，如果整体仅仅是一个运动器官的话。

另一张照片——显然是在深影里拍的定时曝光照片——是林地一个山洞的照片，洞口一块圆圆整整的大卵石挡住了光圈。洞前面的空地上，可以看出网络般密密麻麻的奇怪足迹。当我用放大镜仔细观看照片时，我带着不安的心情确定这些足迹与另一张照片上的足印很相像。第三张照片显示一座野山的顶上有一圈石块，像是巫师的石头阵。神秘的圆圈周围，青草被踩得不像样，快踩没了。不过，使用放大镜也看不出什么脚印来。该地极其偏僻，到处是绵延的无人居住的大山；山脉构成了背景，一直伸展到远方的雾蒙蒙的地平线。

然而，如果所有照片里最令人不安的是那张足印的照片，那么最具有奇怪暗示性的则是圆山树林里发现的那块大黑石的照片。埃克利显然是在他的书房里拍摄的，因为我可以看到背景上有几排书籍和一尊密尔顿的半身像。这东西，像人们猜测的那样，垂直地面对照相机，正面是一个一英尺长、两英尺宽的有点不规则的曲面，但要确切说出那个石头表面的样子，或者整块石头的总体形状，几乎是语言无法表述的。究竟是什么异国的几何原理指导了它的切割——因为肯定是人工切割的——我根本无法猜测。以前从未见过任何东西给我的印象是如此古怪，而又明白无误地与这个世界格格不入。表面上的象形文字我能辨认的极少，但我确实看清的那一两个字吓了我一跳。当然，它们也可能是伪造的，因为除了我，其他人也读过阿拉伯疯子阿卜杜勒·阿尔哈兹瑞德的那本怪诞而令人憎恶的《死亡之书》，但我在研究中认得的一些表意文字与最令人毛骨悚然、最亵渎神灵的某种怪物的耳语有关，这使我不寒而栗。这些怪物早在地球和太阳系的其他行星诞生之前，就已经是一种疯狂的半生存状态的物种了。

五张余下的照片中，有三张是沼泽和山区的景色，似乎有讨厌的隐蔽生物居住的痕迹。另一张是在靠近埃克利住宅的地面上一个古怪的脚印，他说那是在某个早晨拍的，而头一天夜里狗叫得比平时更凶。照片很模糊，实在得不出什么结论，不过，它的确极像在荒漠高地上拍到的另一个脚印或爪印。最后一张是埃克利自己的住宅：一幢整齐的带阁楼的两层白色房子，大约有一百二十五年的历史，房前是一片保养很好的草坪，石子镶边的小路通向雕刻优雅的乔治王朝风格的房门。草坪上有几条硕大的狗蹲在一个和蔼可亲的男人旁边，此人的灰色胡子剪得很短，我猜他就是埃克利本人。

放下照片，我又转而再看那封写得密密麻麻的长信，此后三个小时我沉浸在无法言状的恐惧之中。在原先仅粗略勾勒的地方，埃克利现在详详细细地描述起来，长篇记载夜晚在树林里偷听到的低语，记述黄昏时分在山上密林中偷看到的粉红色怪物，还有他天马行空式的叙述，一直到那个自封为间谍的自杀的疯子喋喋不休的话语。我面临着一大堆似曾相识的姓名和术语，引起最可怕的联想——尤格斯、伟大的克休尔胡、查索呱、约格索宙斯、日列赫、那拉索台普、阿扎宙斯、哈斯特、颜、棱、哈里湖、贝斯穆拉、黄色标记、勒摩－卡休罗斯、布兰、无名杰作——我被拉回到古老的外太空世界，而《死亡之书》的疯狂作者仅仅是以最模糊的方式猜测过这个世界。我了解到原始生命的深坑，以及那里流出的涓涓溪流，最后，那些溪流之一生成的细小河流同我们地球的命运纠缠在一起。

我觉得天旋地转，原先我试图解释为无稽之谈的地方，现在我却开始相信起最反常、最不可思议的奇迹来了。关键性的证据十分庞大而又具有压倒性的说服力，埃克利冷静而科学的态度对我的思想和判断施加了巨大的影响。等我看完这封可怕的信之后，我理解了他所忍受的恐惧，并愿意尽我的一切力量去阻止人们前往那些闹怪的野山。甚至是现在，时间早已使原来的印象变淡，使我对自己的经历和可怕的怀疑都半信半疑，埃克利信中的有些东西我还是不愿引述，甚至不愿落笔成文。现在这些信、唱片和照片都不在了，我几乎为此而高兴。我在想，海王星外面的那颗新行星如果没有被发现就好了——理由我即将说明。

读了那封信以后，我关于佛蒙特恐怖怪物的公开辩论永久性地结束了。对于来自对手的争论我始终未做答复，或者推迟说以后再答，终于争议渐渐平息，直至被人遗忘。5月底和6月期间，我与埃克利通信频繁。总的来说，我们正在设法做的是：在朦胧的神话学方面交换意见，取得一个比较清晰的佛蒙特恐怖怪物与原始世界传说之间的相互关系。

有一件事情，我们实际上已经确定：这些怪物与可怕的喜马拉雅山的雪人是同一类化为人形的梦魇。也有人作了引人入胜的动物学的推测，要不是埃克利严令我不得将此事告诉任何人，我早就去请教我们学院的德克斯特教授了。现在看来如果我没有服从他的指令，那只可能是因为我当时判断发出一个关于遥远的佛蒙特山——以及关于越来越多大胆的探险者试图攀登的喜马拉雅山顶峰——的警告，要比保持沉默对公共安全更有利。我们要做的一件具体的事情，是要破译那块黑石头上的象形文字——这个破译很可能让我们掌握比人类过去已知的更为深奥、更令人头晕目眩的秘密。

三

到6月底，录音唱片寄来了——从布拉特尔伯勒运来的，因为埃克利不信任当地北方支线的快递条件。他越来越有一种被间谍监视的感觉，几封信件的丢失更加剧了他的这种感觉。他说了许多关于某些人阴险行为的情况，他认为这些人是隐蔽怪物的工具和代理人。他最怀疑的是乖戾的农民沃尔特·布朗。此人独自一人住在靠近密林的一处破败的山坡上，人们老见他在布拉特尔伯勒、贝洛斯瀑布、努凡和南伦敦德里一带游荡，举止莫名其妙，又似乎毫无动机。他坚信，布朗就是他在某个场合无意中听到的十分可怕的谈话其中的一个人，他有一次在布朗家附近发现了一个脚印或者说爪印，那也许具有最不祥的含义。奇怪的是，这个爪印离布朗自己的脚印很近。

所以，录音唱片是从布拉特尔伯勒寄来的，埃克利开着自己的福特汽车，顺着佛蒙特僻静的小路把它送到那里。他在附言条中坦白地说，他开始害怕起那些道路来了，现在除了大白天甚至都不愿进汤士亨德去买东西。他一再强调，知道太多没好处，除非远远离开那些寂静的、有问题的山岭。他很快就要去加利福尼亚和他的儿子同住，尽管要离开一个人所有记忆和世代感情凝聚的地方是很难的，但他还是下定了决心。

我从学院行政大楼借来了留声机，试放唱片之前，我仔细地看了一遍埃克利信里的解释。他说，这唱片大约是在1915年5月1日凌晨1点，在李氏沼泽地上那座黑山的西林坡一个山洞的封闭洞口附近录制的。这地方一直受到奇怪声音的困扰,因此他把留声机、录音机和空白唱片带到那里,等待结果。以往的经验告诉他,五朔节前夕——地下欧洲传说中信魔者集会的那个可怕的夜晚——可能会比其他日子更有成果。他果然没有失望。不过,值得注意的是,此后他在那个地方再也没听到过说话声。

与大多数无意中听到的树林中的说话声不同,唱片中的声音是准仪式性的,包括一个明显的人声,这个声音埃克利始终没能听出是谁。这不是布朗的声音,却似乎是一个很有教养的人的声音。然而,第二个声音是问题的关键——这是一种讨厌的嗡嗡声,而不像是人声,尽管是用规范的英语语法和学者的口音说出的人类语言。

留声机和录音装置在录音过程中未能协调完好,因为要偷录的仪式声音遥远而又闷塞,工作条件非常不利。所以,录到的声音只是片言只语,支离破碎。埃克利曾给了我一份记录稿,当我准备放唱片时,又大致看了一遍。内容带有隐蔽的神秘性,谈不上恐怖,尽管了解其集会的由来和方式会给人一种恐怖的联想。下面我将我能记得的全文公布出来——我自信我能准确无误地背诵,因为我不仅读过记录稿,而且还反复地播放过唱片。这不是一件能轻易忘记的事!

(无法分辨的声音)

(一个有教养的男人的声音)

……是森林之神,甚至……棱人的礼物……从夜之深井到太空之深湾,从太空之深湾到夜之深井,伟大的克休尔胡、查索呱和不知名的他的赞扬。他们的赞扬和丰饶给了森林的黑山羊。呀!舒伯-尼克拉斯!带着一千头小羊的山羊!

(模仿人声的嗡嗡声)

伊阿!舒伯-尼克拉斯!带着一千头小羊的森林黑山羊!

(人声)

森林之神来了,有……七个和九个,沿玛瑙台阶而下……赞美深湾中的他,阿扎宙斯,他,教导我们奇迹……乘夜晚的翅膀飞越太空,飞越……到那里,尤格斯是最年幼的孩子,在黑色以太中沿边缘独自滚动……

(嗡嗡声)

……随众人出行,寻找道路,深湾中的他也许知道。到那拉索台普去,全能的信使,必须告诉他一切。他必须扮作人的模样,戴上蜡面具、穿上隐身的长袍,从七个太阳的世界降临,来嘲笑……

(人声)

那拉索台普，伟大的信使，把奇怪的欢乐通过空间带给尤格斯，百万受恩惠者的父亲，阔步在……

（唱片结束，说话中断）

这就是我放唱片时听到的话语。怀着一丝恐惧和勉强，我按下了操纵杆，听到蓝宝石唱针的沙沙声。令人高兴的是，开始那轻微的、断断续续的话是人的声音——一个圆润的、有教养的声音，依稀是波士顿口音，不是佛蒙特山区当地人的声音。听着那令人着急的微弱说话声，我发现这些话与埃克利精心准备的稿子完全一样。那个圆润的波士顿嗓音继续吟道："……伊阿！舒伯－尼克拉斯！带着一千头小羊的山羊！……"

接着，我听到了另一个声音。直到现在，每当想起这个声音，我仍感到害怕，尽管埃克利的描述已经给了我心理准备。我曾向一些人描述过那张录音唱片，可他们声称听到的只是廉价的欺骗和疯狂而已，然而，如果他们自己有过这种被诅咒的感觉，或者读过埃克利的长信（尤其是可怕的百科全书式的第二封），他们一定会改变看法的。我听从了埃克利的嘱咐，没有把唱片放给其他人听，这毕竟是一种遗憾——还有，他的书信也全部丢失了，这又是一大遗憾。对我来说，凭着对真实原声的直接印象，凭着我了解的背景和前因后果，可以判断，这声音是个怪异的东西。它以习惯性的反应，快速地紧跟人声，然而在我的想象中，它是一个来自外星地狱的回声，飞越不可思议的深渊来到这个世界。自从我上次逃离那个亵渎神灵的蜡质圆筒到现在已经两年多了，但是在此刻，在所有的其他时刻，我仍能听到那个微弱的恶魔般的嗡嗡声，如同我第一次听到的一样。

"伊阿！舒伯－尼克拉斯！带着一千头小羊的森林黑山羊！"

然而，尽管这个声音一直在我耳中萦绕，我至今还无法将它很好地分析出来，做一个形象的描绘。它像是某种讨厌的巨大昆虫的嗡嗡声，笨拙地形成一个异类物种的清晰话语。我完全肯定发出这个声音的器官不同于人类的发音器官，也不同于任何哺乳类动物的发音器官。它在音色、音域和泛音方面都有独特之处，证明这一现象完全超出了人类和地球生命的领域。它第一次突然到来几乎令我目瞪口呆，后来我昏昏然听完了这张唱片，当长段的嗡嗡声传出时，早先较短的段落曾经使我震惊的那种无限亵渎的感觉陡然加强了。最后，唱片在异常清晰的波士顿口音的说话声中戛然而止，我怔怔地坐在那里凝视前方，而留声机早已自动停止了。

不用说，我把那张令人震惊的唱片放了许多遍，在与埃克利交换意见时我多次尝试分析和评论。若在这里重复我们得出的结论，那是无益而又令人困扰的，不过，我可以透露一点：我们一致认为，我们已获得了关于人类神秘古老宗教中某些最令人憎恶的原始习俗来源的线索。我们似乎也清楚，隐蔽的外星生物与人类的某些成员之间有着古老且复杂的联盟。这些联盟规模如何、它们的今日情况与早年相比如何，我们无从猜测，最多只有无限的恐怖推测。人类与无名浩瀚世界之间，在若干特定阶段似乎有过可怕的远古的联系。有暗示说，在地球上出现的亵渎行为，来自太阳系边缘的黑暗行星尤格斯，但它本身只不过是一个可怕的星际种族的人口众多的前哨而已，其最终根源必定远远超出爱因斯坦所谓的时空连续体，或者说已知的最大宇宙。

　　同时，我们继续讨论那块黑石头以及把它送到阿克罕姆的最佳办法——埃克利认为，让我到他的梦魇研究现场去看他是不明智的。因为某种理由，埃克利害怕把这东西交托给任何普通的运输路线。他的最终建议是带它穿过乡村到贝洛斯瀑布城，然后通过波士顿—缅因运输系统，经过基恩、温琴顿和菲奇堡，即使这样他必须沿着比去布拉特尔伯勒的主干公路更孤寂的、穿过更多森林的山路开车而行。他说，他在寄唱片时曾注意到布拉特尔伯勒的快递邮局附近有一个人，此人的行动和表情令他很不放心。此人似乎急于同工作人员交谈，还乘上了运唱片的那班火车。埃克利坦白说，他对那张唱片不太放心，直到我去信说已安全收到，他这颗心才放下。

　　大约这个时候——7月第二个星期——我的另一封信丢失了，这是我从埃克利焦急的来信中才得知的。此后，他关照我不要再寄信到汤士亨德，而是把一切信件寄到布拉特尔伯勒的邮局候领处代为保管，他可以自己开车或乘长途汽车去取，该线路最近代替了老是晚点的支线铁路的客运服务。我可以看出他越来越焦急，因为他来信详细谈道：没有月亮的夜晚狗叫越来越频繁，天亮时他有时会在他的农舍院子后面的路上和泥地上发现新鲜的爪印。有一次他看到了排成一队的许许多多爪印，对面是一排同样密集、同样坚定的狗爪印，俨然是两军对阵，他还寄来一张令人憎恶的照片以证明。前一天的晚上，狗的狂吠怒叫打破了纪录。

7月18日，星期三，上午我收到一封来自贝洛斯瀑布城的电报。埃克利在电报中说，他委托了波士顿—缅因公司快递那块黑石头，已由5508次列车在下午12:15从贝洛斯瀑布城发车，预计下午4:12到达波士顿北站。我算了一下，它最晚第二天中午应该到达阿克罕姆，于是星期四整个上午我都待在家里等着。可是中午过了，也不见邮件到来。我打电话给快递办事处，他们告诉我货物没有来。我在越发慌乱之中做出的下一个行动，是打了一个长途电话给波士顿北站的快递代办处，听说邮件没到，我倒不怎么吃惊。第5508次列车前一天仅晚点了三十五分钟，但车上没有寄给我的箱子。不过,代理商答应会查询。于是，我给埃克利写了一封信告知大致情况，连夜邮出，这才了结了一天。

第二天下午，波士顿办事处来了消息，代理商一得知情况便打了电话，其动作之快值得赞扬。看来是5508次列车上的铁路快递员回忆起一件事，它也许与我的邮件丢失有很大关系——当列车在新罕布什尔州的基恩站停车时，刚过1点，他与一个嗓音古怪的瘦削男人有过争执，此人浅棕色头发，乡下人模样。此人为了一只重箱子而十分激动，他声称在等待这箱子，但箱子既不在车上，也没记入公司的登记本。他自称斯坦德利·亚当斯。他的嗓音是一种奇怪的浑浊的嗡嗡声，以致这位职员听他说话时感到异常头晕、昏昏欲睡。该职员也记不清谈话是怎样结束的，只记得列车开动时他才惊醒。波士顿的代理商补充说，这名职员是个诚实可靠、无可指责的年轻人，以前的表现大家都了解，而且在公司干了许多年。

从代理处打听到这名职员的姓名地址后，我当天晚上就亲自到波士顿去会会他。他是个坦率而讨人喜欢的人，可他还是原先那几句话，没有什么可以补充的。奇怪的是，他完全没有把握能再次认出那个古怪的询问者。我意识到他再讲不出什么名堂来了，于是就回到阿克罕姆，熬了一个通宵分别写信给埃克利、快递公司、基恩的警察局和车站代理商。我觉得，令这位职员晕头转向的怪声人，必定在这件不祥之事中占有重要地位，希望基恩车站的职工和电报局的记录能提供一点关于他的情况。

然而，我必须承认，我的一切调查均无结果。有人注意到，怪声人在7月18日下午一两点钟确实在基恩车站附近出现过。有一个闲逛的人似乎把他与一只重箱子模糊地联系在一起，但根本无人认识他，以前或以后也没有人见过他。这人以前从没去过电报局。埃克利自然与我一同进行这些调查，他甚至亲自到基恩去询问车站附近的人们，不过，对于此事，他比我更相信天数。他似乎觉得，盒子的丢失是不可避免的，带有一丝不祥和威胁，根本没有找回的希望。他不容置疑地谈到山中怪物及其代理人所具备的心灵感应和催眠的力量，在一封信中他甚至暗示说，那块石头已经不在地球上了。而我理所当然地感到愤怒，因为我本以为至少有机会可以从古老而模糊的象形文字中学到一些深奥和惊人的东西。要不是埃克利的及时来信将整个可怕的山区问题带入了一个新的阶段，立即抓住了我的全部注意力，这事本来会令我耿耿于怀、不得安宁的。

四

那些无名怪物——埃克利在信里用可怜的越发颤抖的字迹写道——开始以变本加厉之势向他包围过来。每当月亮暗淡或隐去时，狗的夜吠就变得可怕起来，而且怪物大白天也多次企图在他必经的僻静小路上骚扰他。8月2日，他开车去村庄时，发现在公路穿越一片密林的地方，小路上躺倒了一根树干，而他带着的两条大狗一直在狂叫，表明一定有东西潜伏在附近。如果没带狗会发生什么事，他简直想都不敢想——不过，现在他不带至少两条忠实凶猛的狗绝不外出。在8月5日和6日，其他路上奇遇也发生过：有一次，一颗子弹擦过他的车身，另一次，狗叫表明有邪恶的林地怪物出现了。

8月15日，我收到一封焦急的来信，它令我十分不安，祈愿埃克利能够打破沉默，寻求法律援助。12日到13日的夜晚发生了可怕的事情：农舍外子弹乱飞，天亮时他发现十二条大狗中有三条被枪打死。路上有无数爪印，其中还夹着沃尔特·布朗的脚印。埃克利开始打电话到布拉特尔伯勒要求送几条狗来，可还来不及把话说清楚，电话线就断了。后来，他开车到布拉特尔伯勒，得知线路维修员发现主电缆在穿越努凡以北荒漠山区的一处被干净利落地切断了。不过，他带着四条新买的好狗以及几箱用于捕猎大型猎物的连发枪弹药回了家。这封信是在布拉特尔伯勒邮局写的，直接到了我手中，完全没有耽搁。

到这个时候，我对这件事的态度很快从一个科学问题悄变成了一个惊人的私人问题。我为住在偏远而孤独的农舍里的埃克利担心，同时也有点为我自己担心，因为现在我肯定也沾上了这个山区闹怪的问题。事态的发展正是如此。它会不会把我卷进去，把我给吞噬了？在回信时，我敦促他去寻求帮助，并暗示说，如果他不行动起来，我可能会自己采取行动。我提到不管他愿意与否，我要亲自去佛蒙特，帮他向有关当局说明这个情况。但是，结果我只收到一份来自贝洛斯瀑布的电报，内容如下：

> 感谢你的支持，但无计可施。切莫贸然行事，恐会危及我们俩。容后再叙。
>
> 亨利·埃克利

然而，事态正在逐步恶化。我刚给电报发了回信，就收到埃克利的一张字迹颤抖的便条。它带来了惊人的消息，说他不仅没有发过电报，也从未收到过我的回信。他在贝洛斯瀑布城做了仓促的询问，方知该电文稿是一个带着奇怪的浑浊嗡嗡嗓音、浅棕色头发的古怪男子交发的。电报局职员给他看了原稿，那是发报人用铅笔草草写成的，笔迹完全不熟悉。可以注意到的是，签名也拼错了，"埃克利"中的"克"字漏掉了。

他谈到又有几条狗死了，故而又买了几条，还有交火开枪的事，这已经是每当月黑之夜的固定节目了。在路上和农院后面的爪印之间，定期可发现布朗的脚印，还有一两个穿着鞋的人类脚印。埃克利坦白地说，这很糟糕，不久之后，他可能不得不到加州他儿子那儿去住，不管老房子是否卖得掉。不过，要离开真正可以称得上家的唯一地方，还真不容易。他得设法再拖一阵子，或许他能吓走入侵者——如果他公开放弃再次探寻它们的秘密的尝试的话。

　　我立即给埃克利回信，再次提出要帮他，要到他那里去，帮他说服当局相信他的危急处境。他在回信中态度似乎比过去改变了一些，不那么反对这个计划了，不过，他想把此事往后推一段时间，以便整理好东西，并说服自己离开自己不忍离开的出生地。人们对他的研究和推测不以为然，所以最好悄悄地离开，不要让乡村邻里产生混乱，免得人们又开始议论他的神志是否正常。他承认，他已经受够了，但他想尽可能体面地离去。

　　这封信是8月28日收到的，我在回信中尽量鼓励他，然后把信寄了出去。鼓励显然生效了，因为埃克利在回信中对恐怖的事情讲得少了。不过，他还是不那么乐观，相信只有在满月的夜晚怪物才不会来骚扰他。他希望浓云遮月的夜晚不要太多，还含糊地谈到月亮渐亏时他去布拉特尔伯勒寄信的经历。我再次写信鼓励他，但9月5日他来了一封信，此信显然在邮路上与我的去信交错而过。鉴于其重要性，我想我最好将全文记载下来——凭我读过那潦草字迹的记忆尽可能地回忆起来。信的内容大体如下：

亲爱的威尔马思：

这是对我前一封信相当令人沮丧的附言。昨夜乌云密布——虽然无雨——没有一丝月光。情况够糟糕的，我以为大限将至，尽管我们本希望能够逢凶化吉。子夜以后，有东西登上了屋顶，我的狗全都奔过去看个究竟。我听到它们的撕咬之声，接着有一条狗从低矮的厢房跳上了屋顶。上面发生了激烈的搏斗，我听到了终生难忘的、可怕的嗡嗡声。然后，传来一股惊人的臭味。几乎与此同时，几发子弹穿过窗子，我差点被擦伤。我想，因为屋顶上的厮打，狗分成了两路，于是山中怪物的主力乘虚而入，迫近房子。上面情况如何，我还不得而知，但恐怕怪物们已经学会更好地用翅膀飞行了。我灭了灯，以窗口为枪眼，用步枪向房子四周扫射，瞄得高一些，不至于伤着狗。这样似乎才使事态平息。然而，早晨却发现院子里有大摊血迹，血迹旁有一摊摊绿色的、黏糊糊的东西，发出一种从未闻到过的恶臭。我爬上屋顶，发现上面有更多那种黏糊糊的东西。有五条狗死了——恐怕有一条是因为我瞄得太低而被击中的，因为它背部受了枪击。现在我正在更换被击碎的玻璃，打算去布拉特尔伯勒再买几条狗。我想，养狗场的人准以为我疯了。以后再给你写信。我估计一两星期之后就准备动身离开了,尽管想起此事就令我肝肠寸断。

埃克利
星期一

然而,这并不是与我的信交错而过的埃克利的唯一信件。第二天上午——9月6日——又来了一封,这一次是一封焦急的涂鸦信,它把我吓坏了,我茫然不知所措。我只好凭记忆将原文引述如下:

> 乌云不散,因而又没有月光——更何况月亮正逢亏缺之时。我请人将屋子接通电线,装上一只探照灯,我以前不知道切断电缆与修好电缆一样快。
>
> 我想我快疯了。也许我写给你的一切都是一场梦或者一种疯癫之举。本来已经够糟的了,而这一次实在受不了了。昨夜它们对我说话了——用那种该死的嗡嗡声说的。它们对我说的事,我都不敢向你复述。它们的声音盖过了狗叫声,我听得很清楚。有一次它们的声音被淹没了,于是一个人出声帮了它们。"威尔马思,别管这件事了"——情况比你或我怀疑的还要糟糕。它们现在不让我到加利福尼亚去——它们

要把我活生生地劫走，或者说在理论上和心理上把我活生生地劫走——不仅到尤格斯星球去，而是更远——飞越银河系之外，也许超出太空尽头。我对它们说，我不愿意到它们要我去的地方，不愿意让它们采取这种可怕方式将我劫持，但恐怕无济于事。我住的地方是如此偏僻，它们不久就可以夜里来，白天也来。又有六条狗被干掉了。今天我开车去布拉特尔伯勒，凡经过树林路段都感到有怪物出没的迹象。我将唱片和黑石寄给你是个错误。最好把唱片给砸了，免生祸端。明天我若仍在此地，会再给你涂几行。但愿能把我的书籍和物品弄到布拉特尔伯勒去，在那里寄放。我愿意空身逃走，可心中又不忍。我可以悄悄溜到布拉特尔伯勒去，那里应该要安全些，可我感到在那里我跟在家里一样是个囚犯。我似乎明白了，即使我丢弃一切东西逃走，也逃不了多远。真可怕——你可别掺和进来。

埃克利谨启
星期二

收到这封可怕的信之后我彻夜未眠，对埃克利还剩下几分清醒我已经糊涂了。信的内容完全是个神志不清的人写的，但其表达方式——

鉴于以前发生的一切——具有严峻而强大的说服力。我没有回信,心想最好等埃克利有时间回复我最近的一封信。第二天,这封回信果然来了,尽管其中的新内容使所谓回信提出的任何一点都黯然失色。下面是我能回忆起的信件全文,原文既潦草又满是污斑,显然是在慌乱和匆忙中写就的。

威:

你的信收到了,可再讨论什么也是徒劳的。我完全听天由命了。我不知道自己是否还有足够的意志力把它们击退。即使我愿意丢弃一切逃走,也逃不走。它们一定会抓住我的。

昨天收到了它们的来信——我在布拉特尔伯勒时,乡村免费投递员给我捎来的。信是打字的,盖有贝洛斯瀑布城的邮戳。信中告诉我,它们想如何处置我——不说也罢。你自己也要小心!把那张唱片给砸了。夜里老是阴天,月亮一直亏缺。但愿我能得到帮助——但每个敢来的人都会称我为疯子。我不能无缘无故地请人来——我跟所有人都失去了联系,这种状况已持续多年。

可我还没有把最坏的消息告诉你,威尔马思。鼓起勇气来念下去，它会吓你一跳。不过，我说的是实话。是这样——我看到并摸到了怪物中的一个，或者说其中一个怪物的一部分。神乎？人乎？真可怕！当然它是死的。一条狗逮着了它，是我今天早晨在狗窝附近发现的。我试图把它保存在木棚里，以便让人们相信整个事情，可是几小时后它全蒸发掉了。没留下一点痕迹。你知道，在发大水后的第一个早晨人们才看见河里漂浮的那些怪物。还有最离奇的事呢。我想把它拍下来给你看，等我把胶卷冲洗出来以后，除了木棚，什么也看不到。这东西是用什么做的呢？我看到它，摸到它，它们都留下了脚印。它肯定是由物质构成的——可那是什么物质呢？形状无法描述。它是一只巨蟹，长着许多金字塔形的肉环或者粗绳索般的肉结，在应该长脑袋的地方长着触角。黏黏的绿色东西是它的血或汁。它们随时都会有更多的同类到达地球。

沃尔特·布朗失踪了——在村子附近一带他常来常往的地方看不到他在游荡了。我一定是开枪把他击中了，不过，怪物总是会设法把死的伤的都带走。

今天下午我顺利地进了城，但恐怕它们一直在跟踪我并保持着一定的距离，因为它们摸准了我。我是在布拉特尔伯勒的邮局里写这封信的。这也许是永别了——真是如此的话，请写信给我儿子乔治·古迪纳夫·埃克利，地址是加州圣迭戈市悦来街176号，但切勿到这里来。如果一星期之后没有再收到我的信，那就给我儿子写信，并留心报纸上的新闻。

现在我准备打出最后两张牌——如果我还有这个意志力的话。先对它们施放毒气（我搞到了合适的化学药品，还为自己和狗群戴上了防毒面具），如果这一招不管用，那就报警。警方会把我锁在疯人院里，如果他们想这样做的话——这比怪物们处置我的情况要好。也许我可以让他们关注我住房周围的脚印——这些脚印很模糊，但每天早晨我都能发现它们。不过，没准警察会说我假造了这些脚印，因为他们都认为我是个怪人。

一定得设法让一名州警察到这里过一夜，让他亲眼瞧瞧——尽管那会让怪物得到消息，而在那个夜晚不来。每当夜里我想打电话时，它们就切断了电话线——线路员觉得非常奇怪，但他们居然认为是我自己切断的。现在已有一个多星期没有人来修理线路了。我可以请一些无知的人来为我作证，证明恐怖事件是真的，但人人都会嘲笑他们。不管怎么说，人们长期以来一直远远地避开我的住处，所以新近的事情他们并不知道。我无法让那些精疲力竭的农民走进我房子一英里之内。邮递员听到了人们的议论，也嘲笑我——天哪！要是我敢告诉他实情，那该有多好！我想我要设法让他注意脚印，但他总是下午才来，而这些脚印到那时通常快消失了。如果我在上面盖一只箱子或盘子什么的，他准认为脚印是我伪造的或者是个玩笑。

如果我没变成隐士就好了，乡民们就不会像过去那样离我远远的。除了那些无知的人之外，我从来不敢让任何人看到那块黑石头或照片，或者播放那张唱片。其他人会说我捏造了整个故事，他们只会付之一笑。不过，我也许还要设法展示那些照片。即使怪物的模样照不下来，可照片上的爪印却是清清楚楚的。今天早上那怪物消失以前没有其他人看到，多可惜啊！

然而，我不知道我是否在意。受了这么多磨难，疯人院也许不失为一个好去处。医生会帮我下决心离开这座房子，要救我也只有这个办法了。

如果短期内收不到我的信，那就给我儿子乔治写信。再见了，砸了那张唱片，别掺和进来。

埃克利谨启
星期三

说实话，这封信一下子将我投入了恐怖的深渊。我不知道回信说什么才好，只是草草写了几句不连贯的劝慰和鼓励的话，用挂号信寄给他。我记得，我催促埃克利马上搬到布拉特尔伯勒去，将自己处于当局的保护之下，并且说我会带上录音唱片到那个城市去，向法院说明他是神志正常的。我想我还写到，这也是告诫普通老百姓的时候了，要他们提防这件事。要说明的是，在这个重要关头，我自己实际上对埃克利所说的所有事情都深信不疑。不过，我也的确认为，他没能把那个死怪拍下来，不是由于那怪物的畸形，而是因为他激动地出了错。

五

后来，9月8日星期六下午又来了一封古怪异样却又令人镇定的信，显然与我那封回信在路上错过了。这封令人放心并发出邀请的怪信，是用一台新打字机打的，措辞干净利落，它一定标志着整个荒山梦魇中一个奇异的转折。我再次凭记忆将它录下——力求保留它的原汁原味。信封上盖有贝洛斯瀑布城的邮戳，信和签名都是打出来的——正如初学打字者常做的那样。不过，对一个初学者来说，文字却打得无可挑剔，我推断，埃克利以前一定用过打字机——也许在大学里。要说这信让我感到放心是不为过的，但在我的宽心之下暗伏着一层不安。如果埃克利在恐怖之中仍然清醒的话，如今他在解脱中是否还清醒呢？

而他提到的什么"关系改善"……是怎么回事？整个情况意味着埃克利的态度来了一个一百八十度的大转弯！下面是原信的大体内容，我仔细地从记忆中转录下来的，不免为自己的好记性感到自豪。

    致马萨诸塞州阿克罕姆城

    米斯卡托尼克大学

    艾伯特·N.威尔马思先生

    亲爱的威尔马思先生：

    关于我多次给你的信中所说的一切蠢事，现在能够让你放心，我感到极为欣慰。我说"蠢"，那是指我受惊的态度，而不是我对某些现象的描述。那些都是真实的，也很重要：我的错误在于对它们抱有一种反常的态度。

    我想，我提到过奇异客开始尝试与我交谈。昨天夜里，这种交谈真的发生了。为了对某种信号做出回应，我让外面那些生灵的信使进屋——那是一个人，容我赶紧说明。他对我说了许多你和我都从未猜测过的事情，明确表示我们如何完全错误判断和错误理解了外星人在地球上保护它们秘密领地的目的。

那些关于它们给人类提供了什么、它们对地球有什么企图的邪恶传说，似乎完全是对寓言无知误解的结果——这些寓言自然是由不同的文化背景和思想习惯所塑造出来的。我要坦率地承认，自己的猜想与任何文盲和野蛮人的猜想一样不着边际，离题万里。我原先以为是病态的、可耻的、不光彩的东西，实际上是令人敬畏的、令人心胸开阔的，甚至是光荣的——我以前的估计不过是人类对完全不同的异类那种又恨、又怕、又退缩的阶段性倾向而已。

现在我对在夜晚冲突中给这些不可思议的外来生灵造成的伤害感到后悔。当初要是我同意与它们和平地、合情合理地谈判该多好！然而，它们对我并不忌恨，它们的感情结构与人类大不一样。它们在佛蒙特找了一些低劣的怪人作为代理人——譬如已故的沃尔特·布朗，这是它们的不幸。他使我对它们存有很大的偏见。事实上，它们从来没有故意伤人，却常常受到极大冤枉，而且还要被我们人类侦查。有一帮歹徒纠合起来的秘密邪教（当我将它们与秘教"哈斯特"和"黄标记"联系起来，像你这样对神话很博学的人一定会理解的）专门追踪它们，并且代表来自冥冥之中的怪诞魔力伤害它们。外星人采取的激烈防范措施针对的正是这些侵犯者，而不是正常的人类。顺便提一下,我已经知道了,我们丢失的不少信件不是外星人偷的,而是这一邪教的间谍偷的。

外星人希望从人类那里得到的仅仅是和平、相安无事以及不断增长的知识等友好关系。后者是绝对必要的,我们的发明和设备正在扩展我们的知识和活动范围,外星人在本星球上秘密建立必要的前哨基地已经越来越不可能了。这些外来生物想更全面地了解人类,同时也让一些人类的哲学和科学领袖更多地了解它们。随着这样的知识交流,一切危险将会过去,一种令人满意的生活方式将会建立。任何企图奴役或贬低人类的想法都是荒唐可笑的。

作为改善这一关系的开始,外星人自然选中了我——因为我对它们已经有了相当的了解——作为它们在地球上的主要沟通者。它们昨夜对我谈了许多最惊人的、令人大开眼界的事实,更多的将在以后通过口头或笔头方式向我通报。目前它们不会邀请我去太空旅行,虽然今后我可能愿意这样做——采用特殊手段和超越一切迄今为止我们所习惯的作为人类经验的交通工具。我的住宅不再会被包围。一切都恢复正常,狗也快失业了。我得到了丰富的知识和智慧的历险而不是恐怖,其他凡夫俗子很少有此福分。

这些外星人也许是跨越宇宙、跨越物种的一切时空成员之中或之外最了不起的有机生物，而宇宙中其他所有生命形式不过是退化了的变种而已。它们的植物性多于动物性，如果这类术语能适用于构成其身体的那种物质的话。有点类似菌类的结构，但叶绿素般的物质和奇特的营养系统使它们与真正的茎叶菌类迥然不同。的确，该类型是由一种与我们这部分太空完全不同的物质构成的——其电子带有截然不同的振动率。因此，该生物在普通照相机胶卷和我们已知宇宙的感光板上是无法拍摄到的，尽管我们的肉眼可以看到它们。当然，只要具备足够的有关知识，任何一位称职的化学家都能制造出一种可以录下其影像的感光乳剂来。

该物种能够以完全肉身形态穿越无热、无空气的星际空间，这种能耐是独一无二的，而它的一些变种是做不到这一点的。只有不多的一些变种具有佛蒙特物种所特有的抵挡以太的翅膀。那些居住在"旧世界"的某些偏远山峰的物种是以其他方式来到这里的。它们外表像动物，像我们理解为物质的某种结构，这是一个平行进化的问题，不一定有亲缘关系。它们的脑容量超过任何其他幸存的生命形式，但我们山区的长翅膀的物种绝不是最发达的。心灵感应是它们用于交谈的通常手段，虽然它们拥有基本的发声器官，只要动个小手术，该器官就可以粗糙地模仿那些仍在使用语言的有机生物的话语。

它们最接近地球的主要居住地是太阳系边缘的一颗尚未被发现的、几乎无光的行星——在海王星外面，从太阳数过来是第九颗行星。据我们推断，它是在古代某些禁书里被神秘地暗示为"尤格斯"的天体，在那里，它们对我们这个世界进行古怪的思考，以努力促进思想上的友好往来。如果天文学家对这些脑电波有足够的敏感从而发现尤格斯，我也不会感到惊讶，这正是外星人所希望的。不过，尤格斯当然只是一块歇脚地。该物种的主体居住在构造离奇的深渊，那是无论人们怎样想象都想象不出来的地方。我们所承认的作为整个宇宙实体的那个时空小球，在真正浩瀚无边的世界中不过是一个原子而已。任何人的大脑所能想象的那种无穷之大终于向我展开其奥秘，而自人类存在以来有此殊荣者不超过五十人。

开头你可能会把我这番话斥之为梦呓，威尔马思，但迟早你会理解我碰上的这次天赐良机。我想和你分享这个良机。为此，我必须向你讲述许许多多不能诉诸笔端的事。过去，我曾警告你不要来看我。现在一切太平了，我很高兴取消那个警告,向你发出邀请。

在新学期开学之前你能到这里来一次吗?如能来,我将感到荣幸之至。把唱片和我写给你的全部信件都带来,作为咨询资料——我们将用得着这些资料,把整个大故事拼凑出来。你不妨把照片也带来,因为在这阵子的激动中,我似乎忘了我把底片和自己印的照片搁在哪儿了。而我掌握了多么丰富的事实可以补充到这一富有探索性和试验性的材料中去啊——我需要一个巨大的设备来补充我的增补材料!

切勿迟疑犹豫——我现在已经不会被间谍监视了,你不会碰到任何讨厌的人或事。来吧,让我开车到布拉特尔伯勒车站去接你——你准备待多久都行,可以期望许多促膝长谈的晚上,让我们畅谈人世间无法猜测的奇事。当然,不要告诉任何人。

来布拉特尔伯勒的火车服务不错的——你可以在波士顿搞到一张时刻表。从波士顿搭乘到格林菲尔德,然后再换车乘完余下不多的路程。我建议你乘那班从波士顿出发的下午4:10的标准车。它在7:35到达格林菲尔德,9:19有一趟车从那里开出,10:01到达布拉特尔伯勒。那是非周末的车次。告诉我启程的日期,我将开车去车站恭候。

请原谅这封信是打字机打的,我的字迹近来变得颤抖潦草,这你是知道的。我感到我写长篇的东西已经不行了。我昨天在布拉特尔伯勒买了这台新的"花冠"牌打字机——看来真管用。

等待你的回音,希望不久见到你带唱片和我的所有信件来——还有照片——

我翘首以待。

亨利·W.埃克利谨启
佛蒙特州,汤士亨德村
1928年9月6日,星期四

此信我一读再读,反复琢磨这封奇异而又意想不到的信,我的感情错综复杂,难以言状。我说过,我既感到宽心,又感到不安,但这只是粗略地表达了这两种基本不同而又潜意识感觉的言外之意。首先,此事与以前一系列的恐怖完全相反——从极度恐怖到冷静的得意乃至狂喜的心情转变是如此突如其来、如此闪电般快速、如此彻底!我简直不能相信,仅一天的时间竟能改变一个上周三刚写过疯狂绝命书的人的心理状态。在某些时刻,一种矛盾的不真实的感觉令我纳闷:不知道这个表现遥远的神奇力量的戏剧性事件是不是一种主要在我自己头脑里产生的幻觉？接着，我又想到那张录音唱片，不禁产生了更大的迷惘。

进行分析后，我意识到此信是由两方面组成的。首先，假定埃克利以前是神志清楚的，现在仍然是清醒的，形势本身所显示的变化是如此迅速而不可思议。其次，埃克利自己的举止、态度和语言的变化是如此非同寻常且不可预测。此人的性格似乎经历了一种隐伏的变化——变化是如此深刻，人们几乎无法判断他究竟是前后判若两人，还是前后同样清醒。信中的措辞、字母拼写——均有微妙差别。凭着我对其文风的敏感，我可以找出在他最普通的反应和节奏方面的迥然差异。而在另一方面，来信又很有埃克利的特征。同样的对无穷未知的热忱，同样的学者式的盘根究底。我一时也不能判断信到底是伪造的还是恶意的冒名顶替。难道他的邀请——愿意让我亲自检验一下信的真伪——不正是证明了它的真实性吗？

星期六我一夜未睡，一直在熬夜思考来信背后的阴影和奇迹。过去的四个月，我的头脑被迫面对了一连串可怕的观念，现在又重复了一遍过去所经历的大多数步骤，进入了对这一惊人新材料将信将疑的循环之中，直到黎明以前许久，一种强烈的兴趣和好奇心开始替代原先的困惑和不安。不管是疯了还是清醒，不管是变态还是仅仅得到了宽慰，情况是埃克利的确在他危险的研究中遇到了某种巨大的形势变化，某种既减小了危险——不管是真的还是想象出来的危险——又打开了了解宇宙和超人知识等令人眼花缭乱的崭新前景的变化。我对未知世界的渴望骤然间与他共鸣了，我感到自己被那病态的、打破障碍的感染力所动。摆脱时空和自然规律的令人疯狂和疲惫的局限性——与广阔的外界相联系以及与无穷的、终极的、黑暗的、深渊般的秘密靠近——这样一件事肯定是值得一个人去冒生命、灵魂和神志的风险的！而且，埃克利已经说过不再有任何危险了——他邀请我去看望他，而不是像原先那样警告我离他远远的。我一想到他现在可能要对我说的话就激动不已，想到要在那个孤寂的、受围困的农舍里，与一个刚同外层空间的真正密使交谈过的人坐在一起，这几乎是个令人倾倒的诱惑，坐在那里，面前放着那张可怕的唱片和一大堆埃克利的信件，这该有多妙。

于是，星期日接近中午的时候，我打电报告知埃克利，我将于下星期三(9月12日)在布拉特尔伯勒与他见面——如果这天他方便的话。只有一点我没接受他的建议，那就是选择火车的问题。老实说，我不想深夜到达那个闹怪的佛蒙特地区，所以没有接受他为我选择的火车车次。我打电话给车站，做了另一番安排。早起搭乘上午8：07开往波士顿的火车，我可以赶上9：25去格林菲尔德的班次，中午12：22到达格林菲尔德。正好接上定于下午1：08到达布拉特尔伯勒的那趟火车，接着与埃克利见面，并和他一起开车进入秘密戒备的密集群山之中，这是个比晚上10：01舒服得多的时间。

我在电报里提到了这一选择，并高兴地从傍晚时收到的回电中获悉，这个安排得到了我的未来东道主的批准。其电文如下：

安排满意。将于周三接1：08的火车。勿忘唱片、信件及照片。目的地保密。期待重大启示。

埃克利

埃克利的直接回电消除了我对那封令人困惑的信件下意识的怀疑。我十分宽慰——这种宽慰比我当时能解释的还要大，因为所有的怀疑都埋藏得相当深。而我那天夜里睡得很香、很长，在接下来的两天里急切地忙着做出发前的准备。

六

星期三我如约出发，带着一只装满简单日用品和科学资料的旅行包，其中有那张可怕的唱片、照片以及埃克利的全部来信。我没告诉别人我去哪儿，因为我明白此事要求绝对隐秘。想到要与异类的外来物种做真实的思想接触，对于我这样老练的、多少有些准备的内心来说，也是够令人惊恐的,既然如此,那么它对那些无知外行的芸芸众生来说,又会是什么样的心理冲击呢?当我在波士顿换乘长途火车,缓缓离开我熟悉的地区而向西驶往那些我不甚了解的地方时,对于冒险,我不知是恐惧还是期望占了上风。沃尔瑟姆—康科德—阿耶尔—菲奇堡—加德纳—阿瑟尔——

我乘的那趟车晚点七分钟到达格林菲尔德,但北去的快车却是正点到达。我在匆忙中换车,当列车在午后的阳光下隆隆驶入我一直在书本上读到却从未到过的领域时,我感到一种奇怪的屏息凝神之感。我知道,我正在进入比我有生以来居住过的机械化、城市化的沿海和南方地区要更老派、更原始的新英格兰:一个没有外国人、工厂烟雾、广告牌、水泥马路和工业污染的属于祖辈的新英格兰,是还没有经过现代化洗礼的新英格兰。那里有生生不息的当地生物的奇异幸存者,它们已经成为当地景色的一个真正的分支——当地生物保持着奇怪的古老记忆,为滋生朦胧、奇异而又很少提及的信仰的土壤提供养料。

我不时看到蓝色的康涅狄格河在阳光下闪烁,在离开诺思菲尔德后,列车穿过了这条河流。前面隐隐出现了神秘的绿色山陵,列车员走过来,我得知我终于到达了佛蒙特州。他关照我把手表往后拨一个小时,因为北方山区并未实行刚刚推出的夏时制。在我拨表的时候,我感到似乎是把时光倒回去一个世纪。

列车沿河边行驶,又过界进入新罕布什尔州,我可以看到陡峭的汪达斯蒂奎特山的山坡在慢慢靠近,有关此山流传着一些奇特的古代传说。接着,左边出现了街道,右面的溪流里出现了绿岛。人们起身,鱼贯走向门口,我则跟在他们后面。列车停了,我下了车,站在布拉特尔伯勒车站长长的雨棚下。

望着等待的一行汽车,我犹豫了片刻,看看哪辆车才是埃克利的福特车。可我还没来得及采取主动,我的身份就被人猜出来了。然而,伸出手来迎接我的显然不是埃克利本人,此人用老练的措辞问我是否确是从阿克罕姆城来的艾伯特·N.威尔马思先生。此人不像快照上那个长着胡子、头发灰白的埃克利,而是一个较为年轻、温文尔雅的人,衣着时髦,只留一撮黑色的小胡子。他那文雅的嗓音给人一种古怪的、几乎令人不安的、似曾相识的暗示,可我始终想不起这是谁的声音。

我在打量他时,他解释说他是东道主的朋友,代替主人从汤士亨德城来接我。他说,埃克利忽然气喘病发作,无法外出。幸而病情不重,关于我的来访计划不变。我揣摩不出这位诺伊斯先生——他自称此姓——了解多少埃克利的研究和发现,尽管他随便的样子似乎表明他是个相对而言的局外人。想起埃克利是怎样一位隐士,他居然轻易地有这么一位朋友,我真有点惊讶,不过,我的迷惑倒不至于阻止我进入他的汽车。这并非我从埃克利的描绘中预期的那辆老式小车,而是一辆无可挑剔的新型大车——显然是诺伊斯自己的车,挂着马萨诸塞州的牌照,上面还有当年逗人的"神圣鳕鱼"的标记。我推断,我的向导一定是夏天暂住汤士亨德地区的一位过客。

诺伊斯爬进车内,在我旁边坐下,立即发动了汽车。我很高兴,他的话不多,因为某种奇特的紧张气氛使我不想讲话。当我们翻过斜坡,向右转入大街时,这座城在下午阳光的映照下看来十分迷人。它像人们从童年就记得的新英格兰老城那样沉寂地躺着,屋顶、尖塔、烟囱和砖墙构成了触发人们思古幽情的轮廓曲线。我看得出,我到了一个经过连续的时间积累而充满蛊惑的地区,这个地区有一些古老的、奇怪的东西在滋长和苟延,因为它们从未受到过扰动。

当汽车出了布拉特尔伯勒城,我的紧张和不祥的预感增加了,因为在这个群山簇拥的乡村有一些高耸的、凶险的、压抑的绿色花岗岩山坡,暗示着某种朦胧的秘密,以及可能敌视也可能无视人类的太古的残存者。我们有一段路是沿着一条宽而浅的河流行驶的,这条河从北方未知的山区流来。当我的同伴说它就是西河时,我不禁打了个冷战。我想起报纸上的报道,正是在这条河里,洪水过后,人们看到一个病态的蟹样怪物在漂浮。

渐渐地,我们周围的乡村变得更荒凉,无人居住。山谷中古色古香的廊桥是从过去时代残留下来的,让人害怕,与河流平行的半废弃的铁路轨道似乎正在呼出一种朦胧可见的凄凉气息来。连绵的生机勃勃的河谷中峭壁耸立,令人敬畏,新英格兰的原始花岗山岩显得灰暗而严峻,顶峰则有一抹嫩绿色。峡谷中未驯服的河流奔腾其间,将数以千计的无路山峰难以想象的秘密冲到河里。半隐半现的窄路时时分叉,穿过郁郁葱葱的密林,原始树林间很可能潜伏着数不清的精灵妖怪。看到这些,我想起埃克利在沿着这条路开车时如何被看不见的怪物所骚扰,我并不奇怪会有这等事。

不到一小时就到达了努凡,这个古怪而优美的村庄是我们与人类征服并完全占领的世界的最后一个联系点。此后,我们摒弃了对这些直接的、可触摸的、与时间有关的事物的一切联系,进入了一个被沉默掩盖的非现实的奇异世界,其间绸带般的小路起伏蜿蜒,穿过无人居住的绿色山峰和荒凉的河谷。除了汽车的声音,以及偶尔经过的少数孤寂的农场的微弱动静外,我们听到的唯一声音是幽暗的树林中无数暗泉的古怪细流发出的汩汩声。

那些圆顶山陵近在眼前,现在变得真正地让人胆战心惊。那些山陵的陡峭和突出比我想象的还要厉害,它们与我们所熟悉的平凡的客观世界毫无共同之处。那些不可及的山坡上无人涉足的浓密树林里似乎隐藏着外来的、不可思议的东西,我感到山陵本身的轮廓也含有某种怪异的早已被万古遗忘的意义,仿佛它们是一个谣传中的巨人种族留下的庞大的象形文字，其光辉只存于难得的深梦之中。所有过去的传说、所有亨利·埃克利的信件和展品从我的记忆中涌出，增加了那种紧张和吓人的气氛。我来访的目的以及所有假设的可怕与异常，一股脑儿向我袭来，令人感到毛骨悚然，几乎熄灭了我猎奇探秘的热情。

我的向导一定已经注意到了我的不安神色，当道路变得更加荒凉、更加不规则，以致我们的汽车开得更慢、更颠簸时，他偶尔的令人愉快的议论扩展为连续的闲聊。他谈及乡村的美丽和怪异，透露了他对我的东道主关于民间传说的研究有几分了解。从他礼貌的提问中，他显然知道我来是为科学目的，也知道我带着相当重要的资料。然而，看不出他能领会埃克利所达到的那种知识的深度和虔诚。

他的神态是如此欢快、正常和文雅，他的话本该使我镇静和放心的，但很奇怪，当汽车颠簸转入山陵和森林的未知荒野时，我却感到更加不安。有时候他似乎在诱问我，看我对于该地的古怪秘密知道些什么。随着他每次开口，他语气中那模糊的、逗人的、令人困惑的熟悉程度不断增加。这不是一种普通的或健康的熟悉，尽管他语气中带有那种完全健康的、有教养的气质。不知怎地，我把它同已经忘记的梦魇联系起来，我感到，如果我认出这种熟悉感来，我也许会发疯的。如果有任何合适的借口，我想我会放弃此行，打道回府。实际上，我不能这样做——我意识到，抵达后同埃克利本人进行一次冷静的、科学的谈话会有助于我振作起来。

此外，在我们不可思议地起伏穿越的迷人风景中，有一种宇宙美的奇怪的镇定因素。时间将自己丢失在身后迷宫般的曲径之中，我们周围唯有一片百花争艳的仙境，重现了那些消逝的世纪昔日的可爱——灰白色的树丛、点缀着斑斓秋花的未受污染的牧场，以及在长着芬芳的野蔷薇和芳草的峭壁下，大树之间依偎着的褐色小农舍。甚至阳光也获得了一种超凡的魅力，仿佛某种特殊的气氛笼罩着整个地区。我以前还从未见过类似的景象，除了那种有时会构成意大利早期画家作品背景的神奇的远景之外。索多马和列奥纳多（达·芬奇）二位画家曾经构思了这样的浩瀚，却只是在远景中，而且要通过文艺复兴拱廊的拱顶才能看到。我们现在正亲身在这幅画中穿行。我似乎在它招魂问卜的巫术中找到了一件生来已知或继承的东西，为此我过去一直在徒劳地搜寻着。

忽然，在急速上升的坡顶绕了一个钝角后，汽车停了下来。我的左侧，在公路边一个铺着白石子边缘的保养良好的草坪的另一面，矗立着一幢对这个地区来说格外高大、优雅的两层半的白色楼房，其后方和右边有风格统一、用拱廊相连的粮仓、棚子和风车。我从以前收到的快照上一下子认出了这幢房子，看到路旁镀锌铁皮的信箱上写着亨利·埃克利的名字并不感到惊奇。房子后面的不远处，有一片树林稀疏的沼泽地向外伸展，再过去高耸着一个林木浓密的陡峭山坡，它的尽头是一座参差不齐、林叶茂盛的顶峰。我知道这就是黑山的顶峰，我们一定已经爬上了它的半山腰。

诺伊斯从车上下来，拿起我的旅行包，让我等着，而他则进去通知埃克利我已到达。他又说，他自己另有要事，一刻也不能多留。当他轻快地沿小路向房子走去时，我自己也下了车，想要在坐下促膝长谈之前伸展一下双腿。此刻，既然我已到了埃克利信中如此闹心地描述过的被恐怖包围的现场，我那种紧张和胆怯的感觉又达到了高峰。我有点害怕即将进行的讨论，它会将我同如此怪异和可怕的世界联系起来。

与完全怪异的东西密切接触往往不会鼓舞人心，而是令人害怕。一想到这段灰土飞扬的道路曾经有过那些怪物的足迹，在生死攸关的、恐怖的无月之夜后发现恶臭的绿色脓水，我就振奋不起来。无聊间，我注意到周围似乎没有一条狗。是不是外星人一旦与埃克利和解，他就把狗都卖掉了呢？埃克利最后那封奇怪而异样的来信表现出对和解深度和诚挚的极端信心，而我无论如何也不会有这样的信心。毕竟，他是个非常朴实且不太世故的人。在新的友好联盟的表面下，难道真的没有某种深藏的、凶险的潜流吗？

在这种想法的指引下，我的目光向下转到曾经保留过可怕证据的粉尘飞扬的路面。过去几天干旱无雨，各种踪迹聚集在满是车辙的不规则的公路上，尽管该地区人迹稀少。怀着隐隐的好奇心，我开始在脑海里追寻一些由各种印象组成的轮廓，同时设法压抑我对这个地方的可怕想象。在阴森可怕的寂静中，在远方溪流传来的闷闷的、细细的流水声中，在堵塞狭窄的地平线一端那些挤成一团的绿色峰顶和长满黑树林的悬崖峭壁中，无不存在某种可怕的、令人不安的东西。

接着，一个形象突然进入我的意识，使那些隐约的威胁和胡思乱想似乎变得温和且微不足道了。我说过，我正以一种无聊好奇的心情在扫视路上各种各样的印迹——那种好奇心一下子被一阵突然而致命的恐惧给掐灭了。虽然尘土上的踪迹总的来说混淆又重叠，不大可能吸引不经意的目光，但我不安的视线却发现了通向房子的小路与公路交接处附近的某些细节，而且毫无疑问地看出了那些细节的可怕含义。我花了几个小时细细研究埃克利寄来的照片上外星生物的爪印，那可不是白白研究的！我太熟悉那些讨厌的爪印了。我很清楚，爪印的方向间接地表明了这些怪物不是本行星上的生物。我已经没有机会犯错了。在我眼前，客观存在着至少三个印子，仅仅是在几小时之前留下的，在来往于埃克利农舍的众多模糊脚印之中显得十分突出。它们是来自尤格斯星球的活菌物种的可怕踪迹。

我竭力控制自己才没叫出声来。假定我真的相信埃克利信中的话，那究竟还有什么在我预料之外的东西呢？他曾经说过已经与怪物和解了。那么，有些怪物仍去他家，这是不是有点蹊跷？恐怖感超过了安全感。任何人第一次看到来自外层空间深处的生物爪印时，难道会不为所动吗？正在此时，我看到诺伊斯从门里出来，迈着轻快的步子向我走来。我想，我必须控制自己，因为这位友善的朋友很可能根本不知道埃克利的那些对禁区最深入和最惊人的探究。

诺伊斯着急地告诉我，埃克利很高兴，准备见我。不过，他的气喘病忽然发作，一两天之内恐怕都无法成为一位称职的东道主了。这次发病来势很凶，一病就总是发烧，浑身无力。这个病拖着，他就老是不行——只能低声耳语，行动也很不方便。他的双脚也肿胀不堪，不得不用绷带包着，像个生痛风的老饭桶。今天他情况相当糟，因此我只得很大程度上自己照料自己，但是，他仍然很想与我谈话。我可以在前厅左面的书房里找到他——那是个百叶窗关着的房间。生病时他不得不关窗挡住阳光，因为他的眼睛很敏感。

当诺伊斯向我告别，开着他的车向北离去后，我开始慢慢向房子走去。门已经半开，但在进入这幢房子以前，我用目光扫视了一下整个地方，试图确定究竟是什么无形的东西使我感到奇怪。粮仓和棚子看上去整洁而平常，我注意到埃克利的那辆破福特车停在宽敞的、无防范的车棚内。接着，我终于明白了这种奇怪气氛的秘密。万籁俱静。

通常农场因养有各种家畜至少会有点噪声,而这里却毫无生命的迹象。鸡和狗呢?至于牛,埃克利说过他养了几头,也许是出去吃草了,狗也许卖掉了。不过,一点也没有鸡叫猪哼的声音,这真是太奇怪了。

我没在门前的小路上多停留,而是果断地进了门,随手又把门关上。我这样做明显是一种心理暗示的结果,现在被关在里面了,我一时有一种想立即退出的渴望。不是因为这地方看起来有点凶险,相反,我觉得那道优雅的殖民时代后期式样的门廊很有品位,装饰它的人显然颇有教养。令我想逃走的是一种细微的、无法确定的东西。也许那就是我注意到的某种怪气味——尽管我知道,即使是在古代,农舍里通常也会有霉味。

七

我不想让自己被模糊的疑惧压倒,于是按照诺伊斯的指点,推开了左边那扇镶有六块玻璃、带黄铜门闩的白色房门。房间里面很暗,这我已经知道了,进去之后,我发觉那股怪味更强烈了。空气中似乎同样有某种微弱的、半是想象的节奏或振动。关着的百叶窗一时令我几乎什么也看不见,但接着,一阵道歉性的干咳加耳语声,将我的注意力吸引到稍远处黑暗角落里的一把大安乐椅上。在阴影的深处,我看到一个人的脸和手的白色模糊形状,我立刻走过去向那个想说话的人影打招呼。尽管光线暗淡，我还是一眼看出这就是我的东道主。我反复研究过那张照片，不会弄错这张坚定的、饱经风霜、留着灰白短胡须的面孔。

然而，当我看清他的脸时，我对他的状态开始感到悲伤和焦虑，他的脸无疑是一张重症病人的脸。我感到，在那个紧张、死板、僵直的表情和不眨眼的、呆滞的眼神后面不单是哮喘病，一定还有别的什么。我意识到，他的可怕经历和紧张情绪对他的健康造成了多么严重的损害！难道这不足以毁了任何一个人吗？即使比这个无畏的禁区探索者年轻健壮的人也受不了啊！恐怕那些怪物奇怪而突然的宽慰来得太迟了，无法使他免遭精神崩溃的厄运。他瘦削的双手放在膝上，疲软而毫无生气，给人一丝可怜的感觉。他穿着宽大的晨袍，用一条鲜黄色的围巾或头巾把头包住，连脖子的上半截也裹住了。

然后，他试图用刚才招呼我的那种带干咳的耳语与我交谈。这耳语起先很难听懂，因为他灰白的小胡子遮住了嘴唇的一切动作，其音质也令我大为困扰，不过，通过集中注意力，我可以很快地弄明白大概意思。他的口音绝不是乡下人的口音，他所使用的语言比他的来信更为高雅。

"你就是威尔马思先生吧？我不能起身相迎，务请见谅。我病得不轻，诺伊斯先生一定告诉你了，但是，我仍然不得不将你请来。你看过我最后一封信的内容——等明天我身体好一点，我还有许多话要对你说。在我们通了那么多信以后，能见到你我真说不出有多高兴。你自然把信都带来了，是吗？还有照片和唱片，对吧？诺伊斯把你的旅行包放在厅里——我想你看到了。今晚恐怕你得自己照料自己了。你的房间在楼上——就是我头顶上这间——你在楼梯口会看到浴室门开着。晚饭已经在餐厅为你准备好了——穿过右面这扇门就是——什么时候想用餐就用。明天我将会是一个像样的东道主——可此刻实在力不从心。

"请一切随意——你可以把信件、照片和唱片拿出来放在这里的桌子上，再带着你的旅行包上楼。我们将在这里进行讨论——你可以看到我的留声机就在角落里的架子上。

"不，谢谢——你帮不了我什么忙。我知道，这是旧病复发。临睡前悄悄过来看一下，然后你想睡时就睡觉。我就在这里休息——也许整个晚上睡在这里——我经常这样。明天早晨我会好得多，能够处理我们必须处理的事情。你自然明白我们所面临的事情是多么重大。对于我们来说，对于这个地球上仅仅少数几个人来说，时间、空间和知识的深沟将会被打开，超越人类科学和哲学概念之内的任何东西。

"你知道吗？爱因斯坦错了！某些物体和力量能以大于光速的速度运动。凭着适当的工具，我们可以在时间上倒退和前进，真正看到和感受到地球的遥远过去和它的未来时代。你想象不出那些外星生物操纵科学的程度。凭着有机体的头脑和身体，它们无所不能。我盼望到其他行星去，甚至到其他恒星和星系去。第一站将是尤格斯星球，一个离我们最近的住满生灵的世界。它是在我们太阳系边缘上的一个奇异的黑暗天体——地球上的天文学家尚不知晓。不过，我一定在信中对你说过此事。要知道，在适当的时机，远在那里的生物将向我们发出思想流，让我们发现它们——也许让它们的人类同盟者给我们的科学家一个暗示。

"尤格斯星球上有巨型的城市——用我本想寄给你的那种黑石头建成的一排排巨大的梯形塔楼。那块黑石头就来自尤格斯星球。那里的太阳并不比星星亮，但那里的生物不需要光线。它们有其他更敏锐的感觉，它们的大屋和大庙都不开窗口。光线甚至会伤害、妨碍和扰乱这些生物，因为它们原本就来自超越时空的黑色宇宙，那里根本不存在光线。参观尤格斯星球可能会使弱者发疯——但我还是要去。在那些神秘的巨大桥梁下流淌着沥青黑河——这些桥梁是某个早已灭绝的、被遗忘的物种所建，时间是在那些生物从终极空间来到尤格斯星球之前——这足以使任何目击者成为但丁或爱伦·坡，如果他在讲述他的所见所闻时还能保持头脑清醒的话。

"但是，要记住——那个菌类生物花园和无窗城市的黑暗世界并不是真的可怕。它对我们来说只是似乎如此。当它们在洪荒时代首次探索我们这个世界时，它们很可能同样也觉得可怕。你知道，早在传说中的'克休尔胡'时代结束以前很久，它们就到过这里。它们还到过地球内部——地表上有一些人类根本不知道的洞口可以入地——有些洞口就在佛蒙特山区中——下面存在着未知生物的巨大世界，蓝光照耀的'克岩'世界、红光照耀的'约斯'世界和黑色无光的'奈厄'世界。可怕的'查索呱'正是来自'奈厄'世界——那是亚特兰蒂斯国的高僧克拉卡什-唐所保存的《那科蒂克手稿》《死亡天书》和康摩里昂姆神话集里所提到的那种无固定形状的、癞蛤蟆般的神物。

"不过，我们以后再谈所有这些事吧。现在已经是四五点钟了。最好把东西从你包里拿出来，去吃点东西，然后再回来畅谈一番。"

我慢慢地转过身来，开始执行东道主的指令：把我的旅行包拿过来，取出并放下他所要的物品，最后上楼去那个指定给我的房间。此刻，路边的爪印还记忆犹新，埃克利的一段段耳语奇怪地影响着我，他熟知这菌类生物的未知世界的暗示——那个禁忌的尤格斯星球——令我毛骨悚然，不寒而栗。埃克利的病让我感到十分难过，但我得坦言，他的沙哑耳语颇有一种可怜又可恨的性质。如果他不是那样得意地谈论尤格斯星球和它的黑色秘密就好了！

我的房间果然舒适宜人，布置得很不错，也没有霉味和讨厌的振动感。我把旅行包留在那里，再次下楼去看埃克利，然后去吃他为我准备的饭食。餐厅就在书房的那一边，我看到厨房在同一方向的稍远处。餐桌上有满盘的三明治、蛋糕和奶酪在等我，一只带托盘的杯子旁有一个热水瓶，这表明主人也没忘记准备热咖啡。我美美地吃了一顿之后，又为自己倒了一大杯咖啡，却发现厨师的厨艺在这里有个失误。我第一匙就尝出咖啡里有点难咽的辛辣味，于是再也不喝了。在整个用餐的过程中，我都在想着隔壁黑暗房间里默默坐在大椅子上的埃克利。

我一度进去请他共享美食，而他却耳语道，他眼下什么也不能吃。过些时候，到临睡前，他会喝一点麦乳精——那是当天他该吃的全部食物。

饭后我执意收拾餐桌，在厨房水槽里洗碗碟——顺便倒掉我无法享用的咖啡。然后，回到黑暗的书房，在靠近主人的角落拉了一把椅子坐下，准备与他进行对话。信件、照片、唱片仍然放在中央大桌子上，不过我们暂且还不必引用它们。不久，我便忘了那种古怪的气味和振动的感觉。

我说过，埃克利的某几封信中有一些内容——尤其是第二封和最长的那封——我不敢引用，甚至不敢诉诸笔端。那天晚上，在孤寂群山中的黑暗房间里，我听到他的耳语时更是踌躇。那个粗哑声音所披露的宇宙的恐怖程度，我甚至都无法想象。他以前就知道许多可怕的事情，但自从他与外星人和解后，他所了解的东西更是神志健全的人几乎无法忍受的。直到现在，我都无法相信他说的那些事情，有关终极无限空间的构成、维度的并置，以及我们已知的时空宇宙在连接宇宙原子的无穷长链中的可怕位置，该长链构成了曲线、角度、物质和半物质电子组织共同的超级宇宙。

从来没有一个神志健全的人能在如此危险的处境中逼近基本实体的奥秘，也从来没有一个有机头脑能如此接近那种超越形式、力量和对称的混沌中的绝对湮灭。我获悉了克休尔胡从何处首次到来，为什么历史上有半数巨大的、寿命短暂的星球会骤然消失。在那些暗示中，我猜出了麦哲伦星云和球形星云后面的秘密，以及道家太古寓言所掩盖的黑色真理。"多尔斯"的本质被明白地揭示出来，我还得知了"廷德罗猎犬"邪魔的本性（尽管不是根源）。毒蛇之父"伊格"的传说不再仅仅是比喻。当我听到那个超越角空间之外的巨大核混沌时，我开始感到厌恶，《死亡之书》曾仁慈地用"阿萨宙斯"的名义来包装它。试图用具体的词汇澄清秘密神话中最邪恶的梦魇，这是最令人震惊的，其病态超过了古代和中世纪神秘主义者最大胆的暗示。我不可避免地想，第一批讲述这些被诅咒的故事的人一定与埃克利的外星人谈过话，甚至访问过埃克利打算去的外层宇宙的王国。

我得知了有关黑石头的事，以及它的隐含意义。很高兴它没有到我手里。我对那些象形文字的猜测太正确了！不过，埃克利现在似乎甘心顺从于他那个恶魔般的系统，并急切地要进一步深入探索可怕的深渊。我弄不清自从他给我写了最后一封信以来，他与何种生物进行了交谈，它们中是不是有许多同他提到的第一个特使一样是人的外形。我头脑中的紧张变得无法忍受，对于黑暗房间中那种挥之不去的古怪和振动，我进行了各种各样的胡乱推测。

夜幕现在降临了。我回忆起埃克利在信中关于早先那些夜晚的描述，一想到今夜没有月亮就打冷战。我也不喜欢这幢农舍依偎在巨大林坡的背风处，这座林坡通向黑山上无人涉足的顶峰。在征得埃克利的同意后，我点亮了一盏小油灯，把火捻小，然后放到远远的书橱上，紧挨着一尊鬼一般的密尔顿半身像。不过，事后我感到歉疚，因为这令我的东道主那紧张、僵硬的脸和疲软的双手看上去十分怪异，就像是一个死人。他似乎不大能动，尽管我偶尔看到他勉强地点头。

在他说完之后，我几乎无法想象他还有什么更深奥的秘密可以保留到明天再讲，但最后他说，他的尤格斯星球之行以及更远的星际旅行将是我们第二天的话题，还提及了我也参加的可能性。在听到他建议我一同参加宇宙航行时，我吓了一跳，这一定使他感到好笑，因为我表示害怕时他的头猛烈地摇晃。后来，他非常温和地谈及人类可以如何完成表面上看来不可能的穿越星际空间的飞行，且人类已顺利完成若干次了。似乎完全的人类肉身的确没有这样的经历，但是外星人具有奇妙的外科、生物、化学和机械方面的技能，已经找到了运送人类大脑而不必带上相伴的身体结构的方法。

有一个抽取大脑的无害方法，以及一个在大脑离开期间保持残余身体存活的办法。将光滑、紧密的大脑物质浸入时时添补的液体中，盛在从尤格斯星球开采出的金属制作的封闭不漏的圆筒内，中间穿着一些电极，可以任意接上精巧的仪器，仪器能够复制出视觉、听觉和语言三种重要功能。对于有翼菌类生物来说，带着这些大脑圆筒完好地穿越太空易如反掌。然后，在每个文明行星上，它们都能找到许多具有调节功能的仪器可与圆筒内的大脑相连接，于是，在稍做装配之后，这些旅行的智慧体，在它们通过和超越时空连续体的每一阶段，都会被授予一个完全有感官的、能够发音说话的生命——虽然是一个没有躯体的、机械的生命。这同拿着一张唱片到处走，不管在哪里，只要有一台相配的留声机就可以播放一样简单。毫无疑问，这事会成功的。埃克利并不担心。这类行动难道不是已经一次又一次地取得过成功了吗？

埃克利第一次举起迟钝而衰弱的手，僵硬地指向房间另一头的一个高高的架子。那上面有十二个我从未见到过的金属制成的圆筒，整齐地放成一排——高约一英尺，直径大约不到一英尺，在每一个突起的面上都设置着三个古怪的插座，呈一个等腰三角形。其中一个圆筒由两个插座接到背后的一对怪里怪气的机器上,其用途我猜到了。我像生疟疾一样打了个冷战。接着,我看到他的那只手指向近一点的角落。那里有一些复杂的仪器接着电线和插头,挤在一起,其中有几个很像圆筒后面架子上的那两台装置。

"这里有四种仪器,威尔马思,"他的声音耳语道,"四种……各有三种功能……一共十二件。你看到的那些圆筒里代表着四种不同的生物,三个地球人、六个能够遨游太空的菌类生物、两个来自海王星的生物。天哪!要是你能看到这类生物在它自己星球上的肉身就好了!其余的来自银河系外一个特别有趣的黑暗恒星的中央洞穴。在圆山的前哨阵地上,你不时会发现更多的圆筒和机器:装有与我们不同的感官的外宇宙大脑的圆筒——来自终极'外空'的同盟者和探险者,还有以多种方法给予它们记忆和表达能力的专用机器,以同时适用于它们以及不同类型的聆听者。圆山,同大多数该生物的遍及各个不同宇宙的主要前哨阵地一样,是一个宇宙性很强的地方。当然,只有较为普通的那些类型才会被借给我做实验。

"来,把我指的三台机器拿过来,放在桌子上。先是那台前面有两个玻璃透镜的高高的机器,然后是那个带有真空管和发音板的箱子。现在去拿顶上有金属圆盘的那个。再去拿贴着'B-67'标签的圆筒。站到那张温莎椅上去。这样能够得着架子。重吗?不要紧!别搞错了号码,是 B-67。别去动那只连到两台测试仪上的新鲜、发亮的圆筒——贴着我姓名的那只。把 B-67 放到桌上,靠近你放机器的地方,务必将三台机器上的标度盘开关调到最左端,轧住不动。

"现在将透镜机器上的电线接入圆筒的上方插座——好!把真空管机器接到左下方的插座上,把圆盘装置接到外插座上。将所有机器上的刻度盘开关都调到最右端——先调透镜的,再是圆盘的,最后是管子的。行了。我不妨告诉你,这是一个人——就像你我一样的人。明天我将让你试试另外几个。"

直到今天我仍弄不懂,为什么我这样服服帖帖地听他耳语摆布,我当初到底是把埃克利当疯子还是正常人?经过所有这些经历,我应该对发生任何事都有了心理准备,可是,这个机械哑剧表演看起来是这么像疯狂的发明家和科学家的异想天开,它拨动了我心中一根怀疑的弦。这位耳语者所隐示的东西是超出一切人类信念的——它还不是更遥远的其他东西,没有那么荒谬,难道仅仅是因为他所说的一切远离能触摸得到的具体证据吗?

当我的头脑在一片混沌中旋转时,我意识到那三台刚接到圆筒上的机器发出了一种混合的摩擦声和呼呼声——声音很快消退直至寂静无声。将要发生什么?我会听到人声吗?如果会,我有什么证据说它不是一个隐藏的受到密切监控的无线电录音装置呢?甚至现在,我仍不愿意肯定我究竟听到了什么，或者在我面前究竟发生了什么现象。不过，的确是发生了某些事情。

简单明了地说，带有真空管和音箱的机器开始说话了，说话人无疑在现场并在观察着我们。这个声音颇响、带有金属性、缺乏生气，显然其发声的每个细节都是机械性的。它无法进行音调语气变化，没有表情色彩，而是一种严格、精确和刻意求工的刮擦声。

"威尔马思先生，"这个声音说道，"我希望我没有吓着你。我同你本人一样是个人，虽然我的躯体正在离此一里半以东的圆山中安全地休息，受到妥善的处理。我在这里与你在一起——我的大脑在那只圆筒内，我通过这些电子振动器能够看见、听见和说话。一个星期之后，我将飞越太空——我以前已经飞越过许多次，这次我有幸能与埃克利先生做伴。我希望也能请你同行，因为我跟你面熟，了解你的名声，而且我一直在密切关注你与我们的朋友的通信。我自然是这些造访本星球的外星人的结盟者之一。我初次遇到它们是在喜马拉雅山，曾以各种方式帮助过它们。作为回报，它们给了我很少人能得到的经历。

"我已经到过三十七个不同的天体，行星、黑恒星和一些不大好定义的星球，包括八个在我们的银河系以外的天体，以及两个在弧形时空宇宙体以外的星球，你明白这意味着什么吗？所有这一切丝毫也没有伤害我。它们用巧妙熟练的分裂法把我的大脑从我的身体里取出来，若称之为外科手术就太不文雅了。来访的外星人有办法使这样的抽取成为轻而易举的寻常之事,当大脑离身后,人的肉体便长生不老。关于大脑,我补充一句,它的机械功能几乎是不朽的,偶尔更换保养液以提供有限的营养就够了。

"总而言之,我衷心希望你能决定与我及埃克利先生同行。天外来客急于认识像你这样有学问的人,你可以向它们展示我们中的大多数人在无知梦想中想入非非的巨大深渊。起初面对它们也许会感觉有点奇怪,但我知道你是不会介意的。我想诺伊斯先生也会一起去——无疑是他开车把你接来的。他跟我们在一起已经多年——我想你听出了他的嗓音,它就是埃克利先生寄给你的唱片中的一个声音。"

对我的震惊,说话者停顿了一下,又继续他的讲话。"所以,威尔马思先生,我让你自己决定。再多说一句:像你这样热爱奇异事物和民间传说的人不该失去这样的好机会。并没有什么可怕的。所有的转换都没有痛苦,处于完全机械化的感觉其乐无穷。当电极拔掉后,不过是入睡而已,充满生动和奇异的梦境。

"现在,如果你不介意,我们暂停这场谈话,明天继续。晚安——把所有开关转回左边就行了,确切的顺序无所谓,透镜机器最后关也行。晚安,埃克利先生——好好招待我们的客人!现在,准备好操作开关了吗?"

谈话到此为止。我机械地服从指令,把三个开关都关掉,尽管我对发生的一切疑虑重重。埃克利的耳语声吩咐我别收拾桌子上的各种仪器,只管走好了,此时我的头脑还在发晕。他对刚才发生的事并未做什么评论,的确也没什么评论可以传达给我那不堪重负的感官。听到他说我可以把灯带到我的房间去用,我推测他希望独自一人在黑暗中休息。这该是他休息的时候了,因为下午和晚上他讲得这么多,即使精力充沛的人也累坏了。我仍然觉得头晕目眩,于是向主人道了晚安,拿着灯上楼,尽管我身上带着一只极好的袖珍电筒。

离开那间带有古怪气味和振动感的书房,我感到很高兴,可是想到我待的这个地方和我遇见的这些奇异力量时,我自然无法摆脱对恐惧、危险和反常宇宙的可怕感觉。荒凉的地区,屋后不远处高耸的神秘林坡,路上的足印,黑暗中病态的、一动不动的耳语者,可怕的圆筒和机器,尤其是圆筒中的大脑邀请我动古怪的手术,以及参加更为古怪的旅行——所有这些事都如此新奇,来得如此突然,以一种积聚的力量向我袭来,消磨了我的意志,几乎耗尽了我的体力。

发现我的向导诺伊斯就是唱片里那个可怕的信魔者夜半集会的仪式主持人,我极为震惊,尽管我早就从他的嗓音里感觉到一种隐隐的、讨厌的熟悉。每当我停下来分析自己对东道主的态度时,又会产生另一种特别的震惊,从他的来信来看,尽管我曾经很喜欢埃克利,但现在却发现他令我产生了一种明显的反感。他的病本该激起我的怜悯，可是相反，它让我不寒而栗。他是如此僵硬、呆滞，如同尸体一般——还有那喋喋不休的耳语是如此讨厌，如此不像人的声音！

我猛然想起，这种耳语与我以前听过的任何耳语都不一样，尽管说话者被小胡子遮住的嘴唇古怪地一动不动，但它有一种潜在的力量和传送力，这种传送力对一个呼哧呼哧的气喘病人来说是不可思议的。我在房间的另一头也能够听懂他的话，有一两次我似乎感到，那种微弱却有穿透力的声音表现出来的与其说是衰弱，不如说是故意压抑——什么原因我无法猜测。一开始，我感到他的音色有一种令人不安的音质。现在，我想我能追溯到一种下意识的熟悉，像那个诺伊斯的嗓音一样带有朦胧的凶兆。不过，何时或何地会遇到它所暗示的东西，我却无法说清。

有一件事是肯定的——我不想在这里再过一夜了。我的科学热情在恐惧和厌恶之间消失殆尽，此刻我只有一个愿望：逃离这张病态和非自然启示结成的网。现在我知道的已经够多的了。怪异的宇宙联络物确实存在，这一点不假——但此类事情绝非凡人所能干预的。

亵渎的力量似乎包围着我，把我压得透不过气来。我断定，睡觉是不可能了，于是，我只是熄了灯，没脱衣服就倒在床上。我时刻准备对付某种未知的紧急情况，右手紧紧抓着我身上的左轮手枪，左手握着小手电筒。楼下没一点声音。我可以想象，我的东道主如何像尸体般僵硬地坐在黑暗中。

我听到某个地方时钟在嘀嗒嘀嗒地走，为这个正常的声音而心存一丝感激。不过，它让我想起这里令我不安的另一件事——完全没有动物存在。四周自然没有家畜。现在我还意识到，即使是夜里惯常听到的野生动物的声音也没有。除了远处看不见的河水阴沉的细流声之外，那种寂静是异常的——跨越行星的。我弄不懂是什么星球产生的不可触摸的毁灭力量笼罩着这个地区。我从古老传说中回忆起狗和其他野兽一直痛恨外星人，又想到路上的那些踪迹意味着什么。

八

不要问我是什么时候意外地堕入睡眠的，也不要问我随后发生的事有多少是纯粹的梦境。如果我告诉你我在某个时刻醒来，并且听到和看到了某些东西，那你只会说，我那时还没醒，一切都是梦，直到我冲出农舍，跌跌撞撞进入车棚那一刻，我在那里看到那辆老式福特车，立即跳上车，疯狂而漫无目标地开过闹怪的群山，一路颠簸和蜿蜒穿越幽幽森林的迷宫长达数小时，终于到达一个村庄，原来就是汤士亨德。

当然，你也会对我的报告中的其他一切内容抱有怀疑，并声称所有的照片、唱片声音、圆筒机器声以及相关的证据均是失踪的亨利·埃克利纯粹在欺骗我而已。你甚至会暗示，他伙同其他几个古怪的家伙上演了一出精心策划的愚蠢骗局——是他让人在基恩把特快邮件拿走，也是他让诺伊斯制作了那张吓人的蜡质唱片。不过，诺伊斯一直没被人认出，埃克利住处周围的村子里人们都不认识他，这是很蹊跷的，尽管他一定经常在该地区出没。如果我当时停下来记住他的车牌照号就好了——也许还是不记为好。尽管你说什么都行，有时我对自己说什么也都行，但我知道讨厌的星外来客一定潜伏在鲜为人知的群山中——同时，它们在人间有间谍和密使。远离这些星外来客和密使是我今后人生中追求的唯一目标。

听了我的疯狂故事，县治安官派了一队警察到农舍去，可埃克利却已无影无踪。他宽松的晨衣、黄色围巾和脚上的绷带放在书房角落里安乐椅旁的地板上，无法判断他的其他衣服是不是随他一起消失了。狗和家畜的确不在了，房子外面和某些内墙上有一些奇怪的子弹孔，但此外再也探测不出任何异常。没有圆筒和机器，我旅行包里带来的证据均不见了，没有古怪的气味或振动感，路上没有脚印，我最后瞥见的那些有问题的东西也一概没有了。

我逃出来之后，在布拉特尔伯勒待了一个星期，向认识埃克利的各色人等进行询问了解，结果使我相信，这件事根本不是梦境或幻想。埃克利购买狗、弹药和化学品的怪事，以及他的电话线被割断均有案可查，而所有认识他的人——包括他在加利福尼亚的儿子——承认说，他偶尔有关怪异研究的那些话具有某种连贯性。一些体面的公民认为他疯了，并毫不迟疑地声称，那些证据不过是用疯狂又狡猾的手段所设计的骗局而已，也许是受了怪癖的同伙唆使，然而，地位较低的乡民们认可他所说的每个细节。他曾给一些乡民看过照片和黑石头，为他们放过那张可怕的唱片，他们都说，脚印和嗡嗡的说话声与古代传说里的描述很像。

他们也说，埃克利发现了黑石头之后，人们在他住房周围注意到可疑的现象和声音的次数越来越多，除了邮递员和其他大胆随便的人，如今人人都避开这个地方。黑山和圆山是两个臭名远扬的闹怪地点，我找不到任何深入探索过这两地的人。在该地区历史上，当地人偶尔失踪也是确有其事，包括流浪汉沃尔特·布朗，埃克利的信中曾提到过此人。我甚至碰到一个农民，他认为在洪灾时自己曾在涨水的西河里亲眼瞥见一个怪物，但他的故事过于混乱，不足为信。

当我离开布拉特尔伯勒时，我决意再也不回佛蒙特来了。那些野山肯定是一个可怕的宇宙物种的前哨——自从读到人类已发现海王星以外的第九颗新星之后，我就更加确信了，那些天外来客就曾经说过这颗新星会被发现的。天文学家把这颗星命名为"冥王星"。我想，它无疑就是黑暗的尤格斯星球——当我设法弄明白这个星球的可怖土著人希望地球人在这一特殊时刻以这种方式发现它的真正原因时,我不禁打了个冷战。我试图安慰自己,这些怪诞生物不会逐步对地球及其正常居民采取什么有害的新政策的,但那是徒劳。

不过,我还得交代一下那个可怕夜晚在农舍里的最后结局。正如我说过的那样,我终于不踏实地打起盹来,其间充满着可怕的梦境片段。是什么把我弄醒了,我说不准,但是,我确实在某个特定时间点醒来,这是肯定的。我的第一个模糊印象是房间外走廊的地板发出嘎吱声,还有笨拙地摸索门闩的闷闷的声音。然后,这声音几乎一下子停止了,而我真正清晰的印象是从听到楼下书房传来的说话声开始的。似乎有几个人说话,我判断他们正在进行争论。

我听了几秒钟之后,就完全醒了,这说话声使得一切睡觉的想法变得荒唐可笑。说话声的语调在奇怪地变化,凡听过那张被诅咒的唱片的人都不会怀疑至少有两个声音。我的想法很可怕,但我知道我与来自无底空间的无名怪物在同一个屋顶下,因为那个声音无疑是外星人用来与人类交流的嗡嗡之声。两个声音各不相同——在音高、重音和节奏方面不同——但都很讨厌。

第三个声音无疑是机械的发音——与圆筒中的无头大脑相连的机器发出的。同确定那个嗡嗡声一样,这个机械声也是没有什么疑问的,因为前一个晚上那个大声的、金属的、无生命的嗓音,加上无变化、无表情的刮擦声和格格声,以及不带个人感情的精确和从容,都令人难以忘却。有一段时间我停下来去想:在刮擦声后面的那个智慧生命是不是上次与我谈话的同一个?但我很快意识到,任何大脑如果接到同一个发音机器上,只会发出同样质地的声音来,其唯一差别在于语言、节奏、速度和发音。为完成这场怪异的谈话,确实还有两个人类的嗓音——一个显然是不知名的乡下男子的粗鲁言语,另一个是我之前的向导诺伊斯文雅的波士顿口音。

当我试图听清被厚厚的地板隔音挡住的谈话时,我也意识到楼下房间里有许多骚动、刮擦和拖地的声音,因此我不能不得出这样的推断:房间里充满了活的生物——比我能辨别出声音的人数要多得多。这种骚动的确切性质极难描述,因为可供比喻的依据很少。那些东西似乎像有意识的实体一样不时地在室内来来去去,脚步着地的声音有点像一种松散的、踩在硬面的得得声——有如角质物或硬橡胶不协调地接触表面的声音。如果要用一种更具体但不太精确的比喻的话,好比人们穿着宽松的、有碎纹的木头鞋子在光亮的木地板上拖地走动而发出的格格声。至于发出这种声音的生物的性质和外貌,我并不想推测。

不一会儿,我发现自己不可能分辨出任何连贯的话语来。孤立的词——包括埃克利和我的名字——不时地浮上来,尤其是当机械发音器说话的时候,但其真正的含义我却猜不出来,因为缺乏连续的上下文。

今天，我不愿意对这些话做什么确定的推论，它们对我的可怕影响是一种暗示，而非揭示。我可以肯定，楼下正在召开一次可怕而异常的秘密会议，至于是出于什么惊人的目的，我无法断定。奇怪的是，我充分而明确地感到一种恶意和渎神的存在，尽管埃克利曾向我担保外星人的友善。

通过耐心的聆听，我开始清晰地辨出声音，即使我不太明白哪一个嗓音说了什么。我似乎抓住了一些说话者背后的典型情绪。例如，嗡嗡声之一有一种明白无误的权威语气，而机械声，尽管具有打造的响亮度和规范性，似乎是处于一个从属和哀求的地位。诺伊斯的语调则溢出某种妥协的气氛。其他的声音我就无法解释了。我没有听到埃克利那熟悉的耳语声，很显然，这样的声音永远也无法穿过我房间那结实的地板传上来。

我试着记下一些不连贯的词语和我听到的其他声音，尽可能标明说话者。我是从发音机器中首先听清了几个可识别的短语。

(发音机器)

"……我自作自受……寄回信件和唱片……结束它……受骗了……看到和听到……去你妈的……毕竟是非人力……新鲜、发亮的圆筒……上帝……"

（第一个嗡嗡声）

"……该停止了……小小的人类……埃克利……大脑……说……"

（第二个嗡嗡声）

"那拉索台普……威尔马思……唱片和信件……卑劣的冒名顶替……"

（诺伊斯）

"……（一个无法发音的词或名字，可能是那－克逊）无害……和平……一两个星期……戏剧性的……以前告诉过你……"

（第一个嗡嗡声）

"……没有理由……原先计划……效果……诺伊斯可以监视圆山……新鲜圆筒……诺伊斯的汽车……"

（诺伊斯）

"……好……全是你们的……下面这里……休息……地方……"

（几个声音同时说着无法分辨的话）

（许多脚步声，包括奇特、松散的挪动或格格走动）

（一种古怪的拍打声）

（汽车发动和远去的声音）

（寂静）

那就是我的耳朵所能听到的内容，当时我僵直地躺在闹怪的农舍二楼陌生的床上，四周是鬼影丛山——我和衣而睡，右手紧握左轮手枪，左手抓着手电筒。我说过，我已经完全清醒了，然而，有一种朦胧的麻痹使我动弹不得，直到那些声音的最后回声消失后许久，我听到远处传来古老的康涅狄木钟从容的嘀嗒声，最后听清了一个沉睡者不规则的打鼾声。埃克利在奇怪的会议后一定打盹了，我相信他需要打盹。

想什么或做什么不是我能决定的。毕竟，除了以前的信息可能令我期待的东西以外，我还听到了什么呢？难道我不知道那些无名的外星人现在自由地进出农舍吗？毫无疑问，埃克利因它们的不速造访而感到惊讶。那些谈话片段中的某些东西令我不寒而栗，升起了最怪诞、最可怕的疑云，我热切希望我能醒来，证明一切是个梦。我想，我的潜意识一定掌握了某些我的意识尚未掌握的东西。可埃克利怎么样了？难道他不是我的朋友？如果有什么东西企图伤害我，难道他不会抗议吗？楼下那安详的打鼾声似乎正对我突然增强的恐惧投来嘲笑。

是不是有这个可能，埃克利被欺骗，被用作诱饵，通过信件、照片和唱片把我引入山中呢？是不是因为我们两个人知道得太多，那些外星生物打算把我们俩同时毁灭呢？我再次想到，在埃克利的倒数第二封信和最后一封信之间，这段时间形势发生的变化有许多突兀和不自然之处。我的直觉告诉我，有些事出了大错。一切并非都是表面那个样子。我拒绝饮用的那杯苦涩咖啡——难道不是某个隐藏的未知生物试图在里面下药？我必须马上与埃克利谈话，恢复他的正常神志。它们用宇宙启示的诺言迷惑他，但现在他应该听从理性。我们必须及早逃脱。如果他缺乏奔向自由的意志力，我来给他。如果我劝不动他，我至少可以自己走。他肯定会让我开他的福特车，用完后停到布拉特尔伯勒的一个车库里。我已经注意到车就在车棚里——他认为危险已过去而未上锁——我相信，这是一个随时可以使用的好机会。昨晚谈话时以及随后我对埃克利的暂时性厌恶，现在已经烟消云散了。他与我的处境颇为相似，我们必须团结一致。我知道他身体有病，不愿意在这个时候叫醒他，但我必须这样做。按现在这种情况，我不能在这个地方待到早晨。

终于，我感到能够行动了，于是用力伸展手脚，以便恢复对肌肉的控制。我谨慎地爬起来，找到我的帽子，把它戴上，拿起旅行包，借助手电筒的亮光开始下楼。紧张之中，我右手紧握左轮手轮，左手同时拿着旅行包和手电筒。为什么要采取这些防范措施我也不知道，我只是准备去叫醒房子里另一位居住者。

当我半踮起脚尖走下嘎吱作响的楼梯,到达下面的走廊时,我可以更清楚地听见沉睡者的声音,注意到他一定是在左边的房间——我没有进去过的起居室。右边是黑咕隆咚的书房,我刚才还听到那里面有谈话声。推开起居室未上锁的门,我用手电筒照出一条路,向打鼾的地方循声而去,终于将电筒的亮光照到了沉睡者的脸上。然而,我一下子慌张地将脸转开,开始像猫一样后退到走廊里,这一次我的谨慎来自本能,同时也来自理智。因为睡椅上的沉睡者根本不是埃克利,而是我之前的向导诺伊斯。

实际情况究竟是怎么回事,我无从猜测,但常识告诉我,在不惊醒任何人的前提下尽量把事情弄清楚才是最安全的。回到走廊后,我悄悄随手关上起居室的门,从而减少惊醒诺伊斯的可能性。现在,我小心地进入黑洞洞的书房,指望在那张显然是埃克利最喜欢的休息角落里的椅子上能找到他,不管是睡着或醒着。当我向前迈步时,我的手电筒的亮光照到了屋子中央的大桌子,上面有一只可怕的圆筒,连着视听机器,旁边还有一台发音机器,准备随时接上去。我心想,这必定是在开那个恐怖的会议时我听到说话的那个装在圆筒里的大脑。我一时产生了一种反常的冲动,想接上发音机器,看看它会说些什么。

我想,现在它一定意识到了我的存在,因为视觉和听觉附件肯定会发现我的手电筒光线,以及我脚下地板的轻微的嘎吱声。但是,最终我还是不敢摆弄这家伙。我无聊中发现它就是上面贴有埃克利名字的那个新鲜发亮的圆筒,昨天晚上我注意到它在架子上,当时主人叫我别去管它。回想当时,我只能后悔自己胆怯,要是我大胆地让这个装置说话就好了。上帝知道它也许会解答什么神秘之事、可怕的疑问和身份问题!不过,当时我不去碰它或许是对的。

我把手电筒转向我认为埃克利所在的那个角落,但让人困惑的是,那张大安乐椅上没有任何人睡着或醒着。那件熟悉的旧晨衣从座位拖至地板上,附近地板上放着他的黄色围巾和我觉得很怪的巨大的缠脚绷带。正当我犹豫不决,竭力推测埃克利可能在哪里,以及为什么他忽然丢弃了他的病衣时,我发觉屋里没有怪气味和振动感了。那是什么原因呢?我突然想到,只有在埃克利的身边,我才闻得到怪气味和振动感。这种气味和感觉在他坐的地方最强烈,而不在他的房间里或一出他的房门就完全没有了。我停下来,让手电筒的亮光扫过整个黑暗的书房,绞尽脑汁去想事情发生变化的原委。

在手电筒的亮光再次停留在空椅子上以前,我本来是可以悄悄离开、逃之夭夭的。可结果,我离开时并不是悄然无声的,而是发出了一声闷闷的尖叫,这尖叫声一定打扰了——虽然还没有吵醒——走廊对面那个睡着的哨兵。这声尖叫和诺伊斯未被打断的鼾声,是我在那闹怪之山的黑林峰下病态的农舍里听到的最后声音——那地方聚焦着鬼怪的乡土、孤寂的青山和喃喃诅咒的溪流，是一个超宇宙的恐怖所在。

仓皇出逃时，我居然没扔掉手电筒、旅行包和左轮手枪，这真是个奇迹。不知怎地，我没有丢失任何一件东西。我设法离开那幢房子而没有再发出任何声响，拖着疲惫的身体和我的行李安全地进入车棚里的那辆旧福特车，把老车发动起来，在这个无月的黑夜朝着某个未知的安全点前进。随后的驱车经历就像是一篇爱伦·坡或兰波笔下的妄语狂言，或是多雷的画作，但最后我到达了汤士亨德，仅此而已。如果我的神志尚未受损，那算是幸运的。有时候，我害怕以后的岁月会带来什么，尤其是在冥王星被发现之后。

正如我所暗示的，在扫视屋内一圈后，我把手电筒的亮光照回那把空的安乐椅，第一次注意到座位上有某些东西存在，它们被边上那件晨衣的宽松衣褶挡着很不显眼。一共有三件东西，后来调查者来的时候也没有发现。我一开始就说过，那并不是什么实在的恐怖之物。麻烦在于：它们引发人们的推测。甚至现在，我还有半信半疑的时候——人们把我的整个经历归之于梦幻、神经问题和妄想症，对此，我也接受了一半。

那三件东西具有极为巧妙的结构，配有灵巧的金属夹子，可以接到我不敢做任何猜测的有机物上。我希望……虔诚地希望，它们不过是艺术大师的腊制品，不管我的内心恐惧告诉我些什么。天哪！充满病态气味和振动的黑暗中的那个耳语者！是巫师、密使、变幻者、外星人……那个可怕的压抑的嗡嗡声……始终在那个架子上的新鲜发亮的圆筒里……可怜的魔鬼……"了不起的外科的、生物的、化学的和机械的技巧……"

椅子上的东西就是亨利·温特沃斯·埃克利的脸和双手——所有的细微之处都很相似，或者说完全相同。

天外来色

　　阿克罕姆城以西山岭绵延，山谷中有幽深的森林，从来没有被砍伐过。有些阴暗狭窄的峡谷里树木形成一个奇特的坡度，细细的小溪潺潺地流着，照不到一丝阳光。在舒缓的山坡上有古老而多石的农庄，矮矮的、布满青苔的农舍在永恒地思忖着藏在山梁背后的新英格兰旧时的秘密。然而，这些农舍现在都已经人去屋空，粗粗的烟囱纷纷倒塌，低低的复折屋顶之下那石砾面的侧墙危险地凸出来。

　　以前生活在这里的人们纷纷离去，外国人也不愿来这里居住。法裔加拿大人试过，意大利人试过，波兰人来了又走了。这种状况并不是因为可见可闻或拿得起放得下的东西，而是因为某种想象中的东西。

这个地方给人不好的联想，让人夜里做梦也不踏实。外国人不愿来应该只是为了这个原因，因为安米·皮尔斯老头还没有跟他们讲过"奇怪日子"的旧事。好几年了，安米的脑袋还有些迷糊，他是唯一留在这里、也是唯一谈论"奇怪日子"的人。他敢这样做，是因为他的房子靠近开阔的田地和阿克罕姆周围有人通过的道路。

以前有一条公路穿越山岭和峡谷，直接通向现在是天爆荒原的地方。然而，人们不再光顾它，而是新铺了一条路，蜿蜒向南，通往远方。这里重归荒野，但在杂草丛生中仍能依稀看出旧路的痕迹，即使新水库建好、水放得半满后，有些痕迹仍然挥之不去。那时，阴暗的树木被砍倒，水库蔚蓝的水面映照着天空，在太阳的照射下波光粼粼，天爆荒原深深沉睡在水底下。奇怪日子的秘密将融入水底的秘密，融入古老海洋的秘藏传说，融入原始地球的所有奥秘中去。

当我进入这些山岭和幽谷为新水库进行勘察时，人们告诉我这个地方非常邪恶。阿克罕姆人对我如是说。因为它是一座充满女巫传说的老城，我想所谓的邪恶一定是几个世纪以来祖母们向儿童轻声耳语的骇人故事。"天爆荒原"这个名字在我看来也很拗口，太像戏文中的地名，我纳闷它是怎么进入清教徒们的民间传说的。后来，我亲眼见到了西部那个黑谷同斜坡犬牙交错的地方，因此，除了它本身的旧时秘密之外，我不再对别的什么有任何疑惑不解了。正是上午，但这片地方总是阴影幢幢。树长得过于稠密，树干太粗，不适合作为木材。树与树之间的昏暗过道里过于寂静，地皮过于柔软，上面覆盖着潮湿的青苔和数年来树叶杂草腐烂的积层。

在空阔之地，有一些小型的山坡农庄，大多沿着旧公路，有的农庄房屋都还竖立着，有的还剩一两栋房屋，有的则只剩下一个孤独的烟囱或正在很快被填满的地窖。野草和荆棘旁若无人地生长着，鬼鬼祟祟的野生动物在矮树丛中出没，发出窸窸窣窣的声音。每样事物上面都蒙着一层躁动和压抑的薄雾，似乎显得有些不真实和怪诞，仿佛透视和明暗对照原理的某些关键元素被歪曲了。我明白为何外国人不愿住在这里，因为这种地方确实无法让人入眠。它太像萨尔瓦托·罗萨的风景画了，也太像恐怖故事中某幅被禁止打开的版画了。

然而，所有这一切都还没有天爆荒原那样糟糕。我在一个宽阔的山谷底部偶然见到这片荒原时，一瞬之间我就知道这就是天爆荒原，因为再没有其他名称适合这个地方，也没有其他地方可以被冠以这样的名称。似乎是诗人目睹了这个地方后才造出了这个词语。我边看边想，这肯定是一场大火后留下的产物，这方圆五英亩的灰色废墟，就像在丛林和田地中间被酸溶液啃出来的一个大黑点，面朝天空裸露着，这片荒原上怎么不再生长新的植物？它大部分都位于旧公路的北侧，小部分侵入了另一侧。我不愿意靠近这片荒原，仅仅出于公务需要才不得不穿行而过。这是一片宽阔的不毛之地，上面只有一些细细的灰色的尘土或灰烬，似乎也不会随风飞扬。附近的树木也是病恹恹、生长不良的样子，边缘的树已死去，树干有的还直立着，有的倒地腐烂了。我匆匆走过时，看见我的右侧有一堆旧烟囱倒塌的砖石和一个地窖，还有一口废弃的水井像打哈欠一样张着黑黑的嘴巴，它冒出的蒸汽与阳光的颜色玩着奇怪的恶作剧。相比之下，即使远处长长的、黑色的林地藤蔓也让人感到舒服。我不再对阿克罕姆人胆怯的耳语感到惊奇了。附近没有其他房子或废墟，甚至在过去，这个地方肯定也是孤寂偏僻的。薄暮时分，我害怕重新经过那个不祥之地，绕道经由南部的那条公路步行回到城里。我模模糊糊地希望会有一些云块聚拢来，因为在我的灵魂深处，对头顶上空空荡荡、深不可测的蓝天产生了一种奇怪的胆怯感。

晚上，我向阿克罕姆的老人们询问天爆荒原的事，以及许多人含糊其词地提到过的"奇怪日子"究竟是什么。但是，得不到满意的答案，只是得知这件神秘之事发生的时间比我想象的要近得多。它并不属于古老的民间传说，而是那些人有生之年中所发生的事。这件事发生在十九世纪八十年代，有一户人家失踪或者被灭门了。说的人不肯再详尽一些。由于他们都叫我不要理睬安米·皮尔斯老头说的疯话，我反而第二天上午就去找他了。听说他独居在那个树木刚开始变得稠密的地方——一座古老的、摇摇欲坠的农舍里。这是个古老得令人害怕的地方，已经开始渗出经常笼罩在年份太久的房子内外的那种瘴气味道。我拼命地敲门，才唤醒了那位老人。当他步履蹒跚地来开门时，可以看出他对我并不欢迎。他没有我估计的那么羸弱，眼睛奇怪地低垂着，褴褛的衣衫和白白的胡须使他显得精疲力竭、郁郁寡欢。

我不知道怎样开头才能让他爽快地讲出故事，于是就装出一派公事公办的样子，告诉他我在为水库进行勘察，并含糊地问了几个关于这个地区的问题。他比我原来听说的要聪明得多、有教养得多。他不像我认识的那些住在附近的粗汉子。他没有抱怨方圆几英亩的老林和农田将被掘掉，不过，要不是他家位于未来水库的界线之外，也许他也会抱怨的。他表现出来的是如释重负的感觉，为他一辈子徜徉其间的、阴暗的古老山谷的末日而如释重负。它们最好现在就埋入水底，最好从奇怪日子起就已埋入水底。这样开头后，他嘶哑的嗓音变低了，身体朝前倾，右手的食指开始哆哆嗦嗦地指点起来，让人难忘。

我就是这样听到了这个故事。他用轻轻的、咝咝的声音漫无边际地讲述着，尽管是朗朗夏日，我不禁一次又一次地打起寒战。我不时打断他，对他欠缺了解的科学常识加以补充完整，或者在他的逻辑和连续性断链时接上其中的断层。他讲完后，我不再纳闷他的精神为什么有点崩溃，也明白了阿克罕姆人为什么不愿意多谈天爆荒原的事。

我在日落之前匆匆赶回饭店，不愿等星星出来照耀着我在野外走路，第二天我就回到波士顿去辞职。我无法再回到那片老林和山坡的昏暗的混沌中去，也无法再次面对那片灰黑的天爆荒原，面对那些倒塌的砖块和石头旁张着大嘴打哈欠的黑井。水库不久就要开工了，那些陈旧的秘密都将安全地埋在水底深处。但即使到那时，我想我也不会在夜里去那个地方，至少不会在不祥的星星挂在天上时去，还有，给我多少钱我也不会喝一口阿克罕姆城的新水。

安米老头说，一切都起源于那块陨石。在这以前，自从女巫被审判以来，那里根本没有什么耸人听闻的神话传说，即使城西的那些森林也不那么可怕，比不上米斯加托尼克的小岛，那里，魔鬼在一个古老、奇怪的祭坛旁安营扎寨。这些森林并没有闹鬼，在奇怪日子到来之前，森林的黄昏尽管有些古怪，但也说不上恐怖。那天中午，天空出现了白云，空中产生了一连串的爆炸，远处林中的山谷里腾起一柱浓烟。到了晚上，整个阿克罕姆都听说有一块巨石从天上落下，掉在内厄姆·加德纳农庄的水井旁的地上。那幢房子所在的位置就是以后的天爆荒原——内厄姆·加德纳家那幢有肥沃的花园和果园围绕的整洁的白房子。

内厄姆到城里去告诉人们关于石头的事，路上顺便造访了安米·皮尔斯的家。安米那时四十岁，头脑里对神神怪怪的事情记得特别牢。

第二天上午，米斯加托尼克大学的三位教授就在内厄姆和他妻子的陪同下，急匆匆地出发，去察看来自无名星空的不速之客。他们纳闷内厄姆前一天为什么把它说得那么大。内厄姆指着他家前院古旧的井台附近由裂开的泥土和灼黑的草皮圈成的大大的棕色凹塘说，它收缩了。然而，那些智者说，石头不会收缩。陨石的热量顽固地留而不去，内厄姆声称它在夜里发出淡淡的光。教授们用地质锤子敲了敲，发现它的质地竟异常柔软。它的质地确实很软，几乎像塑料一样。他们凿下而不是敲下一块标本带回大学里去做试验。他们从内厄姆家的厨房里借了一个旧桶，因为即使是小块的石头也热得烫手。回去的路上，他们在安米家歇歇脚，安米的妻子说石块在越变越小，并在桶底烧出一个洞来。那几个专家缄口思索起来。那石块真的不大，但也许是带走的石块本来就没有想象的那么大。

第二天（所有这一切发生在1882年的6月），教授们又极为兴奋地出发了。他们告诉安米那块石头标本出怪了，他们把石头放入一个玻璃烧杯后它就完全消失了，烧杯也不知去向。智者们还说，这块怪石与硅有亲缘性。它在那个井然有序的实验室里表现得令人难以置信：在炭上加热时没有任何反应，也显示不出有吸留的气体，在硼砂珠中完全呈阴性，不久就证明它在任何可到达的温度中都绝对没有挥发性，包括氢氧吹火筒里的温度。它放在铁砧上有很好的可锻性，在暗处能发出明显的光芒。它顽固地拒绝冷却。整个校园为之兴奋起来。把它加热后置于分光镜之前,它显示的光带与正常色谱上任何已知的颜色都不一样。人们凝神屏息地谈论着发现了新元素、古怪的光学特性,以及搞科学的人遇到未知事物而疑惑不解时惯常说的那些东西。

尽管石头本身很热,他们还是把它放在坩埚里试验,放上了所有合适的试剂。加水不起作用,加盐酸也一样,硝酸,甚至王水在这块刀枪不入的石头面前只能无奈地发出咝咝的声音,泼溅在一旁。安米在回想所有这些名称时常常犯难,但仍能说出一些常用的溶剂,有氨水、苛性钠、酒精、乙醚、令人作呕的二硫化碳,以及其他十来种溶剂。尽管石块的重量随着时间的流逝而逐步减少,它的温度也似乎在略微降低,但溶剂中并没有什么变化来证明其对石头起了任何作用。但毫无疑问,它确实属于金属。首先它有磁性,将它浸泡在酸溶液里,会出现在陨铁上常见的威德曼斯塔顿图形。当怪石冷却到相当程度时,试验转移到玻璃烧杯内进行。正是这时,他们将陨石标本的所有切片放入玻璃烧杯后就下班回家了。第二天,切片和玻璃烧杯都不翼而飞,只在木架上留下一个焦黑的印子,表明它们曾经所处的位置。

这些都是教授们再次经过安米家时告诉他的。他又一次随教授们去看那个来自星座的石头使者,但这次他妻子没有陪他去。石头现在的的确确是收缩了,即使是神志清醒的教授们也无法对他们的亲眼所见产生怀疑。井边那块不断缩小的棕色大石头周围出现了空地，而且是凹陷下去的，前一天它还有七英尺宽，如今还不到五英尺。石头依然滚烫，智者们用锤子和凿子又凿下一块大一些的石块，然后好奇地研看着它的表面。这次他们用圆凿挖得很深，细看凿下来的石块，发觉它的核心并不是同质的。

他们发现了似乎是嵌在石质中的一个彩色大球丸的侧面。这种颜色与陨石的奇怪色谱中的某些色带相似，几乎无法描述，只是用类比的方法才能称之为颜色。球丸的纹理很有光泽，拍打后感觉既脆又空。一位教授用锤子狠敲了一下，它发出轻轻的"扑"的一声，却没有任何东西喷射出来，但就在打击的一刹那，球丸消失得无影无踪，留下一个球形的空洞，直径约有三英寸。所有人都认为，当包围球丸的物质逐步消耗掉时，会有其他球丸被发现。

猜测是毫无用处的。在通过挖凿试图寻找到更多球丸而未果后，这些研究者又带着新标本走了。然而，这个标本与上一个在实验室里的表现同样令人费解。它几乎像塑料，有热量、磁性、能轻微发光，在强力酸溶液中略微冷却，拥有未为人知的色谱，在空气中会消耗，能攻击硅化合物并互相破坏。不过，除了这些之外，它没有其他什么特征可供识别。在试验结束后，大学里的科学家们被迫承认他们无法说出它的来龙去脉。它并非地球之物，而是浩瀚的外部世界的一块，因此被赋予了外部世界的特性；遵循外部世界的法则。

那天夜里下了一场雷阵雨，第二天教授们赶往内厄姆家后大失所望。那块石头不仅有磁性，而且具备一定古怪的导电特性，据内厄姆说，它"引来了闪电"，而且极具持久性。他在一小时内看见闪电六次击中了前院的垄沟，风停雨歇之后那块石头踪影全无。古老的井台旁只剩一个凹凸不平的大坑，周围的泥土塌陷下去，塞满了半个坑。挖掘也毫无结果，科学家们证实了石块彻底消失的事实。这些教授感到彻底输给了那块石头。现在也没有别的事可做，只有回到实验室，去测试那块被小心地放在铅盒里的石头标本。它正越缩越小，一个星期后消耗完了，也没有让人了解到什么有价值的东西。它消失后，没有留下什么残迹。过了一段时间，教授们几乎都不敢相信他们真的在清醒的时候，亲眼看到了来自天外无垠世界的一缕痕迹，看到了别的宇宙以及别的物质、力量和实体的王国派来的怪异的石头使者。

阿克罕姆的报纸大多由大学赞助，它们自然对这一事件极为重视，派记者去采访内厄姆·加德纳和他的家人。至少有一家波士顿的报纸也派出了新闻记者。内厄姆很快成了当地的名人。他五十岁左右，是个精干、和蔼的人，同妻子和三个儿子住在山谷中舒适的农庄里。他和安米经常来往，他们的妻子也如此。这么多年来，安米对他别无二话，总是一个劲夸奖他。他似乎对他的农庄吸引了那么多人的注意略感自豪，在接下来几个星期里经常谈及那块陨石。那年的7月和8月天气很热，内厄姆在查普曼河对面的十英亩草场上辛勤地割晒干草，马车咔嗒咔嗒，在阴凉的小道上留下深深的车辙。干这点活，他感觉比前几年累多了，毕竟年龄不饶人了。

接着，收获果实的季节到了。梨子和苹果渐渐成熟了，内厄姆信誓旦旦地说，他的果园比以往任何时候更兴旺。水果都长得硕大无比，而且带着异乎寻常的光泽。由于丰收在望，内厄姆特意多订购了一些木桶，以便处理将要采摘下来的水果。然而，随着水果越来越成熟，失望也接踵而至，因为那满树满藤的硕大果实虽说光鲜亮洁，却只是金玉其外，没有一只是可以吃的。梨子和苹果平时的香甜味中串进了苦味和让人恶心的味道。即使咬上一小口，也让人几乎要呕吐，而且这种感觉久久地挥之不去。瓜和西红柿也是如此。内厄姆眼看今年的收成完蛋了，十分伤心。他很善于联系前因后果，宣称是那块陨石毒化了他的土地。感谢上苍，他的其他庄稼都种在公路沿线的高地上。

冬天早早地到了，而且非常寒冷。安米见到内厄姆的次数没有平时多了，他看出内厄姆心事重重。他的家人也开始变得沉默寡言，上教堂或参加乡间的各种社交活动也是隔三岔五的。找不出是什么原因造成了他们的这种淡漠和忧郁，可他们全家人不时地抱怨身体越来越差，而且有一种隐隐的心神不宁。内厄姆说得比任何人都明确：他说他为雪地里的某些足印而不安。那本来是冬天常见的红松鼠、白兔和狐狸的脚印，但这位多思多虑的农夫声称他发现这些脚印的特点和布局不大对头。他并没有说得很具体，但看来是认为这些脚印不太符合松鼠、白兔和狐狸的生理特征和生活习惯。安米起先对这些话并无兴趣，直到有一天晚上他从克拉克集市回来，乘着马拉雪橇经过内厄姆的家时才改变了态度。那晚天上挂着明月，有一只兔子穿过公路，它跳跃的步幅很大，令安米和他的马感到不自在。要不是他紧紧拉着缰绳，马几乎已经逃走了。自那以后，安米开始重视内厄姆讲的故事，并且纳闷内厄姆家的狗为什么每天早晨那样畏畏缩缩、颤抖不已。它们几乎已经没有精神去吠叫了。

2月，草原山庄麦格雷戈家的男孩们出来打土拨鼠，在离加德纳家不远的地方抓获了一只异乎寻常的土拨鼠。它身体的比例似乎用一种无法描述的奇怪方式略微地改动过了，而它的脸部表情人们从来没有在别的土拨鼠脸上见过。男孩们真的害怕了，赶忙扔掉了它，所以乡民们只是耳闻了他们叙述的怪事。然而，马匹一走近加德纳的房子就会惊逸，则已经是一个不争的事实。这些都足以成为人们耳语相传的神鬼故事的材料了。

人们发誓说，内厄姆家周围的雪比其他任何地方都要融化得快。3月里，人们在克拉克集市的波特百货店充满敬畏地讨论着一件事。

史蒂芬·赖斯那天上午驱车经过加德纳农庄，看到公路对面林边的淤泥地里长出了臭菘。人们从来没见过这么大的臭菘，而且它们的颜色非常奇怪，无法用语言来描绘。它们的形状稀奇古怪，还发出一种史蒂芬从未闻过的气味，而他的马儿闻到后打了个喷嚏。下午有不少人也开车去看那片奇怪的植物，都一致认为那样的植物永远也不应该在健康的世界里生长。去年秋季水果变味的事人们也频频提及，口口相传说内厄姆的土地里有毒。那当然是陨石干的。想起大学里的教授们曾研究过那块奇怪的石头，几位农民就向他们汇报了这件事。

一天，教授们来拜访内厄姆，不过，他们不喜欢不着边际的道听途说和民间传说，因此在推论时相当保守。臭菘固然很怪异，但所有臭菘的形状和颜色都或多或少有些奇怪。也许陨石中确有某些矿物质进入了泥土，但不久就会冲刷掉的。至于那些脚印和受惊马匹的事——当然，这些都是天上掉陨石这样的事情必然会引发的乡民传言。对这些不着边际的闲话，正经人不用在意，因为朴素而迷信的乡下人什么话都会说、都会相信。因此，在那段奇怪的日子里，教授们一直都对此鄙夷地置之不理。只有一位教授在一年半以后收到警察交给他的两小瓶尘土做分析时才回忆说，那臭菘的奇怪颜色非常像大学实验室里那块陨石标本在分光镜里显示的异常色谱，也接近嵌在陨石中的松脆球丸的颜色。在这个分析案例中的尘土样本起先也显示出那种奇怪的色谱，但后来这种特性就消失了。

内厄姆家周围的树木过早地爆出了花蕾，夜晚在风中不祥地摇曳着。内厄姆的儿子撒迪厄斯，一个十五岁的小伙子，发誓说没有风的时候树也在摇动。然而，即使那些爱传闲话的人也不敢相信这种说法。当然，空气中充满了惶恐不安。加德纳全家都养成了偷偷摸摸倾听的习惯，尽管他们不能清楚地说出听到了什么声音。实际上，那种倾听是在几乎失去知觉的瞬间所表现出来的产物。不幸的是，这样的瞬间一星期比一星期多了，后来人们随口就说："内厄姆全家人有点不对头。"第一批虎耳草长出来时是另外一种奇怪的颜色，尽管与臭菘的那种颜色不是很像，但见过这两种植物的人都可以看出两种颜色有某种联系，而且同样是见所未见的。内厄姆摘了些花带到阿克罕姆，给《公报》的编辑看，但那位老爷只是写了篇关于这些花的幽默小品，对乡下人的深切恐惧进行了礼貌的揶揄。内厄姆将一些长得特别大的黄缘蛱蝶在这些虎耳草上的特殊表现告诉了这个顽固的城里人，而这显然是又一个错误。

4月，乡民们似乎染上了某种疯病，开始不再从内厄姆家门口的公路上通过，进而使这条公路完全被废弃。起因还是那些植物。所有的果树都开出了奇怪颜色的花朵，院子坚硬的泥土和附近的草场上都长出了一种怪异的东西，只有植物学家才能将它们与这个地区的某种花草对上号。除了绿草和绿叶外,那里看不见正常的颜色,到处都是某种病态的原色匆忙混成的、好像在棱镜中看到的变体,在地球上已知的各种颜色中找不到它们的位置。兜状牡丹成了邪恶的东西,血根草以变态的色彩蛮横地生长着。安米和加德纳一家都觉得这些颜色大多给人挥之不去的似曾相识的感觉,让人联想到陨石中松脆的球丸。内厄姆耕种那十英亩草地和高地上的田块,却让他家周围的土地荒芜着。他知道种什么都没有用,希望夏天长出的各种植物能将土地里的毒气吸干净。现在,他对什么都做好了心理准备,已经习惯了感觉身旁有什么东西在等着让他听见。邻居们刻意避免到他家来,这当然令他不快,而他妻子更加难以接受这一事实。儿子们每天都上学,倒还可以,但也忍不住对人们的传言感到惊恐万分。撒迪厄斯心性尤其敏感,因此受的折磨也最厉害。

5月昆虫出现了,内厄姆的农庄成了嗡嗡乱鸣和四处乱爬的梦魇。大多数虫子的形态和活动都异乎寻常,它们惯于夜间出没,这与人们以前的经验完全相反。加德纳一家养成了夜里观看的习惯,漫无目的地向各个方向观看,寻找着什么——但说不清是什么东西。到了这时,他们才承认撒迪厄斯所说的关于树的事是真的。加德纳夫人是第二个发现这一怪事的人。她从窗口探出头去,就着皎洁的月光看枫树肿胀的躯干。树干确实是动了,而且当时并没有风。这肯定是由树液造成的。

任何会生长的东西都变得奇怪。不过,下一个秘密并不是由内厄姆的家人发现的。因为习以为常,他们已经变得麻木了,而他们没有看见的东西却让来自博尔顿的一个腼腆的风车推销员瞥见了。他对乡下的民间传说一无所知,一天夜里赶着车经过这里。他到阿克罕姆后对别人讲的事被写成一篇短文,刊登在《公报》上。所有的农民,包括内厄姆,都是先从《公报》上得知此事的。那天夜里天很黑,马车灯光昏黄,但山谷中一个农庄(从他的叙述中,大家都知道那一定是内厄姆的农庄)周围没那么黑暗。所有的植物、草、叶子和花朵似乎都在发出一种微弱却清晰的光芒,在某一瞬间有一片磷光单独飞离出来,在院中仓房旁边鬼鬼祟祟地颤动着。

绿草至今为止似乎还没有遭殃,奶牛在屋子周围的草地上自由地吃草,但到 5 月底牛奶开始变质。内厄姆将奶牛赶到高地去,这样问题就消失了。不久之后,草和树叶的变化就是肉眼也看得清楚了。所有新绿的嫩叶都变成灰色,而且在变得异常松脆。安米是现在唯一还去他家拜访的人,而他拜访的次数也越来越少了。学校放假后,加德纳一家几乎与外界隔绝了,有时也让安米替他们去城里办点杂事。他们的身体和神志都在令人费解地恶化,加德纳夫人发疯的消息悄悄传开时,甚至没有人感到惊讶。

这事发生在 6 月,大约是陨石坠落一周年的时候。那个可怜的女人尖叫着说空气中有东西,又说不清是什么东西。她叫嚷的话中没有一个实义的名词,只有动词和代词。有东西在移动、在变化、在扑腾,耳朵旁震颤着的并不是完整声音的脉动。有什么东西被带走了——她在流失掉什么东西——有什么不该有的东西附在她身上——有人必须把它赶走——夜色里没有什么是静止的——墙壁和窗户都在移动。内厄姆没有将她送到县里的疯人院去,只要她不对自己和别人造成伤害,就任由她在家里到处游荡。即使她脸上的表情变了,他也没有采取行动。然而,当孩子们开始害怕她,当撒迪厄斯差点被她做的鬼脸吓晕过去时,他决定把她关在阁楼里。到7月,她不再说话,用四肢在地上乱爬。那个月还不到月底,内厄姆几乎发疯地认定她在黑暗中会微微发光,就像他现在能够清清楚楚地看见附近的植物在发光一样。

在此前不久,马匹们开始惊蹿。夜里有什么东西把它们惊醒了,它们在马厩里嘶鸣着、踢腾着,景象十分可怕。几乎没有任何办法使它们安静下来。内厄姆刚打开马厩门,它们就像受惊的林中小鹿一样夺门而出。他花了一个星期才找到所有的四匹马,但它们已经毫无用处、无法控制了。这些马像头脑中断了某根神经一样,只好把它们都射杀了事。内厄姆向安米借了一匹马用来储运干草,却发现那匹马不愿靠近仓房。它退缩着,犹豫着,嘶鸣着,到头来他无可奈何,只好将它赶到院子里。他和儿子们用人力将沉重的草车推近干草棚,以便扔草方便些。植物在不断地变成灰色，并且发脆。即使是有着奇怪颜色的花现在也在发灰，果树上长出来的水果是灰色的，像侏儒一样，而且毫无味道。紫苑和黄菊花开出的花朵是灰色的，还变了形状。前院的玫瑰和百日草、蜀葵都长着一副渎神的模样，内厄姆的大儿子泽纳斯将它们砍掉了。奇怪地膨胀起来的昆虫大约在这时开始死亡，即使是那些离开了蜂巢、习惯生活在林中的蜜蜂也在死去。

到9月，所有的植物很快碎成一种灰色的粉末。内厄姆害怕还没等毒素全部从泥土中消散，树木都要死掉了。他妻子现在会发出一阵阵可怕的尖叫，他和儿子们一直处于精神紧张之中。他们开始躲避人群，开学后孩子们也没有去上学。然而，安米在他对内厄姆家为数不多的造访中，首先意识到他家的井水变质了。这种水的味道很邪乎，既不是发臭，也不完全是变咸。安米劝他的朋友到高一点的地上去再挖一口井，等这边的土壤转好后再换回来。但内厄姆对这份劝告置之不理，因为他到现在为止对奇怪和令人不快的东西已经麻木不仁了。他和孩子们继续使用那不洁的井水，索然无味地、机械地喝着，正如他们吃着那数量很少、做得也不好吃的饭菜，做着那无用的、单调的杂活，漫无目的地度日。他们听任命运的安排，似乎半个人已经到了另一个世界，走在无名的卫士队列之间，走向必然的、熟知的末日。

撒迪厄斯在9月去了水井一趟，回来后就发疯了。他去时带了个桶，却是空手回来的。他一边锐声尖叫一边挥着胳膊，有时要么无由地傻笑，要么轻声地嘀咕"井下有颜色在移动"。一家人疯了两个，够糟糕的了，但内厄姆对此表现得很勇敢。他让儿子游荡了一个星期，等他开始走路跌跌撞撞、会伤到自己了，就把他关进阁楼他母亲对面的房间里。两人在上了锁的门后互相尖叫，令人毛骨悚然。小儿子默温尤其害怕。他猜想，他们俩是在用一种不属于这个地球上的可怕语言交谈。默温的脑海里充满了恐怖的想象。二哥一直是他最好的玩伴，如今也给关起来了，这更加剧了他的烦躁不安。

几乎在同时，牲畜开始死亡。家禽变成了灰色，很快死掉了，切开来的肉又干又臭。猪无休无止地长胖，然后就产生可怕的、没人能够解释的变化。猪肉自然也毫无用处了，内厄姆简直束手无策。农村的兽医都不愿走近他的农庄，从阿克罕姆来的城里兽医也公开表示无能为力。猪开始发灰、发脆，浑身开裂，然后逐个死去，它们的眼睛和口鼻产生了极其异常的变形。这是无法解释的，因为他从来没有用那些变质的植物去喂过这些猪。接着，奶牛又中了邪。某些部位、有时是整个躯体不可思议地皱缩或被压扁，瘫倒或解体的奶牛屡见不鲜。在最后阶段，奶牛同猪一样，都变灰、变脆，其结局总是死亡。不存在下毒的问题，因为这些事都发生在锁紧的无人打扰的仓房里。也不会有觅食的动物咬啮而传播病毒，地球上有什么活的动物能够穿过固体的障碍物呢？这肯定是一种天然疾病——但什么样的疾病能够造成这么严重的后果，是任何人也猜测不到的。当收获季节到来时，农庄上已经没有一只活的动物，牲口和家禽都死了，狗也跑了。三条狗在一天夜里不辞而别，再也没有音信。五只猫不久前也离去了，不过，几乎没有人留意它们的去向，因为现在也没有老鼠了，而且以前只有加德纳夫人把这些优雅的小猫当成宝贝。

10月19日，内厄姆步履蹒跚地走进安米家，带来了噩耗。死神找上了关在阁楼里的可怜的撒迪厄斯，但他的死亡方式是不可告人的。内厄姆在农庄后面有围栏的家族墓地里挖了个坟，将他在阁楼里找到的东西放了进去。阁楼里的这些东西不可能是外来的，因为那个上闩的小窗户和上锁的门都完好无损。然而，事情同在仓房里发生的一模一样。安米同他妻子尽其所能安慰哀伤欲绝的内厄姆，但一边安慰一边自己也哆嗦起来。恐怖之神似乎附在加德纳家人以及他们所接触的东西上了，家中每一个身影仿佛都充满了从不可名状的地方飘来的气息。安米极不情愿地陪内厄姆回家去，竭力使哭得歇斯底里的小默温安静下来。泽纳斯不需要别人安抚，他近来经常什么也不干，就是瞪着眼发呆，或者他父亲拨一拨，他才动一动。安米心想，泽纳斯的命运倒是一种福气了。默温的尖叫不时引来阁楼上的轻声回应。看到安米询问的眼神，内厄姆说他妻子越来越虚弱了。夜幕降临之前，安米设法脱了身,当植物开始发出微光,树在无风的时候摇动或没有摇动,就连友情也无法让他继续留在那里。对安米来说,幸运的是他没有更丰富的想象力。即便如此,他的脑子也有些不太正常了。不过,假如他有能力将身边所有的凶兆联系起来加以思索的话,他毫无疑问会变成一个不可救药的疯子。在暮色中他匆匆赶回家去,那疯女人和神经质的孩子的尖声哭叫犹在耳畔可怕地回响。

三天以后,内厄姆一大清早闯进安米的厨房。男主人不在,他结结巴巴地又说了一个绝望的故事,而皮尔斯夫人是战战兢兢地听他说完的。这次是小默温不见了。他在深夜里拿着灯笼和桶去打水,再也没有回来。在此之前,他已经一连好几天神不守舍,几乎不知道自己在做什么,看到什么都要惊叫。当时院子里传来了一声惊恐的尖叫,但还没等父亲奔到门口他已不见了。他带着的灯笼没有亮光,孩子也不见踪影。当时内厄姆以为灯笼和桶也不见了,但在天明时分,内厄姆到林子和田地里寻找了一整夜后拖着沉重的双腿走回来,在水井边看见了一些奇怪的东西。有一堆被压扁而且显然有些熔化的铁片,肯定是那只灯笼的遗骸,在它旁边有一个弯掉的手柄和扭曲的铁环,都是熔化了一半,似乎在表示它们曾经是那只水桶的一部分。整个故事就是这样。内厄姆已经不敢再作什么想象,皮尔斯夫人头脑里一片空白。安米进屋后也听到了这个故事,他也猜不出个所以然来。默温已经不见了，到处跟人讲这个故事也没什么用处，因为周围的人本来已在躲避加德纳一家了。告诉阿克罕姆的城里人也没用，他们嘲笑一切。撒迪厄斯走了，默温也走了。有些东西在蠕动、蠕动，等着让人看见或听见。内厄姆不久也会走的。他要安米照看他妻子和泽纳斯，假如他走在他们之前的话。这一切肯定是上天的某种安排。不过，他猜不出是为什么，因为他认为自己为人处事一向是正正派派的。

安米有两个多星期没有见到内厄姆。他担心出了什么事，于是就克服了恐惧心理，到加德纳家去一趟。他家那高大的烟囱没有冒烟。安米顿时害怕是不是发生了最糟糕的事情。整个农庄的情形令人震惊：地上满是灰不溜秋的枯草和叶子，藤蔓变成松脆的枯枝，从古老的墙壁和屋脊上落下，光秃秃的大树像伸着爪子，饱含处心积虑的恶意，指向11月的灰色天空。安米不由得觉得这种恶意来自树枝微妙的倾斜变化。不过，内厄姆毕竟还活着。他很虚弱，躺在天花板很低的厨房的靠椅上，可还有知觉。房间如死一般阴冷，主人见安米冷得发抖，便用嘶哑的声音喊泽纳斯去添点木柴。确实十分需要加木柴，因为那张着大嘴的壁炉没有生火，里面空空如也，从烟囱吹下来的寒风刮起的炉灰到处飞扬。过一会儿，内厄姆问他壁炉里加了点木柴后他有没有暖和一些，这时安米才看清发生了什么事。最结实的琴弦也终于断了。不幸的内厄姆现在神志不清，倒也可以省掉更多的悲伤。

安米策略性地提了些问题，但对泽纳斯失踪之事仍问不出个所以然。"在井里——他生活在井里——"这位神志模糊的父亲只会说这些。然后，来访者的脑海中突然闪过那个疯女人的名字，他就改变了询问的路子。"娜比？嗯，就在这里嘛！"可怜的内厄姆惊讶地回答道。安米很快就明白他得自己去找了。他让内厄姆靠在躺椅上无害地嘟囔着，自己取下门旁钉子上挂的钥匙串，踩着嘎吱嘎吱的楼梯爬上阁楼。阁楼很狭窄，散发着恶臭，静静的没有任何声音。有四扇看得见的门，其中只有一扇上了锁。他试了钥匙串上各把钥匙，试到第三把时打开了锁。在经过一番摸索之后，安米推开了低低的白色房门。

屋内很暗，因为窗户很小，而且被粗糙的木窗棂挡住了一半的光线。安米看不见铺着宽木板的地上有什么东西。那恶臭味根本无法忍受，没等再往前跨步，他就退到另外一个房间，往肺中吸满了可以呼吸的空气后再回来。他走进这个房间之后，看到角落里有一个黑乎乎的东西，待稍微看得清楚一些，他猛地大声尖叫起来。在他的尖叫声响起的同时，他感到有片云一时遮住了窗户，一秒钟之后感觉身体被擦了一下，似乎是一股可憎的蒸汽流。一些奇怪的颜色在他眼前舞动。假如不是恐惧使他变得麻木，他一定会想起那块陨石中用地质锤敲出来的球丸，以及春天里冒出来的病态的植物。此时，他脑子想的只是此刻在他面前的不洁的怪物，显而易见，她也遭受了年轻的撒迪厄斯和牲畜们的无名命运。但尤为可怖的是，她一边皱缩，一边还在缓慢而明显地移动。

安米不愿告诉我关于这个场景的更多的细节。他在叙述中也没再提那角落里的怪物在动。有些事情是无法明讲的，以正常的人性做出的事情往往会得到法律残忍的审判。我推想，那个阁楼房间里没有再留下会动的东西。倘若将能够活动的东西留在那里置之不理，这种行为会让一个负责任的人承受永久的折磨。假如他不是感觉迟钝的一介农夫，早就晕厥或发疯了。然而，安米清醒地走过那道低低的房门，将那个值得诅咒的秘密锁在他身后。现在还有内厄姆要处理，此人必须吃点东西，收拾一下，然后搬到一个有人照顾的地方去。

刚开始沿着黑暗的楼梯往下走，安米听到下面传来砰的一声。他甚至认为，有人刚发出一声惊叫，突然窒息地将声音咽了下去。他紧张地回想起刚才在楼上可怖的房间里擦着他身体而过的滑腻的蒸汽。他的叫声和进屋惊动了何方神圣？由于某种隐隐的恐惧，他放慢了脚步，又听到楼下传来其他声音。毫无疑问，那里有沉重的拖曳声音，以及令人憎恶的黏稠的声音，似乎是某个恶魔般的不洁之物在吸吮。他的联想力被刺激到发烧般的高度，毫无来由地又想起了他在楼上看到的一切。上帝呀！他不知不觉闯进了一个什么样的鬼怪出没的噩梦世界！他既不敢后退，也不敢前进，只得站在那里对着筒状楼梯的黑色曲线发抖。那场景的每个细节都熔化进他的头脑中。那声音、那可怕的预感、那黑暗、那陡窄的楼梯——慈悲的上帝！——眼中所有的房屋木构件都散发着微弱却不容置疑的光芒，无论是楼梯、侧墙、裸露的板条，还是横梁。

此时，屋外安米的马突然发出惊恐的嘶鸣，接着立即有一阵得得的马蹄声，这表明马已惊惶地逃跑了。不一会儿，马和车的声音都听不到了，只剩下大惊失色的安米站在黑暗的楼梯上，他在想是什么把马儿吓跑的。然而，事情还不止这些。外面还有另外一个声音。某种液体哗的泼洒声——是水——肯定是那口井。他刚才是将那匹名叫"英雄"的马留在水井附近的，没有拴马缰，大概是马车的一个轮子擦过井圈，踢下去了一块石头。淡淡的磷光仍在那些古老得可憎的木构件中闪熠。上帝！这房子已经有多老了！主体部分是1670年前建的，那复斜屋顶也不迟于1730年。

楼下地板上轻微的刮擦声现在已是十分清晰了。安米紧握他刚才在阁楼上有意拣起的一根粗棍子。他慢慢鼓足勇气，走完了楼梯，又勇敢地向厨房走去。他没有走完那段路，因为他所要寻找的已不在厨房，而是朝他走了过来。它在某种意义上还活着。安米弄不清它是爬来的，还是被外力拖来的，但死神确已找上了它。一切都是在过去半小时里发生的，但坍塌、发灰、解体很早就已经开始了。它松脆得吓人，有干乎乎的碎片在掉落下来。安米不敢去碰它，而是恐怖地看着那个曾经是面孔、如今严重变形的部位。"那是什么东西,内厄姆——那是什么东西?"他轻声问道。那开裂、凸出的嘴唇只来得及吐出最后的回答:

"没什么……没什么……那颜色……它会烧……又冷又湿,但会燃烧……它原来生活在井里……我见到过……一种烟……就像春天的花一样……井在夜里会发光……撒迪、默温和泽纳斯………一切活的东西………把一切东西的生命都吸出来………在那块石头里………它肯定是跟那块石头一起来的,把这里整个都糟蹋了………搞不懂它要什么………那些大学里的人在石头里挖出来的圆东西……他们敲碎了它……同它一样的颜色……完全一样,还有花和植物……还有别的……种子……撒下了种子……然后越长越多……我这个星期第一次看到它……一定是对泽纳斯使了大力气……他是个大孩子,充满了生命力……它俘虏了你的脑子,然后让你……让你烧起来……在那井水里……你以前说得对……那水很邪恶……泽纳斯再也没从井边回来……逃不了的……吸住了你……你知道它会来,但也没法子……泽纳斯被抓走后我经常看到它……娜比在哪里,安米?……我的脑袋不行了……记不起有多长时间没喂她吃饭了……假如我们不小心,它也会找上她的……只是一个颜色………一到夜里,她的脸上就会出现那种颜色……它会燃烧,会吮吸……它来的地方肯定同这里不一样……那些教授中有人这样说的……他说得对……小心点,安米,它不会就此罢休的……把生命吸出来……"

然而，话说到这里就停住了。说话之物不能再说了，因为它完全塌瘪了下来。安米拿一块红格子布盖在那残留物上，深一脚、浅一脚地出了后门，走到田野里去。他爬过山坡，到了那十英亩的草场，沿着北边的公路和树林跌跌撞撞地回家去。他无法再路过那口连他的马也被吓跑的水井。他刚才透过窗户看了看那口井，没看见井沿上少了块石头。如此说来，马车突然被牵走时并没有掀起什么东西，那击水声是其他什么东西发出的，有什么东西在结果了可怜的内厄姆之后，又回到了井里。

安米到家时，他的马和车已经先他而到了，着实让他妻子紧张了一番。他安慰了她几句，但没有解释原因，然后立刻去了阿克罕姆，通知当局加德纳一家已经不在了。他没有详述细节，只是说内厄姆和娜比已经死去，撒迪厄斯之死以前报告过。他说，他们的死因似乎与导致牲畜死亡的奇怪疾病一样。他还报告说默温和泽纳斯失踪了。警察局向他提了很多问题，最后安米只得带领三名警察去加德纳的农庄，随行的还有验尸官、法医，以及为那些患病牲口治疗过的兽医。他是很不情愿去的，因为下午在分分秒秒地流逝，他害怕夜幕降临那个该诅咒的地方。不过，有这么多人陪着他，令他略感安慰。

六个人乘的双马轻便马车跟着安米的马车，大约四点钟时到了那邪魔缠绕的农舍。尽管警察们都习惯了血腥可怕的场面，但看到阁楼上和楼下地板上红格子台布盖着的东西也无不为之失色。整个农庄灰黑破败的情形已经够可怕的了，那两个纷纷碎裂的东西更是超出了人们可以承受的程度。谁也不敢盯着它们看，即使那位法医也承认已经没有什么好检验的了。当然，可以取些标本带回去分析，因此他忙着获取标本——两瓶沙尘标本最后被送到大学实验室里去，在那里得出了令人十分纳闷的结果。两种标本在分光镜下都发出未为人知的光谱，其中许多稀奇的光波都与去年那块奇怪陨石发出的光波一模一样。发散这种光谱的特性在一个月以后消失了，其后的沙尘中主要是碱性磷酸盐和碳化物。

如果安米预料到这些人会在当时当地行事的话，就不会将水井的事告诉他们了。时间正逼近日落，他焦急地想离开这里。他忍不住紧张地看着宽大的井台上的石头井沿。一名警探问他是怎么回事，他承认说内厄姆曾经非常害怕井里的什么东西，因此从来没敢想到井里去寻找默温和泽纳斯。这样一说，他们就非要立即将井水抽干、在井里搜索一番不可了。他们将井里的臭水大桶大桶地舀起来，倒在井外湿漉漉的泥地上，而安米则在一旁哆嗦着等候。执行公务的人们恶心地嗅着那污水，到最后搅动起来的恶臭实在难以忍受，他们不得不捂住了鼻子。抽井水所花的时间没有他们担心的那样长，因为水其实很浅。

没必要太详尽地叙述他们发现了什么。默温和泽纳斯确实在里面，基本上只剩下两具骷髅了。还有一头小鹿和一条大狗处于同样的状态，再加上一些小动物的骨头。井底的淤泥不知为何充满了气孔，直冒气泡。一名警察利用长长的木杆和手钩下了井，发现那木杆插下去没有碰到任何固体的阻碍物，可以一直插到井底淤泥中的任何深度。

黄昏已经降临，他们从屋里取来了灯笼。当人们明白无法再从井里得到什么时，大家都进了屋，在那古老的起居室里商量对策。此时，幽灵一般的半圆形月亮发出断断续续的光芒，苍白无力地洒在屋外灰色的荒凉土地上。这些公务人员老实承认整个案子令他们为难，找不出有说服力的共同因素将植物的奇怪状态、牲口和人所患的无人知晓的疾病，以及默温和泽纳斯在那口邪恶的水井里不明不白死去这些事件联系起来。他们也听到了流行的乡间传说，这没错，不过，他们无法相信这种与自然法则截然相反的事竟然会发生在这里。毫无疑问，陨石毒化了土壤，但人和牲畜根本没有吃过那泥土里生长的东西却生病了，那就是另外一回事了。是因为喝了那井水吗？很有可能。也许应该将井水分析一下。然而，是什么样古怪的疯狂心理促使内厄姆的两个儿子都跳进了井里？他们的行动是如此相似，他们的遗骸也表明他们都遭受了死前变灰变脆的命运。为什么一切都会变得那么灰黑和松脆？

验尸官坐在靠窗的位置，可以看到院中，是他首先注意到了水井周围的光亮。夜完全降临了，可恶的地面上到处闪着光，似乎不仅仅是一阵阵的月光，这种新的亮光更为明确、清晰，仿佛探照灯发出的柔软的光线，从漆黑的井坑中直直地射出，映在地上刚才从井里往外舀水形成的一个个小水塘里，出现模糊的倒影。这种光的颜色非常奇怪。当大家都聚到窗口来看时，安米猛烈地抖动了一下，因为他对这种由可怕的瘴气形成的奇怪颜色并不陌生。他以前见过这种光的颜色，不敢设想它可能意味着什么。一年多之前，他在那块陨石中邪恶的松脆球丸上见到过这种颜色，在春天疯狂的作物上见到过，而且就在这天上午，在可怕的阁楼房间上闩的小窗户上，他相信自己也曾在一刹那见到过它。它在那里闪烁了一秒钟，一股滑腻而可恶的蒸汽流擦着他的身体而过，然后，可怜的内厄姆被这种颜色的东西夺走了。他在临终前是这样说的，说它像那球丸和那些植物。在这前后，院子里惊马夺路而逃，井里传来泼水声。而现在，那口井正在对着夜空喷吐出有着同样魔鬼般颜色的苍白而凶险的光芒。

即使在这紧张的时刻，安米还在为一个可以说是科学性的问题而犯难，这说明他的脑子还很利索。他忍不住纳闷，他在上午的日光中靠着窗户看到的雾气，同在夜里以黑漆漆的遭受劫难的地面为背景所见到的闪着磷光的雾气，竟然是同一种颜色。这不对头，这是反自然的。

他想起了那位倒霉的朋友可怕的临终遗言:"……它来的地方肯定同这里不一样……那些教授中有人这样说的……"

屋外拴在路边两棵枯萎的小树上的三匹马,现在在狂烈地嘶鸣和蹬蹄。马车夫想奔向门外去照看一下,但安米哆哆嗦嗦的手放在了他肩膀上。"别出去,"他耳语道,"事情不像这么简单。内厄姆说过,有种东西生活在那井里,它会把你的性命吸走。他说,那肯定是从我们都看见的去年6月掉下来的陨石中的球丸长大而来的。他说,它会吸吮,会燃烧,是颜色组成的云,就像现在外面的光一样,你只能大致看见,说不清它到底是什么。内厄姆认为它靠吮吸一切活着的东西生存,并且越来越强大。他说他这个星期见到过它,它肯定是从天外遥远的地方来的,就是去年大学老师们说的那陨石来的地方。"

人们犹豫不决地停了下来,因为井里射出的光越来越强烈,拴着的马狂烈地蹬着蹄、嘶鸣着。这真是一个糟糕的时刻:这幢古老的、被诅咒的房子本身的恐怖,屋后柴棚里放着的四具阴森可怕的遗骸,其中两具来自屋内,两具来自井里,而在屋前,井里黏腻的深处在射出无人知晓的、邪毒的虹彩光柱。安米是凭一时的冲动阻止马车夫的,忘记了他自己在阁楼上被滑腻的有色蒸汽擦身而过时并没有受到伤害,但也许他这样做也没有什么坏处。谁也说不清这天夜里外面发生了什么,尽管到现在为止那远方来的不祥之物还没有伤害到神志仍然健全的人，但说不准在最后的关头它会做出什么事来。它现在的力量似乎越来越强大，看来不久它就会在云层半遮、月光明亮的天空下显示它的最终目的。

突然，一名坐在窗口的警探发出一声短促、尖利的喘息。其他人都看着他，很快跟随他注视的目光向上看。他们的视线本来漫无目标，但突然停留在了什么上面。谁都不需要开口说话。乡间流言中争辩的东西不再需要讨论了，正是因为这件事，后来一行中每个人用耳语达成协议，永远不要在阿克罕姆谈起奇怪日子的事。有必要说明，夜里这个时间没有刮一丝风。此后不久确实刮起了狂风，但当时绝对没有风。即使是仍然留下来的枯灰蒜芥的干燥的尖头，以及停着的双马马车顶盖的边须也没有拂动一下。然而，就在这紧张而可怖的平静中，院子里所有树木高高的光秃树枝都在摇动。它们病态地、阵发性地抽搐着，对着月亮照耀的云彩像发癫痫一样地舞动着，在邪恶的空气中无能地划着，似乎地层里有什么恐怖之物在黑色的树根下扭动和挣扎，而树身是在做出呼应。

每个人一瞬间都屏住了呼吸。接着，一大块厚厚的乌云飘过月亮，乱抓乱拽的树枝的剪影暂时消失了。此时，从每个人的嗓子里发出一声惊呼，因为畏惧而有些压抑和嘶哑，但每个人发出的声音几乎完全一样。因为，那恐怖的化身并没有随树影消失。接下来的可怕一刻，天更为黑暗，在树梢的高度有数以千计的小点在扭动，放射出淡淡的、邪恶的光芒，装点着每一根树枝，如同天电光球或者降灵节里降临到圣徒们头上的火焰。它是非自然之光形成的可怕的光芒，如同一大群被尸体喂得饱饱的萤火虫，在被诅咒的沼泽地上跳着地狱般的萨拉班舞。那种颜色正是安米认识和畏惧的天外来色。与此同时，井里射出的磷光柱正越来越明亮，使这些挤成一团的人们产生了异常的末日感，盖住了他们清醒的头脑所能形成的其他画面。那光芒不再是发射出来，而是喷涌而出，那股无名之色无形地流出井后，似乎直奔天空而去。

兽医颤抖着，走到前门，在门上又加上了一根粗粗的门闩。安米也颤抖不已。他想让大家注意到树的亮度正越来越大，但因为控制不了自己的声音，只能拉着别人指给他们看。马匹们嘶鸣着，蹬踢着，场面极度令人恐惧。然而，躲在老屋里的人谁也不敢为了任何世俗的利益而冒险出去。随着时间的推移，树发出的光芒越来越亮，焦躁不安的树枝好像不断地在绷紧，几乎成了笔直的了。井沿的木圈此时也在发光。不一会儿，一名警察无言地指着西侧石墙附近的木棚和蜂窝。它们也开始发光了，但这行人乘坐的系着缰绳的马车暂时没有受到影响。接着，路上传来一阵乱哄哄的叫声和得得的马蹄声。安米熄灭了手中的油灯，以便向外看得清楚一点，他们这才意识到那些狂烈的马匹挣断了那两棵小树，拉着马车逃跑了。

震惊使几个人松开了紧闭的嘴巴，相互尴尬地耳语了几句。"它被散布到了这里的每种有机物上。"法医嘀咕道。没有人回应。然而，下过井的那个人暗示说，一定是他长长的杆子搅起了某种看不见的东西。"真是可怕，"他接着说，"井里根本没有底。只有淤泥、气泡，感觉有什么东西潜伏在下面。"安米的马仍然在屋外的道路上蹬踢，震耳欲聋地嘶鸣，几乎盖住了它主人的颤抖和絮絮叨叨的沉吟："它是那块陨石上下来的……在井下越长越大……它逮住一切有生命的东西……靠他们生存，吸摄他们的精神和身体……撒迪、默温、泽纳斯和娜比……内厄姆是最后一个……他们都喝过那井水……它俘获了他们……它来自远方，那里的事情同这里的不一样……现在它要回家了……"

此时，未知颜色的光柱突然闪耀得更为强烈，开始编织成某种怪异的形状，究竟是什么形状，每个观看的人均有不同的描述。被拴住的可怜的"英雄"发出了一声惨叫，从来没有人、将来也不会再有人听到马发出这样的声音。坐在那间低低的起居室里的每个人都捂住了耳朵，安米因恐惧和恶心而跑离了那扇窗户。语言简直无法形容——当安米重新凭窗向外看去时，那不幸的牲畜缩成一团，躺在断裂的马车轴之间洒满月光的地上，纹丝不动。他们没有对"英雄"再看一眼，直到第二天把它埋葬了。此刻不是悲伤的时候，因为几乎在同时，一名警探低声地叫大家注意就在这个房间里的可怕之物。尽管没有灯光，但可以清楚地看到一种淡淡的磷光已经开始洒遍整个屋子。宽木板铺成的地板发着光，地毯的碎片发着光，小格子窗户的木框也在闪着微光。磷光在裸露的角柱上下窜动，在橱架和壁炉架周围摇曳，连门和家具也被传染了。每过一分钟，磷光就增强一点，最后谁都明白，健康的有生命之物必须离开这幢房子了。

安米带领他们出了后门，沿着小路穿过田野，走到那十英亩的草场。他们如同在梦中一样，走着，跌爬着，只有走到很远的高地上才敢回头望一下。他们庆幸有这条后路，因为他们无法再去走前门那条路，再经过那口水井。不得不走过那闪光的仓房和棚屋已经够糟糕的了，还有那些耀眼的果树，以及它们长满树节的恶魔般的轮廓。感谢老天，这些树枝都高高地向上扭曲，没有阻挡他们。在他们走过查普曼河上的独木桥时，月亮被层层乌云遮住了。从那里到开阔的草地这段路，他们是在暗中摸索着走完的。

当他们回头远望那座山谷及谷底的加德纳农庄时，看到的是一幅可怖的景象。农庄里的树、房子，甚至那些尚未完全变灰变脆的矮草，都明晃晃闪着那恶魔般的未知之色。树枝在竭力向天空伸展，树梢上燃烧着邪毒的火舌，同样的火焰摇曳着，一路蹿向主房、仓房和棚屋的栋梁。这个场景简直就是富塞利画作的翻版，凌驾于一切之上的是那闪着光亮、毫无定形的杂色铺陈，是那隐藏在井底的毒物造就的变异的、比例失衡的彩虹——它沸腾着,触摸着,舔舐着,伸展着,闪烁着,扭曲着,恶毒地吐着气泡,遵循着属于它的无法辨识的宇宙的颜色学规律。

接着,那凶险之物猛地像火箭或流星般笔直地飞向天空,在其后没有留下任何踪迹,还没等谁来得及喘息或惊叫,就消失在云层中出现的一个有着惊人的规则形状的圆洞中去了。观看的人谁也不会忘记这幅景象。安米呆呆地盯着在其他星星上方闪烁的天鹅星座和"天津四"等星座,未知之色在那里融入了银河。此时,山谷中传来噼啪的声音,将他的视线迅速拉回到地球上。事情就是这样。只有木头开裂发出噼噼啪啪的声音,并没有爆炸声,一行中其他人可以发誓作证。但结果是一样的,在极度昏乱和万花筒般的一瞬间,那个被诅咒的末日来临的农庄上突地腾起一大串非自然的火星和物质,那亮光照得观看这个场景的人眼前一片模糊。一股浓烟冲向高高的苍穹,它夹杂的碎片的颜色和形状是如此奇怪,必然不属于我们这个宇宙。它们快速地凝聚成蒸汽,沿着刚才病态之物消失的路径,一瞬间也消失了。在这一行人身后和下方只有沉沉的黑暗,他们不敢再回去看个究竟。在他们周围风越吹越猛,似乎是星际空间刮来的阴黑寒冷的阵风。风凄厉地呼叫着,咆哮着,以一股发疯般的宇宙狂劲,抽打着田野和变形的树木。这一行颤抖着的人很快意识到,今天是等不到月亮再出来照亮内厄姆的农庄,以便让他们看清那里还剩下什么了。

惊畏之下,谁也顾不上去找什么理论来解释。一行七人拖着颤抖的身体,迈着沉重的步伐,由北公路向阿克罕姆走去。安米比同行的人感觉更糟糕,他恳求他们先把他送回自己家,而不要直接去城里。他不愿独自一人穿过那片让风抽打着的枯萎的树林,沿大路回家去。因为他比别人更多了一份震撼,从此永远被一种刻骨铭心的恐惧所折磨,在未来许多年里他从来不敢提起这件事。刚才,在那狂风大作的山上,其他的人都木然地把脸转向路的方向,只有他回头朝那山谷下曾经是他苦命的朋友居住的地方瞥了一眼。在那远处遭难的地方,他看见有个东西虚弱地升起来,然后又沉了下去,跌回不久前那个巨大的无形怪物腾空而起的地方。它只是一种颜色——但不是我们的地球或宇宙里的任何颜色。因为安米认出了那颜色,知道这个最后的模糊的残余物仍然潜伏在那口井底下,从那以后他就不大对头了。

安米再也不愿去那个地方。那可怕之事发生已有四十四年了,但他没有去过那里一趟。他很高兴新建的水库将把它连根拔去。我也很高兴,因为我不喜欢在我经过那口水井时看见阳光在井口改变颜色。我希望水库里的水永远很深很深——即使如此,我也不会再去喝它一口。今后我也不会再到阿克罕姆的乡下来了。跟安米在一起的那群人中有三个在第二天上午又来到内厄姆的农庄,在日光里看它的遗迹,但已经没有多少遗物了。只有烟囱上的砖头、地窖的石头、零零散散的一些矿物和金属的垃圾，以及那令人难以启口的水井的边缘。除了安米那匹马的尸体（他们把它拖走埋葬了）和马车（他们不久把它还给了安米），以前曾有过生命的一切都不见了。留下的是五英亩阴森的、沙尘遍地的灰色沙漠，从那以后这地上再也没有长出过任何植物。直到今天，它就像是树林和田野中被酸溶液啃出来的一个大黑点，面朝天空裸露着，几个不顾乡间传说而敢于看它一眼的人给它起了个名字：天爆荒原。

乡间的传说是怪异的。如果城里人和大学里的化学教师们有兴趣去分析一下那口废井里的水或者那些不会被风吹散的灰色沙尘，这些传说也许会更加怪异。植物学家们也应该研究一下那块地方周边的奇形怪状的植物，这样能证明乡民的一种说法是否正确——他们说导致树木枯死的祸害在一点点扩展，一年大约扩展一英寸。人们说，春天里相邻地方的草的颜色不对头，而冬天里下了小雪后野生的小动物们会留下奇怪的脚印。天爆荒原上积起来的雪似乎一直没有别的地方厚。在这汽车时代留下来的为数不多的几匹马儿们，在寂静的山谷中行走时变得胆小易惊，猎人的狗接近那些灰色的沙尘时嗅觉就不灵了。

人们受到的心理影响也十分糟糕。在内厄姆走后有一些人变得不太正常。意志比较坚强的人都离开了这个地区，只有外国人试图在这些破败的旧农庄中生活。不过,他们也待不了多久。那些外国人抱怨说,在那怪地方夜里做的都是极为恐怖的梦,那黑暗王国的样子本身也足以引发病态的想象。旅行者经过这些幽深的山谷时,都不禁会产生一种奇怪之感。画家描摹这些密密的树林时也会发抖,因为它们的奥秘不仅是直观的,更是精神上的。还有让我惊奇的是,我在安米还没有告诉我这个故事之前独自一人走过那里时,就产生了那样的震惊心理。当黄昏来临时,我曾隐隐地希望云块能聚拢来,因为在我的灵魂深处,对头顶上空空荡荡、深不可测的蓝天有一种奇怪的胆怯感。

不要问我的意见。我不知道,就是这样。除了安米,我没有别的人可以询问,因为阿克罕姆人不愿谈论那段奇怪日子,见到过那陨石和它里面的有色球丸的三名教授都去世了。当时还有别的球丸——可以相信这一点。有一只得到了营养,飞离了地球,可能还有一只球丸,没有来得及挣脱。无疑它还在井里,我看到了那充满瘴气的井沿上的阳光,就知道这肯定不正常。乡民们说那祸害每一年会向外爬一英寸,甚至现在它可能还在生长或得到营养。不过,无论那里有什么鬼怪,它一定是绑在了什么上面,否则就会很快发散开来了。会不会是缠在了那些树的根部,所以树枝在空气中乱抓乱拽?阿克罕姆最新的传说之一就是:粗大的橡树会毫无来由地在夜里发光和摇动。

它究竟是什么,只有上帝知道。从物质的角度说,安米描述的东西应该称之为一种气体，但这种气体遵循的不是我们这个宇宙的规律。它不是我们从天文台的望远镜里和照相版上看到的闪亮行星和恒星的产物。它也不是从我们的天文学家所测量的，或认为过于浩瀚而无法测量其运动和尺寸的天空吹来的气息。它只是一种天外来色——来自我们所知道的大自然之外尚未成形的无定王国的一个可怖的使者，这些王国的存在为我们缭乱的眼睛打开了黑色的宇宙外空间，令我们的头脑发呆，令我们的身体麻木。

我不相信安米会故意对我撒谎，也不认为他的故事像城里人事先警告我的那样完全是一派疯言疯语。那块陨石将可怕的东西带到了这里的山峦和幽谷，而这可怕的东西仍然留在这里，尽管我不知道可怕的程度如何。等到水库放水，我会很高兴。同时，我希望安米不要有什么事。那个东西他见到过很多次，而它的影响是无孔不入的。他为什么一直没有搬走？他对内厄姆临终时说的话记得多么清楚："逃不了的……吸住了你……你知道它会来，但也没法子……"安米真是个好老头，等水库工程队开工时我一定要给总工程师写封信，请他多照看安米。我真不情愿看到他也变成那灰色的、扭曲的、松脆的怪物，这幅画面一直在我脑海中浮现，令我难以安眠。

图书在版编目（CIP）数据

克休尔胡的召唤 /（美）霍华德·拉夫克赖福特著；
韩忠华译. —— 上海：上海文艺出版社，2022（2022.7 重印）
（域外故事会神秘小说系列）
ISBN 978-7-5321-7997-8

Ⅰ．①克… Ⅱ．①霍… ②韩… Ⅲ．①中篇小说－小
说集－美国－现代②短篇小说－小说集－美国－现代
Ⅳ．① I712.45

中国版本图书馆 CIP 数据核字（2021）第 125350 号

克休尔胡的召唤

著　　者：[美] 霍华德·拉夫克赖福特
译　　者：韩忠华
责任编辑：蔡美凤
装帧设计：周艳梅
责任督印：张　凯

出版　上海文艺出版社
出品　上海故事会文化传媒有限公司
　　　（201101 上海市闵行区号景路159弄A座3楼 www.storychina.cn）
发行　上海文艺出版社发行中心
　　　（上海市闵行区号景路159弄A座2楼206室）
印刷　上海中华印刷有限公司
开本：889毫米×1194毫米　1/32　印张8.75
版次：2022年2月第1版　2022年7月第2次印刷
ISBN：978-7-5321-7997-8/I.6339
定价：38.00元

版权所有·不准翻印

上海故事会文化传媒有限公司出品（01063）www.storychina.cn
想看更多精彩故事？
扫码下载故事会APP

上海故事会文化传媒有限公司所有图书可办理邮购，免收邮费（挂号除外）
汇款地址：上海市闵行区号景路159弄A座2楼206室（201101）；
收款人：上海故事会文化传媒有限公司出版发行部
联系电话：021-53204159
如发现本书有质量问题，请与印刷厂质量科联系 T:021-60829062